信义金华经典故事

主　编　沈志权　黄炳全
副主编　蒋天衡　沈卓逸　李　琳

浙江工商大学出版社
ZHEJIANG GONGSHANG UNIVERSITY PRESS

图书在版编目(CIP)数据

信义金华经典故事／沈志权，黄炳全主编．—杭州：浙江工商大学出版社，2016.7

ISBN 978-7-5178-1787-1

Ⅰ．①信… Ⅱ．①沈… Ⅲ．①民间故事—作品集—金华市 Ⅳ．①I277.3

中国版本图书馆CIP数据核字(2016)第179238号

信义金华经典故事

主　编　沈志权　黄炳全
副主编　蒋天衡　沈卓逸　李　琳

责任编辑　吴岳婷　刘　韵
封面设计　张　翡
责任印制　包建辉
出版发行　浙江工商大学出版社
（杭州市教工路198号　邮政编码310012）
（E-mail：zjgsupress@163.com）
（网址：http://www.zjgsupress.com）
电话：0571-88904980，88831806（传真）
排　　版　浙江时代出版服务有限公司
印　　刷　杭州华安印刷有限公司
开　　本　710mm×1000mm　1/16
印　　张　11.25
字　　数　200千
版 印 次　2016年7月第1版　2016年7月第1次印刷
书　　号　ISBN 978-7-5178-1787-1
定　　价　35.00元

浙江工商大学出版社营销部邮购电话 0571-88804227

序

金华，素有“小邹鲁”之称，文化传承源远流长，积淀深邃厚重。而有研究表明，金华区域文化的精义在于“信”和“义”。

“信”的本义是诚实守信，引而申之，是对国家的忠诚，对职业的信守，对爱情的坚贞，对信仰的执着；“义”最初是指人的威仪容止，演而化之，是指仗义执言、见义勇为、道义担当、慷慨助人、舍己为人、献身报国等。“信”与“义”是儒家五常——“仁、义、礼、智、信”的重要组成部分，是中华优秀传统文化的核心要义，是炎黄子孙千百年来遵循的道德准则和行为规范。

八婺大地，崇文重教，奉行信义，自古如此。“八婺儒宗”范浚、“婺学宗师”吕祖谦、“永康学派”陈亮、“婺中宿学”宋濂等先贤倡导的诚信包容、以义为先的学术思想，上承孔孟学说之统，下开古婺风气之先。信义文化的积淀形成，影响着八婺民众的行为方式，陶冶了八婺民众的道德情操，锻造了八婺民众的精神品格。

古往今来，每当历史转折的重要关头，每当到了民族存亡的危急时刻，每当个人生死的抉择之际，金华的志士仁人总是义无反顾，挺身而出，从骆宾王、宗泽、陈亮、郑刚中、王袆、梅执礼、朱大典，到陈望道、冯雪峰、潘漠华、邵飘萍、金佛庄、徐英、吴晗，再到王选、孟祥斌、孙炎明、吴连表……金华的信义人物灿若星河，金华的信义故事可歌可泣，金华的信义文化一脉相传。

为深入挖掘金华深厚的信义文化，增强全市人民的认同感和归属感，讲好金华故事，积极传递正能量，让崇信尚义的接力在金华蔚然成风，进一步助推“信义金华”建设，中共金华市委宣传部组织我们课题组编写《信义金华经典故事》一书，并把它列为金华市文化精品工程予以扶持。我们感到责任重大，然而生为金华人，自当义不容辞。

我们在浩如烟海的典籍中检索，深入全市八个县市区实地采风，穿越在两千多年的时空里，与金华的信义之士对话，聆听他们感天动地的信义故事，领略他们崇高的人格魅力，接受信义文化的熏陶，并从中遴选了 99 则故事编辑成书。这些故事中的主人公，有当时叱咤风云的历史英雄人物，也有默默无闻、名不见经传的平凡之人；有金华本土人士，也有外地来金工作者；有古代的，也有现、当代的。他们虽然所处时代不同，地位有高低，身份有差别，但都是金华信义文化的忠实传承者和生动实践者，他们身上折射出了信义金华的耀眼光芒。他们有如一颗颗闪亮的星辰，共同点亮了金华信义文化的璀璨星空。

本书在编写体例上有别于其他故事书，它并非单纯呈现了故事本身，而是集理论阐述、故事精编、故事点评于一体。理论阐述部分，分别对“信”“义”两个方面的优秀传统文化进行了系统的阐述，从理论的层面讲清楚“信”“义”文化的产生、发展、演变、影响与价值以及在金华的传承、弘扬与实践，旨在帮助读者正确、全面、系统地认知信义文化；故事精编部分，从大量的古籍和采风所得的资料中筛选出故事材料，用通俗易懂的语言文字进行故事编写，通过故事本身折射的信义文化，让读者领略金华深厚的信义文化积淀，以增强本地读者对区域文化的认同感和自豪感；故事点评部分，以信义传统文化的经典名句作为论据对每个故事加以点评，阐发故事意蕴，凸显其当代价值，以加深读者对信义文化的理解和感悟。本书通过理论导读信义文化，故事折射信义文化，点评阐发故事意蕴与当代价值，融大雅于大俗，化艰深理论为浅显道理，让故事带领读者走进信义文化，感悟信义文化，在潜移默化中接受信义文化的熏染，自觉修身齐家、立身报国，从而达到润物无声的阅读效果。

本书从数以千计的信义金华故事中遴选 99 则，而没有选成 100 则这个整数，寓有两层含义。其一，在中华传统文化中，九是阳数中的最大数，99 寓意金华信义故事之多；其二，本次是对金华信义故事首次作系统的挖掘与编写，时间匆促，加上我们精力、水平所限，疏漏之处在所难免，没有选成 100 之整数，是有意给后来编写者留下空间，以便将来不断匡正、补充、完善之。

本书在编写过程中，参阅了大量古圣今贤的有关著作论述，吸收借鉴了他们的研究成果，在此谨致谢意。中共金华市委宣传部对课题研究、编辑出版给予了正确指导和经费扶持，金华市社会科学联合会主席吴远龙认真审读了书稿，浙江时代出版服务有限公司丰志伟老师对本书的出版给予了大力支持，在此一并致谢。

沈志权

2016 年 5 月 3 日

目　录

上篇:“信”与金华人的精神品格

下篇:“义”与金华人的道义担当

上篇

“信”

与金华人的精神品格

一、“信”文化的演变与当代价值

“信”与“仁、义、礼、智”并称为“五常”，是中华传统美德。“信”的本义是指人说话须诚实可信，许慎《说文解字》云：“信，诚也，从人从言。”“信”的含义包括诚实、言行一致，以及信用、信誉、信任等内涵。“信”与“诚”原本为两个单音节词，然二者可以互训，本义相通。《说文解字》：“诚，信也，从言成声。”随着语言的发展，后来“信”与“诚”组成了一个双音节词“诚信”，其核心思想是“诚实守信”，其基本内涵包括三个方面：真诚信实、践诺守信、恪尽职守。“信”作为中华传统美德之一，自古就受到先民的重视。千百年来，“信”德渗透到社会生活的各个方面，被视为社会成员应当遵守的最基本的道德准则，且早已内化为中华民族的深层道德意识，成为中国人立身兴邦之本。

（一）《周易》说“信”

诚信，作为中华民族的传统美德和价值标准，在中华文化的大道之源——《周易》中就有过较为全面的阐述。

《周易》六十四卦中设有《中孚》卦，《杂卦》云：“中孚信也”，孔颖达注疏“信发于中谓之中孚”，是阐述诚信的专卦。“孚”字在《易经》中凡四十余见，一般均作“心怀诚信”解。《观》卦卦辞：“盥而不荐，有孚颙若。”说的是祭祀神灵要心诚。《比》卦初六云：“有孚比之，无咎。”说的是交朋友要讲诚信。《小畜》卦九五：“有孚挛如，富以其邻。”说的是诚信既可富己又可富人。《家人》卦上九：“有孚威如，终吉。”说的是治家不可缺少诚信与威严。《睽》卦九四：“交孚，厉无咎。”说的是互相讲诚信即可转危为安。《小畜》六四：“有孚，血去惕出，无咎。”说的是诚信可以免灾。《随》卦九五：“孚于嘉，吉。”说的是诚信可获嘉美之吉。凡此等等，均充分反映了《周易》的诚信观。

诚信，是《周易》的重要人文观之一。《中孚》九五爻辞“有孚挛如，无咎”，说明如果人有诚信，并且连续不断地讲求诚信，就没有灾祸。诚信在

《周易》的义理中既是做人的底线，又是做人的极高境界，它可分为递进的四个层次。第一个层次为“行险而不失其信”（《坎·彖》），这是做人的最底线，人可以行险，可以稍稍偏离人生的轨道，但不能失去诚信；第二个层次为“有其信者必行之”（《序卦》），做人必须遵守诺言，讲求信用，有诺必践；第三个层次为“忠信，所以进德也。修辞立其诚，所以居业也”（《乾·文言》），将诚信作为“进德”“修业”的基础，赋予诚信以崇高的道德意义；第四个层次，即诚信的最高层次为“默而成之，不言而信，存乎德行”（《系辞上》），在默然中成就一切，不用言语而致诚信，使之依存于德行之中，这里已把诚信与道德融为一体。

（二）诸子论“信”

春秋战国时期，是我国历史上社会大动荡、思想大变革时期，尤其是思想文化领域，出现了“百家争鸣”的局面。尽管诸子百家观点各异，但在“信”的看法上基本是一致的。诸子百家从各个角度阐述了“信”的重要性，都把它视作做人、做事的基本准则，同时，把“诚”看作“信”的基础，把“信”看作“诚”的表现，进而把是否“诚信”看作评价人、区分人的重要标准。

儒家学派创始人孔子非常重视“信”，他把“信”作为自己教育学生的四个科目之一：“子以四教：文，行，忠，信”（《论语·述而》）。他认为“信”是做人的基本准则：“人而无信，不知其可也”（《论语·为政》）。在《论语》中他多次强调“主忠信”，他认为“信”是成就君子的必要条件。“君子义以为质，礼以行之，孙以出之，信以成之。君子哉！”（《论语·卫灵公》）。所以，他主张选拔举荐人才时，也要把“信”作为条件之一：“选贤与能，讲信修睦”（《论语·述而》）。同时，孔子还认为，“信”乃为政三大法宝之一，子贡问政，他说，“足食，足兵，民信之矣”（《论语·颜渊》）。这里，孔子将取信于民看作政治最重要的前提，他甚至认为，如果实在要去掉两种的话，则宁可去掉前两者，而保留“信”。

儒家亚圣孟子也十分重视“信”，他特别强调其道德内涵。他认为“可欲之谓善，有诸己之谓信”（《孟子·尽心下》）。将自身拥有善称为“信”。孟子进而认为，“诚信”是做人的根本：“思诚者，人之道也”（《孟子·离娄上》）。同时，孟子将人言为信、以言语取信于人上升到诚身明善的高度，认为只有以诚待人，才能取信于人。荀子则认为诚信是君子修养心性的前提：“君子养心,莫善于诚”(《荀子·不苟》)。心怀诚意,则万物不能侵害:“致诚则无它事矣”(《荀子·不苟》)。反之,如果心无诚意,言而无信,则任凭你是天王老子也将寸步难行:“天地为大矣,不诚则不能化万物;圣人为知矣,不诚则不能化万民;父子为亲矣,不诚则疏;君上为尊矣,不诚则卑”(《荀子·不苟》)。所以,荀子认为,诚信是立身兴邦之根本:“夫诚者,君子之所守也,而政事之本也”(《荀子·不苟》)。

主张无为而治、逍遥物外的道家学派对“信”也有诸多论说。老子认为社会上因为诚信不足,所以才有不讲信用的情况:“信不足焉,有不信焉!”(《老子》第十七章)。而轻易承诺别人的人,就必然少有讲信用的:“轻诺必寡信”(《老子》第六十三章)。庄子则认为,“无行则不信,不信则不任,不任则不利”(《庄子·盗跖》)。

法家代表韩非子则强调诚信对于君主的重要性:“小信成则大信立,故明主积于信。赏罚不信,则禁令不行”(《韩非子·外储说左上》)。另一位法家人物商鞅则认为诚信是治国方略之一:“国之所以治者三:一曰法,二曰信,三曰权”(《商君书·修权》)。墨家代表墨子则认为:“志不强者智不达;言不信者行不果”(《墨子·修身》)。

在“百家争鸣”的春秋战国时代,诸子百家主张不同,观点各异,在诸多问题上流派之间相互攻讦,互相诘难,却在“信”这一问题上异口同声,观点一致,这也充分说明了古人对诚信的重视。

(三)“信”文化的发展

秦汉时期,随着大一统局面的形成,文化思想也得到进一步发展。西汉大儒董仲舒在孟子的“仁、义、礼、智”的基础上,加上“信”,将之称为“五常”,从此“信”成为约束人们的道德行为准则。

唐代的魏徵对“信”思想的发展,做出了重要的贡献。他曾上疏李世民,较为详细地阐发了他关于“信”的思想:“臣闻为国之基,必资于德礼;君子所保,惟在于诚信。诚信立则下无二心,德礼形则远人斯格。然则德礼诚信,国之大纲,在于父子君臣,不可斯须而废也”(《旧唐书·魏徵传》)。魏徵奏疏的核心是认为诚信是维系国家生存的关键,他的思想对李世民产生了重大的影响。李世民不仅接受了魏徵等思想家的诚信观,更重要的是,他能把诚信思想落实到治理国家的诸多方面,对初唐时期形成和谐诚信的人际关系产生了积极影响，对现在依然有借鉴意义。唐太宗李世民“以大信行于天下”的故事，曾被《资治通鉴》等历史文本记载。

宋明理学非常重视“信”的道德观念。周敦颐重视“诚”，认为“诚”乃“五常之本，百行之原”(《通书·诚下》)。程颐、程颢则对“信”进行了充分的肯定和赞美：“圣人言忠者多矣，人道只在忠信。……若无忠信，岂复有物乎?”(《二程遗书》卷十一)理学大家朱熹也说，“信则，言之实也。”他还强调，“人道惟在忠信，‘不诚无物’。人若不忠信，如木之无本，水之无原，更有甚底！一身都空了”(《朱子语类》卷二十一)。

近代社会，国家积贫积弱，多灾多难，传统文化遭到了诸多质疑甚至摒弃，但“信”依然受到很多思想家的肯定，并被赋予了新的时代内涵。比如，资产阶级思想家陈天华，提出资产阶级在商业活动中要“诚实无欺，人人信得过”。孙中山赋予传统道德新的内涵，提出新的资产阶级道德规范“忠孝仁爱信义和平”。谈到“信”，他说，“中国古时对于邻国和对于朋友，都是讲信的。以我看来，就信字一方面的道德，中国人实在比外国人好得多”(《三民主义·民族主义》)。他的言语间，体现出对“信”的肯定与赞美。

“信”在现、当代则进一步赋予“信仰”的含义，这是“信”的最高层次。革命年代，无数先烈为了人民解放、国家独立、祖国富强的崇高信仰，而矢志不渝地奋斗献身，以“大信”谱写了中国历史上最壮美的篇章。而在当下社会主义市场经济大潮下，“诚信”被作为市场的“通行证”和“基石”，没有诚信的市场绝对支撑不起繁荣的经济。

(四)“信”之古风满婺州

从古至今，金华人一直秉持“既已信奉，便当义无反顾”，不仅视“信”为做人的根本，而且把诚信作为处理人际关系、开展经营活动的根本准则，世世代代沿袭了诚实、守信的优良传统，不仅支撑起了金华今日之繁荣的市场经济，而且因为这个“信”使金华区域显得格外的重情重义、和谐包容、安定有序，金华八次荣获“中国十佳宜居城市”自然与此密切相关。

金华儒学大师范浚、吕祖谦、宋濂等都把“信”视为进德修业之根本，并强调“信”的践行。吕祖谦把“忠信”看作人的“实德”和根本。他在《易说》中强调指出“忠信乃实德也，有此实德，则可以进德修业也”，“忠信所以立本也，修辞立其诚”，“忠信，本也。人能忠信而端悫不欺”。吕祖谦还十分强调

"忠信"之实践,以"忠孝悌信""明理躬行"作为育人之根本,写入其开设的明招书院学规,其亲自订立的《乾道四年九月学规》开宗明义地说:"凡预此集者,以孝悌忠信为本"。

"信"不仅被视作个人进德修业的根本,而且被金华先贤们用于宗族乃至乡村社会治理的重要伦理工具,郑氏、吕氏、王氏、颜氏、滕氏、金氏、胡氏、陈氏、何氏等名门望族的家规族规均把"信"作为最基本的要求而订立了具体的、可操作的规范,最具典型意义的自然是由宋濂主订的"江南第一家"浦江郑义门《郑氏规范》了,信义成为郑义门标志性的文化特征和治理模式特点。关于做人做事为官为学如何做到诚实守信,《郑氏规范》明确规定:"田租既有定额,子孙不得别增数目。所有逋租亦不可起息,以重困里党之人","除正租外,所有佃麦、佃鸡之类,断不可取"。而为官者当忠信为本,殚精竭虑报国为民,绝不可有失信谋私利之行为,"子孙倘有出仕者,当蚤夜切切以报国为务。抚恤下民,实如慈母之保赤子;有申理者,哀矜恳恻,务得其情,毋行苛虐。又,不可一毫妄取于民。若在任衣食不能给者,公堂资而勉之;其或廪禄有余,亦当纳之公室,不可私于妻孥,竞为华丽之饰,以起不平之心",这样的规矩即便在今天也是既高又实的要求了。为了保证这些"信"之规范的实行,郑氏利用每日早上组织族人朗读训诫以使之铭记在心,如若有所违反,则有《郑氏规范》第二十四条、第二十九条予以惩处,并公示于众;如有严重违反者,则更是生不得入族谱、死不得进祠堂,这在古时,是最严厉的惩处了。《郑氏规范》以信义、孝义治家的思想,在今天仍然不失有其推进乡村社会治理、维系族群间和谐及促进党员干部自觉修身养性的现实意义,中纪委书记王岐山为此专门作了重要批示,《郑氏规范》上了中纪委网站首条,以此为题材的动漫片在央视播出后引起了极大反响。

"信"在金华历史上很早就作为经商从业的基本准则予以实践,也正因为这个"信"成就了金华自南宋后相对发达的工商业,为现代"市场大市"地位的确立奠定了基础。早在北宋末年,金华就产生了中国最早的纸币、汇票——关子,商人把现钱交于官府,官府给予纸质凭证"关子",商人到杭州、绍兴等地经商时可据此到当地官府兑取现钱。与此相对应,金华很早就出现了"赊销"这一经营方式,加快了流通,节省了成本,提高了效益。"关子""赊销"在金华的较早出现,背后反映的是商人与官府、商人与商人之间的相互信任及对合约的遵守。

当代，金华人更是把“信”在更高层次、更广领域发扬光大，在人们感慨社会信用缺失时，金华的诚信奶奶、诚信老汉、诚信拾荒者等等不断涌现，诚实守信成为金华人的共同自觉。

(五)“信”的当代价值

诚信，作为中华民族的道德标准与行为准则，千百年来，它影响着中华儿女精神品格的锻造，已熔化到整个中华民族的道德意识之中，成为中华优秀传统文化精髓之一，为国家的富强、社会的稳定、人民的幸福发挥了积极作用。在当今社会，弘扬诚信文化，具有极其重要的当代价值。

对于国家、政府而言，诚信是强国之基。放眼全局，真诚交往，诚信外交，就会得道多助，反之则会失道寡助，以习近平为核心的当代国家领导人深得其中三昧。我国提出的“一带一路”建设战略，并非把目光仅仅放在我们本国利益上，而是为了带动“一带一路”周边国家的经济发展，以实现共赢，因而赢得了国际上的好评。对于政府而言，则要真心实意地对待百姓，体恤民情，做到全心全意地为人民服务，为老百姓办实事。政府守信、公信，才能得到人民的拥护。否则，就会民怨载道，引发社会的不稳定，近年来发生的多起“城管事件”就充分说明了这一点。正因为诚信之重要性，我国各级政府推出了一系列建设“诚信政府”的“组合拳”，如浙江省率先推出的“四张清单一张网”等。随着“诚信政府”建设力度的加大，政府公信力在逐步提升，执政基础不断巩固。

对于行业、企业来说，诚信是兴业之根。契约精神是现代市场经济的核心价值，唯有人人重信守诺，严格按照契约开展交易活动，才会有市场经济的健康发展。反之则必然导致市场失序，不仅阻碍经济发展，而且伤害民众切身利益，同时，也会导致整个社会信用链的断裂。因此，只有真正树立消费者是上帝的观念，严把产品的质量关，做到诚信经营，童叟无欺，才能在激烈的市场竞争中站稳脚跟，永葆企业行业长盛不衰。反之，见钱眼开，唯利是图，以次充好，假冒、坑蒙、欺诈无所不用，到头来害人害己，不仅断送了企业，而且还把自己送进了监狱。众所周知的“三聚氰胺奶粉”“地沟油”事件就是惨痛的教训。近年来，针对经济领域“失信”现象日趋严重的状况，各级政府进一步加大了社会诚信体系建设，对失信企业通过黑名单、曝光台等措施予以了严惩。总体看，市场的信用“秩序”在逐步架构，诚信经营、公平竞争日益成为市场主体自觉。

对于个人而言，诚信是立身之本。诚信是做人的根本，一个人只有对国家忠诚，对别人真诚，有诺必践，言而有信，做到诚实做人，诚信办事，才能得到人们的信任，受到人们的尊重，才堪委以大任。否则，信口雌黄，自欺欺人，瞒天过海，乃至恬不知耻，炫富炫官，招摇撞骗，必将受到人们的唾弃。

总而言之，只要我们继承并弘扬诚信这一中华优秀传统文化，做到政府取信于民，企业诚信经营，人人坚守诚信，就能扭转目前诚信缺失的社会颓势，建立一个诚信和谐的大同社会。

二、"信"之经典故事与解读

1. 龙丘苌巧治赖皮鬼

龙丘苌，东汉末年汤溪九峰山人。

龙丘苌小的时候，既聪明又正直。他家隔壁住着一位五十多岁的憨厚老木匠，经常帮人做凳子、修椅子、箍木桶什么的，干了活人家请他吃顿饭，给点米、豆、蔬菜当报酬，木匠从不计较多少，深受当地人的喜爱。

附近村有个赖皮，为人不诚实，喜欢贪小便宜。赖皮见老木匠帮人做活不计报酬，就叫老木匠给他做家具，答应给他工钱，但家具做好后他工钱一分不付不说，连饭都舍不得给老木匠吃饱。后来这事让龙丘苌村的人知道了，人们都指着赖皮背脊骂，说他赖皮不讲信用。赖皮很生气，故意把木匠新做的凳子弄断一只脚，一早来到木匠家里，指着木匠说："好你个臭做木的，人家说你七好八好，好什么？刚做的凳子，人一坐凳脚就断了，你还算木匠吗？你是从哪里学的？你的师傅是哪个？他是这样教你的吗？"木匠说："我是自学的，要说师傅我没有，但我知道我的师祖是谁。""谁？"赖皮瞪大眼睛问。"我的祖师叫鲁班。""啊，你敢说你的师祖是鲁班？"赖皮呆了呆，两只眼珠叽里咕噜飞快转了几转，"好，既然你敢称鲁班是你师祖，那么两天内给我做一样东西，做得起，连上次的工钱一起算给你，做不起，哼，别怪我不客气！""请问什么木器？""听好，这东西不圆不方，不轻不重，不高不矮，不长不短。你就去做好了，我后天来拿。"

天哪！天下哪有不圆不方，不轻不重，不高不矮，不长不短的木器家具？这下，木匠急坏了，成天"怎么办？怎么办"地唉声叹气。听到木匠的叹息，隔壁的小龙丘苌就过去问："木匠伯伯，你有什么为难之事啊？"木匠叹了一口气说出了原因。龙丘苌听了，非常生气，决定要好好治治这个不讲信用的赖皮，他摸摸小脑袋想了一会，踮起脚，仰着小脑瓜凑到木匠耳边悄悄说了一通。听得木匠眉开眼笑：“对，这个办法可以试试，就这么办。”停了停又说：“人家说你是神童，你果然比别人聪明嘛！”

到了第三天，村民们早早聚在木匠家，等着看赖皮的“好戏”。一会儿，赖皮真的来了，一看村里有好多人聚在木匠家，就硬着头皮问木匠：“做木的，我要的东西做好了吗？”“做好了，早做好了，不过你来得不是时候，现在不好拿。”“什么？做好了的东西还要挑时辰拿吗？那你说什么时候好拿？”“这东西天亮了不好拿，天黑了不好拿，半亮半黑时不好拿，不亮不黑时也不好拿，什么时候来拿，你自己想吧。”

“什么？”赖皮一听顿时脸孔板起：“天亮了不好拿，天黑了不好拿，不亮不黑时不好拿，半亮半黑时也不好拿。做木的，那你说什么时候拿啊”“老哥，那么你要我做不圆不方，不轻不重，不高不矮，不长不短的东西究竟是什么东西啊”“这，这，这……”赖皮说不出来，头一摸要溜出门，一看门口早就被村里人堵住了，只见一个小男孩走过来，这个小男孩正是龙丘苌，龙丘苌说：“赖皮叔叔，木匠伯伯是个穷人，比你家还穷，帮你家干活，你饭不给他吃饱，工钱也不给，行吗？”村民们一齐说：“不行！不给工钱别想走出我们村！”一看这阵势，赖皮知道不给钱难过关了，于是很不情愿地掏出钱来拿在手里，嘴里说：“你们都叫我赖皮，其实我是最老实最讲信用的人！”说完，他把钱币往木匠家桌子上一放，在众人的哄笑声中溜走了。

从此以后，村里人都说龙丘苌是个聪明又善良的好孩子。

龙丘苌长大后，成了博学多才、远近闻名的学问家，由于他名气大，后代人为纪念他，把太末这个地方改称龙丘，到后来又改成龙游，直到明代成化年间，这块地域划出来建成汤溪县。龙丘苌和后来的徐安贞、杨与立、朱胜、胡森一同被称为“汤溪五贤”。

孟子说：“思诚者，人之道也。”小小龙丘苌也知道诚信是做人的根本，所以与村民仗义出面一起巧治了言而无信的赖皮鬼，为老木匠讨回了公道。在金华历史上，龙丘苌实有其人，这则故事也在民间代代相传，它充分说明金华百姓对诚信做人、真诚待人的肯定，对耍赖、不讲诚信的人和事的嘲讽和批评。八婺大地之所以有重信义的文化传统，是因为信义之树深深地扎根于普通百姓之中，根深而叶茂。

2. 留赞效命疆场

留赞，字正明，三国时期会稽长山(今金华)人，吴国军事将领。

留赞年轻时做会稽郡吏，与黄巾军的将领吴桓作战，亲手斩了吴桓。留赞的一只脚也受了伤，这只脚从此伸展不开。但他性格刚烈，喜欢读兵书和三史，每每看到古代良将战攻之事，就对书独自长叹，对左右亲戚说："今天下大乱，英豪并起，历观前世，富贵无常，而我屈居在这闾巷之间，活着死了有什么区别。我要用刀割开我的脚，如果幸而不死而脚又好了，那我就有用处了，要不就死了算了。"亲戚们都不愿意他这样冒险。隔了几天，留赞就用刀自己割自己的脚筋，血流如注，昏过去好长时间。家人都非常害怕，就帮他引拽他的脚。他的脚终于好一点，可以慢慢行走。

建安二十二年，偏将军凌统到会稽郡西部募兵，听说留赞名声后，请他相见，觉得他很了不起，就上表推荐留赞，留赞被试用。

后来留赞屡有战功，迁任屯骑校尉。他看到时事得失，经常直言不阿加以规谏，孙权因此甚为敬重他。随着陆逊、朱然等一批大将在孙权末年的去世，留赞及其两子留略、留平在吴国与魏国的抗衡中发挥了显著作用。

建兴元年，太傅诸葛恪率军扼巢湖，在东兴修筑大堤，左右结山峡筑两城，其中东城由都尉留略把守。魏军七万进攻东兴，诸葛恪遣留赞与吕据、唐咨、丁奉为前部驰援。在众寡悬殊的情况下，留赞冲锋陷阵，与其他各部合力战斗，大败魏军。东兴一战，魏军死者数万，留赞因功迁为左将军。

东吴五凤二年闰正月，年已73高龄的留赞随丞相孙峻征淮南救援诸葛诞，授留赞符节，拜左护军。还没到寿春，留赞在路上发病，孙峻命令留赞先行返还。魏将蒋班带领步骑四千追击留赞。留赞病重，不能迎敌，自知必败，就解下曲盖印绶给了弟弟的儿子，让他先带着回去，说："我自从做将领以来，破敌拔旗，从来没败过。今天病重兵疲，众寡不敌，你赶快走，都死了对国家也没有好处，反而让敌人痛快。"弟弟的儿子不肯先走，留赞拔刀就砍，弟弟的儿子这才走了。

据《吴书》记载，以前，留赞为将，临敌前必定先披散头发仰天长啸，高声而歌，左右合应，然后进攻，战无不克。等兵败时，叹道："我战有常策，今天病重如此，也是命呀！"就这样兵败身死，时年七十三。

诸葛亮《后出师表》：“臣鞠躬尽瘁，死而后已。”留赞为孙吴屡立战功，年过古稀，仍然老当益壮，在战场上奋勇杀敌，直至为国尽忠，战死沙场。在三国纷争、天下大乱的年代，他一辈子所想的，就是怎么报效国家决战疆场，怎么做才对国家有用处、有好处。在为国而死、青史留名与安于闾巷、埋名善终之间，他毫不犹豫地选择了前者，充分显示了他忠义双全的精神品格。他确实做到了青史留名，一千七百多年后的今天，家乡人民仍然以他为荣！

3. 徐镃忠直尽职

徐镃，唐代武义东皋人。

唐昭宗初年，徐镃 20 岁，以才识并茂起为仓部员外郎。5 年后，升仓部侍郎。凤翔节度使李茂贞派使者到仓部索取奉献百缗。徐镃说：“部库方虚，无可奉献！”使者恶狠狠地说：“你如此强顶，难道不想当官为吏了吗？”徐镃说：“不想为吏，故敢如此！”使者愤愤离去，奈何不得。

按照唐代官场惯例，仓部公事只凭尚书一人独断，侍郎以下，不过签署而已。徐镃说：“朝廷设官分长佐，意在相互敬重，做出成绩。如果只凭长官一人所为，我等又何必在此束手旁观做国库蛀虫，让后世唾骂！”仓部尚书金某，任用一亲戚为堂吏，该堂吏因克扣军饷被逮捕下狱，徐镃欲杀一儆百。金尚书得知后，极力相救，但徐镃秉公断案，仍然将他绳之以法。次日，徐镃具文书请金尚书签字，金尚书故意刁难，不给签字，徐镃瞪着眼睛直视金尚书，说：“君欲与恶人为伍，让其党恶翻案耶？”金尚书不得已签了字。

徐镃在仓部任职十余年，忠直尽职，秉公办事，后调任兵部侍郎。不久，即请求归里，唐昭宗封其为国子祭酒，加食邑五百户，赐九旒紫金鱼袋，并作诗赠别。

回到故乡后，徐镃体恤民情，见家乡清溪常年流水，但两岸农田却常常因缺水灌溉而遭受旱灾，就决定兴修水利改变这一状况。他沿溪查勘地势，画出图纸，出资请工匠在清溪底层砌筑涵瀛（集水廓道）和多条支瀛，形如竹枝，上面覆盖条石，水自溪底行，溪上水涸而堰水长流。堰水灌溉杨村、刘宅、王山头、泉溪等村农田万余亩，沿用至今。乡民怀其恩德，就把这座水利工程取名为“仓部堰”，并在堰旁建庙奉祀。

曾子说：“为人谋而不忠乎？”意思是说为人办事就要忠心尽力。徐镃为官时，食君之禄，忠君之事，不以国库资金徇私情，不因副手而“束手旁观做国库蛀虫”，而是忠于职守，积极有为，敢于顶住上司的高压秉公执法，深得皇上器重。退职归里之后，仍体恤民情，发挥余热，积极为家乡兴修水利，使之至今造福万民。

4. 胡则为民造福

胡则，初名厕，字子正，宋代永康胡库人，被地方百姓称为胡公大帝。

胡则从小便果敢有才气，曾在方岩僧舍读书。宋端拱二年（989 年）登进士第，为婺州有史以来第一个取得进士功名的文人。及第时宋太宗御笔削去厂部，赐名为则。先后知浔州、睦州、温州、福州、杭州、陈州，任尚书户部员外郎、礼部郎中、工部侍郎、兵部侍郎等官职。

胡则忠君爱民，力仁政，讲信义，宽刑狱，减赋税，除弊端，做了许多利国利民的好事，所到之处，政绩斐然，为后人所称道，在他死后一千多年时间里，把他神话成了“胡公大帝”。

胡则爱民。签署贝州观察判官时，把十来万服役民夫遣送回家，让老百姓得以休养生息；担任福唐郡守连上三道奏折揭露将官庄田标价出卖的不义之举，使朝廷收回成命；提请改革盐法，改官卖为商销，百姓称便；巡视宜州时，受理已判处死刑囚犯 19 人，经复审辨得活者 9 人。

胡则喜交结，尚风义。丁谓被贬崖州，手下宾客随之四散，唯独胡则私底下派人至海上，馈问如平日。在福州时，前守陈绛曾经延请四川人龙昌期为众人讲《易》，得钱十万。陈绛为此犯了罪，而龙昌期也被从成都戴上械具押来，胡则打开械具并待之以宾客之礼，拿出自己的俸钱为他偿还。

胡则讲诚信。他转任广南西路转运使时，有外国船只遭遇海上风浪漂泊到琼州(海南岛),并告诉因为缺乏粮食,不能回去。胡则得知这个情况后,立即命人贷钱三百万给他们。手下地方官认为这些夷人生性狡诈不可相信,海上大风大浪又不可预测,借出去的钱恐怕收不回来。胡则认为"他们因为有急难事情而求我,难道可以拒绝而不给吗?"后来贷出去的钱款果然如期归还。

胡则之所以为万人称颂,万民感戴,并且由人而神,直至成为香火长盛不衰的胡公大帝,主要在于他于明道元年任工部侍郎,集贤院学士,适逢长江、淮河流域大旱,百姓饿死者甚众,胡则乘机上疏,请求永远免除江南各地的身丁钱(人头税)。他有《奏免衢婺身丁钱》一诗留世,诗曰:"六十年来见弊由,仰蒙龙敕降南州。丁钱永免无拘束,苗来常宜有限收。青嶂瀑泉呼万岁,碧天星月照千秋。臣今未恨生身晚,长喜王民绍见休。"皇帝于是下诏令永远免除衢州、婺州两州的身丁钱。

宝元二年六月十八日,胡则于杭州逝世,他的好朋友范仲淹作铭文:"进以功,退以寿,义可书,名不朽,百年之为兮千载后。"

百姓为记住胡则的功德,在方岩山顶立庙纪念他。

有民间传说:北宋末年,淳安爆发方腊农民起义。一开始,起义军声势浩大,所向披靡,一路打到了永康方岩,却死活打不下来。当地官员就向朝廷奏报,说是胡公显神。朝廷听说了自然很高兴,封胡则为祐顺候。

公元 1162 年,宋高宗赵构应百姓之请求,用"赫灵"两字作为胡公的庙额。从此,胡公被百姓敬若神灵,成了"有求必应"的活菩萨,并于每年农历八月十三日胡则生日那天举办各种民俗风情活动,以祭拜胡公。直到今天,在金华、衢州一带,特别是永康方岩仍然盛行祭拜胡公的活动。

1959 年 8 月,毛泽东在开完庐山会议返京途中路过金华,曾说过这么一段话:"你们永康不是有块方岩山吗?方岩山上有个胡公大帝,香火长盛不衰,最是出名了。其实胡公不是佛,也不是神,而是人。他是北宋时期一名清官。他为人民办了很多好事,人民纪念他罢了。为官一任,造福一方,很重要啊!"

《尚书》有言:"敬德保民",这是儒家"民本"思想的核心,孟子说:"民为贵,社稷次之,君为轻。"胡则饱读圣贤之书,为官积极践行民本思想,为百姓做好事办实事,深受百姓拥戴。他死后乃至千年以后,仍能够入庙为神,成为民众心目中的“神”，这是老百姓纯朴的因为胡则“为官一任，造福一方”的大义而有恩必报的逻辑，是对公正的期许，对幸福生活的感激。我们的领导干部应该牢记毛泽东“为人民服务”的宗旨，真正做到“为官一任，造福一方”，从而赢得人民群众的衷心爱戴和拥护。

5. 潘良贵诚实守正

潘良贵，字义荣，号默成，金华城区人。北宋政和五年进士，授秘书郎，后累迁至提举淮南东路常平。潘良贵做人、为官诚实守正，安贫乐道，当时婺州有“三潘”，即“富潘”“贵潘”，潘良贵号称“清潘”。

潘良贵为官刚直不阿。南宋靖康元年，钦宗问谁可做宰相，潘良贵直言何桌、唐恪等4人不可用，结果被当权者视为狂妄，被贬官。高宗即位，召为左司谏，潘良贵即建议高宗巡幸淮扬，选皇室有贤德之人做山东、河北长官，以此壮国体、养兵威，以图恢复大宋江山。后因请诛叛命者，得罪了当时的宰相，被革职。潘良贵一生曾因得罪权贵而三次被贬，但仍不改志向。

潘良贵一生仕途坎坷，却坚持操守与信念，从不与奸臣贪官同流合污。当时人称“六贼之首”的蔡京当宰相，他的几个儿子也身居高位。蔡京位极人臣，窃弄威权，不少人以能够巴结上蔡京父子为荣。而蔡京父子出于种种目的多次要和潘良贵结交，都被潘良贵所拒绝。另一宰相王黼才智出众但没多少学问，善于巧言献媚，得到相位后，借位高权重之机做奸邪之事，他想招潘良贵为女婿，被潘良贵拒绝了。此后，大奸臣、金国攻陷东京后建立傀儡政权的“楚帝”张邦昌也想招潘良贵为女婿，宰相章惇则图谋把孙女嫁给潘良贵，并允诺陪嫁财产300万钱，均被潘良贵拒绝了。人称“奸臣之雄”的秦桧曾经差人暗示潘良贵去求一郡令，被潘良贵坚决拒绝。后来，潘良贵娶了范仲淹后裔一孤女为妻。潘良贵不攀附权贵，甘于清贫，病逝后家里连下葬的钱也没有，为此宋高宗赐钱50万。

荀子说:"夫诚者,君子之所守也,而政事之本也。"意思是说,诚信是立身兴邦之根本,是君子所要坚守的,金华先贤潘良贵用实际行动对荀子的这句话作了最好的诠释。潘良贵在皇帝、大臣面前敢于讲真话,真诚信实为本;在强敌、奸臣面前,爱国忠信为先;在名利诱惑面前,廉洁清正为本,求仁得仁,至死不改其志,体现了高尚的思想情操。可以说,因其人格、操行之"良",而显其人生价值之"贵"!

6. 叶衡忠信为官

叶衡,字梦锡,婺州人(今婺城区白龙桥镇叶店村),南宋宰相。

叶衡任临安府於潜县县令时,当地户口簿上累积弊端,富户大多隐瞒漏报,贫弱户困于重复缴纳赋税,叶衡根据当地实际把民户定为九等,从五等以下除去他们的名籍,而把他们应缴纳的份额均摊给上四等的民户,贫穷的人顿时得救。征收科税定下期限在县衙门口张榜公布,让里正告诉百姓,不派一个官吏扰民催缴而赋税自然收足,治绩成为各县中最好的,郡长官把他的政绩向皇上报告。皇上召见他,称赞说:"我听说你治理县治很有办法"。

叶衡被提升为常州知州,当时常州发大水造成灾荒,叶衡开仓煮粥给饥民吃。有人说常平仓不可以轻易打开,叶衡说:"储蓄粮食正是为了救急的,怎可看着百姓挨饿而不救助呢?"当时瘟疫大起,叶衡单人独骑命令医生跟随自己,到处访问疾苦,救活了很多人。

叶衡授任太府少卿,合肥临湖边有圩田四十里,叶衡上奏说:"招募百姓耕种,每年可收谷数十万,免除租税,二三年后田地定下规模,仿照营田方式,公家私人各收一半。"皇上采纳了他的建议。

叶衡授任户部侍郎,当时盐税亏欠很多,叶衡上奏说:"近年来赋税收入没有增加,是私商贩盐妨害了它,应从煮盐的地方就加以管制,管理盐锅的生火灭火,核查盐灶的多少,盐户的本钱按时发给他们,盐出得多了按时收购,选廉洁能干的官吏访察他们,私贩自然会绝迹。"朝廷准奏,盐税亏欠的局面得以扭转。

李垕应贤良方正科对策时，近于亢直敢言，被列入第四等，叶衡上奏说："陛下赦免他的狂妄而选取他的忠诚，足以显示陛下包容谏言的隆盛。"于是赐李垕制科出身。有人进言江、淮兵士名籍作伪泛滥，皇帝下诏让叶衡考察检视，赐给他袍带、鞍马、弓箭，并且命叶衡处理安置民兵。叶衡抓住要点，治军有方，深受人们的称赞。叶衡办完事入朝觐见皇上，皇上当时驾临偏殿检阅武士，召叶衡参与观礼，赐他酒，亲自写字赐给他。

后来皇上派叶衡知荆南、成都、建康府，担任户部尚书，叶衡又上奏建议：一是关于选择地方牧守将帅，要求必择材以称其职，必久任以尽其材；二是令户部取湖广会子实数，全部用京城会子在规定的期限内完成交易，既防作假又避免通胀。这两个建议都被皇上采纳。

叶衡拜任右丞相兼枢密使。皇上专心一意恢复国土，召叶衡商议，叶衡深思熟虑，对将帅、武器、山川、防守一一抒发己见，深得皇上欢心，奏对结束，皇上赐他座位，并称赞说："卿真宰相才也。"

孔子曰："主忠信，徙义，崇德也。"意为以忠信为主，唯信义是从，就能使自己的德行崇高。叶衡忠信为官，德才兼备，所以才得到皇帝的信任，委以重任。从德看，叶衡所做的，无论是公平赋税、减轻贫苦百姓负担，还是开仓赈饥、消除瘟疫，无论是开垦圩田、官民两利，还是改善盐政、改革财政货币，都可以看出他对国家的忠诚，对百姓的仁爱。从才智看，他看问题从实际出发，所以把握准确，方法得当，处理果断，效果良好。叶衡忠信为官的故事，值得后人好好借鉴。

7. 刘滂不附权贵

刘滂，字德霖，武义县刘宅人，宋代官吏。

刘滂年少时，好学而有创见，老师、长辈都认为他是一个奇才。长大以后，刘滂与浦江梅执礼交往，学识益博，当时人有"东梅西刘"之誉。

宋大观三年，中进士，授新昌县令。新昌地处偏远山区，民风尚武，乱事频生，到此地任官者大多称病辞去。刘滂上任后，以诚待民，教育感化，民风好转，百姓安居乐业，对刘滂称颂有加。邻县有难断的案件，也经常请刘滂审理。豪绅邹某，横行乡里，陷人致死。刘滂捕邹犯归案，刑部派使者求免，刘滂不从，依法充军。

太师蔡京没有当官时，与刘滂的祖父是布衣好友。刘滂进京后，蔡京经常对人说："刘滂是我老朋友的贤孙。"蔡京请朝廷授刘滂为巡察检举之职，准备充作自己的党羽。当时常瑰题诗屏风，蔡京怀疑他是讽刺自己，就嘱咐刘滂去取常瑰的墨迹，并当面许诺，事成之后包刘滂升官晋级。刘滂笑道："与吾何干！"拂袖而去。蔡京不悦。从此，刘滂不任官职十余年。

靖康元年，钦宗下诏授刘滂为太常博士，因蔡京未除，刘滂坚辞不受。建炎二年，高宗迁都临安，征用人才，委任刘滂为知建昌军。此地历任官员整治不严，兵卒骚扰市井，肆无忌惮。刘滂到任后，整顿法纪，对入室抢劫者绳之以法，市民始得安宁。绍兴四年，当地驻兵发生叛乱，朝廷派遣刘滂率军追剿。七月初三，叛兵闯入刘滂家中逞凶，刘滂奋起与之搏击，被刺身亡。刘滂的妻子以身保护婆婆，同时遇害。

建昌人听到刘滂为民除患而殉难的消息，失声恸哭，前往吊唁者接踵而至。

建昌兵乱上报朝廷，天子震怒，派兵平乱，叛乱者终得伏诛。朝廷追封刘滂为朝请大夫。

孔子说："言必诚信，行必忠正。"刘滂为人诚实，行事忠正，其祖父与位极人臣、炙手可热的蔡京是布衣好友，这对于投机钻营的人来说，可谓是傍上了一棵大树，唯恐巴结不及，但刘滂面对蔡京的卑鄙要求和升官许诺，敢于当面顶撞，拂袖而去。刘滂为地方官时，忠于职守，以诚待民，真心为老百姓办实事。他虽为一介书生，面对逞凶叛兵，却敢于奋起搏击，血洒岗位。刘滂不附权贵，一生为官虽小，但一身正气，顶天立地，其忠正形象极其高大。

8. 吕祖谦求实创“婺学”

吕祖谦，字伯恭，为与伯祖吕本中相区别，又有“小东莱先生”之称，金华人，南宋著名理学家、“婺学”创始人。

中国传统武林有著名的“华山论剑”，而我国哲学史和思想史上也有一次重要的论战，史称“鹅湖之会”，时间为南宋淳熙二年(1175)，地点在信州(今江西上饶)铅山鹅湖寺，论战的双方是以朱熹和陆九渊为首的两个针锋相对的学派，历时三天，于当年六月八日结束。论战的组织者和主持者是世称“东莱先生”、“婺学”创始人的吕祖谦。在会上，吕祖谦实事求是，对两派的观点进行了公正务实的评判，并极力调和朱、陆二派异同，可惜未能成功。不过能够组织并主持当年占据全国统治地位的两派“学术大咖”来辩论，本身就表明吕祖谦深孚众望，为大家所信任。虽然论战双方彼此谁也说服不了谁，但各方都钦佩吕祖谦的人品学问。清代学者全祖望说：“小东莱之学，平心易气，不欲逞口舌以与诸公角——宰相之量也。”

吕祖谦在为人和学业上都体现出求实求真、宽宏函容和兼收并蓄的精神，使他独树一帜，成为南宋一位重要学者和思想家，被称为“婺学宗师”。其为学主张明理躬行，治经史以致用，“讲实理，育实才，并求实用”。其所开创的金华学派强调内圣与外王的高度统一，上承孔孟之正传，下开浙东学派之先河。其目的就是经世致用，求真务实。婺学不同于程朱理学和陆王心学，一是程、朱、陆、王都专重内在的心性而讳言外在的功利，而婺学则主张心性与事功并重；二是程、朱、陆、王都把修养心性看作是超越于功利之外的独立学问，而婺学则主张应把修养心性贯彻于事功之中，即道德的价值应从济世安民的事业中体现出来。程、朱、陆、王之“道学”是旨在修养道德心性之学，而“婺学”则是旨在经世致用之学，把修养道德心性的内容包含在造就经世致用之学的内容之中。

婺学(金华学派)之所以影响巨大，吕祖谦功莫大焉。婺学之所以有价值，也在于吕祖谦等人敢于突破当时占统治地位的大谈空虚性命的程朱理学，强调“讲实理，育实才，并求实用”。“实”是“信”的基础，诚实、求实才能“信”。吕祖谦及其所创立的注重“济世安民”的婺学，也积淀为婺州百姓的文化基因，施惠后人，在市场经济年代，正是这种诚信务实的文化价值观推动着金华经济迅猛发展。

9. 王淮恪尽职守

金华江北老市区有条著名的小巷——“四世一品”巷，“四世一品”的名称来源于金华历史上曾出过四代官至一品的家族。南宋王淮官拜右丞相兼枢密使，封福国公，朝廷赠其曾祖父王本为太师鲁国公，祖父王登为太师魏国公，父王师德为太师楚国公，都官居一品。

王淮，字季海，金华人(今金华城区)，南宋名相。

王淮一生为官 40 年，做到宰相，很有政绩。对外他一生力主抗金，建议“择将、备器、简兵、足食”，批评只知“以和为和”，不知“以和为战”。对内治理朝政，竭力荐举贤才，朱熹、吕祖谦、辛弃疾、陆游等都曾受他举荐。他重视赈济水旱灾害，曾屡次奏请宽刑减赋。他为人诚实耿直，孝宗称他“不党无私，刚直不阿”。

宰相汤思退名声不佳，王淮列其罪状数十条加以弹劾，被罢免。吏部侍郎沈介之欺世盗名，都司方师尹为人狡诈阴险，都被王淮弹劾罢免。王淮向皇帝上奏，指出治理国家之策“治内有三：正心术，宝慈俭，去壅蔽。治外有四：固封守，选将帅，明赏罚，储财用。”皇帝大加赞赏。

王淮与李彦颖一起行使宰相职权时，王淮说：“授予他人官职应当看他是否贤德，如果他的确有贤能，那么不能因为他是我的乡里故旧而废弃不用；如果他没有才能，也不能凭借自己的私心而包庇任用他。”皇上称善。

四川人赵雄被罢免宰相，在朝廷中做官的四川人因为怕受牵连都想离职。王淮说：“这是唐朝党祸之争的遗留，哪里是圣世所应该有的呢。”王淮对他们都按部就班进行升迁，为官的四川籍人士于是放心了。枢密都承旨王抃凭借皇帝的宠爱做坏事，王淮极力向皇帝陈述他的罪状，说：“皇帝受他人批评，很少不是因为身边的宠臣干坏事。”皇上立即斥骂了王抃，并且对王淮说：“丞相你说话直接毫不隐瞒，君臣之间正应该如此。”大臣章颖谈论事情疏狂率直，皇上要罢免他，王淮劝说道：“陛下您喜欢听下面的人直言，所以士大夫都标榜直言，这样说真话的风气可贺。陛下这样罢免了他恰好成就了他的美名。”皇上听了高兴，章颖被留职。

淳熙十六年，王淮病卒。王淮墓原址在尖峰山脚，和普通墓葬朝向不同，王淮墓葬是坐南朝北的。据说，王淮一直思念着北方被金兵侵占的故土，因此，他死后也要面朝北方，想看到收复失地的那一天。

孔子有言：“言忠信，行笃敬。”意指为人言语忠诚老实，行为忠诚厚道而又严肃认真，通常形容为人言行举止很忠义，值得别人信任。王淮处在内忧外患的时代，他外主抗金，内理朝政，不搞党祸之争，任人唯贤，既敢弹劾奸相宠臣，又能力保忠臣诤臣，均体现了他的忠诚、认真与无私，所以深得皇帝的信任。他一生为官 40 年，恪尽职守，鞠躬尽瘁，死而后已，坟墓也要朝向北方，期待着中原收复的那一天。

10. 陈亮忠诚爱国

陈亮，原名汝能，字同甫，号龙川，永康人，南宋思想家、文学家。

对国忠诚、为官忠信、坚守统一信念的思想贯穿了陈亮的一生。从青少年开始，就显示出陈亮是一位聪颖精明、才华横溢和志量非凡的人。18 岁时，陈亮就考查了历代古人用兵成败的事迹，写出了《酌古论》3 篇。当时的婺州郡守周葵看了这部书，对他十分赏识，赞誉为“他日国士也”，并“请为上客”。然而，周葵欣赏的是陈亮博通古今的才华，期望把这位有希望的青年人纳入道德性命之学的规范中去。但陈亮对此不感兴趣，他认为，那种空谈心性的道德性命之学无补于实际，更不能解决抗金统一事业，所以没有按照周葵为他设计的道路去实行，而是继续研究前人的历史，又撰著了《英豪录》和《中兴遗传》两部著作，希望从历史的经验和教训中总结出中兴复国的借鉴。

南宋孝宗乾道五年（1169 年），朝廷与金人媾和，“天下欣然，幸得苏息”，唯独陈亮出于一个爱国者的责任感，敢冒风险，认为不可，他以布衣身份，连上五疏，这就是历史上著名的《中兴五论》，朝廷置之不理。他又于1178年中，连续三次上书。由于奏疏直言不讳，大胆鞭挞了自秦桧以下朝廷一班大臣退让求和、苟且偷安东南一隅的国策和儒士们脱离实际的空谈风，遭到了当道者的忌恨，以"言涉犯上"等罪，两次下狱，并被施以酷刑，"笞亮无完肤"。

经受严重打击排斥之后，陈亮恢复中原之志并未改变。孝宗淳熙十五年(1188年)，陈亮亲自到建康(南京)、京口(镇江)观察地形，他主张不要把长江天险仅仅当作是隔断南疆北界的门户，而要把它作为北伐中原、恢复失地的跳板。为此，陈亮再次上疏，建议孝宗"由太子监军，驻节建康，以示天下锐意恢复"。绍熙四年(1193年)，他参加礼部进士试，考中状元。他在中状元后的报恩诗中说："复仇自是平生志，勿谓儒臣鬓发苍"，表达了他强烈的爱国心与责任感。

陈亮力主抗金，完成祖国统一大业。他提出"任贤使能""简法重令"等革新图强言论，无不以功利为依归。他提倡"实事实功"，有益于国计民生，并针对理学家空谈"尽心知性"，讥讽为"皆风痹不知痛痒之人"。他所做之文章，说理透辟，笔力纵横驰骋，气势慷慨激昂，自称"人中之龙，文中之虎"，可谓"推倒一世之智勇，开拓万古之心胸"。

孔子云："士志于道。"即作为士(知识分子)要立志追求真理，寻求治国、平天下之道。陈亮由布衣而为状元，达到了科举时代读书人梦寐以求却很难达到的人生顶点，仕途上已是鲜花铺路，前程似锦。但是，正如他自己所说："亮闻古人之于文也，犹其为仕也，仕将以行其道也，文将以载其道也，道不在于我，则虽仕何为"。陈亮的理想不像其他人，只求做官，而是求道，是寻求在国家危亡之际，一个做臣子的如何尽其对国忠信之责，不怕风险，探求如何复兴国家、解民于水火的爱国爱民之道，这种崇高的精神境界，比状元美称更为可贵，更值得人们称颂！

11. 乔行简忠信直言

乔行简，字寿朋，东阳人，宋光宗绍熙年间进士，宋理宗时曾任参知政事、右丞相、左丞相，并被封为鲁国公。

乔行简早年跟吕祖谦学，天资聪慧，问一答十。有人曾出上联，“山羊上山，山碰山羊角，咩——”，求乔行简对下联，他不假思索，就答“水牛下水，水淹水牛鼻，哺——”，众人叹服。有人又求对永康方岩的“五指岩”绝联：“五指岩，岩五指，指指立地；”乔行简略一沉吟，答：“八面山，山八面，面面朝天。”（“八面山”是东阳名山），满座绝倒。

乔行简中进士前，是一个穷秀才，每夜以四五文钱买一点油装在小油瓶里，藏于青布衣袖之中，归来后燃灯读书。本县有个押司姓周，每日路上碰到，都要戏弄、欺侮他，故意扯他的衣袖，使油渗出污染衣服。后来乔行简进士及第，不到10年，当了浙东帅。本县夏季征缴的丝绵运到，乔行简批示说，请排军押出本县押司周某，限几日内送至帅府。周押司以为自己必死无疑，最轻也要黥面刺配。等押送到帅府，报告呈送上去，却未见批复，也不见有什么话传下来。等了十几天再呈报，仍不见批复。一个月后，再呈报，乔行简命将周押司带到帅府，问周：“押司近来无恙吗？”周押司吓得身如筛糠，连乞饶命。乔行简指着自己的座位说：“这个座位穷秀才都有份来坐的，今后休要欺凌穷秀才。”然后送1000贯钱给他压惊，放了他，周押司感恩不尽而去。

乔行简为官忠信，好直言，善荐才，史称“爱君子，惟恐不致；疾小人，不为已甚”。他向皇帝直谏“帝王欲用其民者，必得其心以为根本”“自古英君必先治内而后治外”。他针对时弊慨然提出：“贤路当广而不当狭，言路当开而不当塞。治乱安危，莫不由此。”在封建官场，直言无忌的人，往往不受上司、同僚喜欢，因此，乔行简大器晚成，三十八岁进士及第，七十岁以后才当上副宰相，八十一岁任左丞相兼枢密使，封肃国公。

南宋朝廷积贫积弱，再加统治者一味委曲求全，向“金国”称臣，国事已不可为，但在不可为中，仍然要勉力有为，这才是仁人志士的伟大抱负。自从宋高宗授意秦桧毒杀岳飞后，“主和派”一直是卖国的同义词。到宋理宗朝，国内、朝内一片“北伐”“收复中原”之声。但鉴于“开禧北伐”的失败和宋金两朝的国势对比，乔行简为天下苍生考虑，不顾个人毁誉得失，敢冒天下之大不韪，提出“金有必亡之形，中国宜静以观变”，坚决反对贸然北伐，而是应该用十年甚至更长的时间励精图治，做好准备工作，等时机成熟时，再举全国之力灭金。

作为“太学生”们的攻击对象，乔行简以咬定青山不放松的精神，终于守得云开见月，使国政朝自己的设想转变，自己也大器晚成，登上了人生的顶峰。

朱熹说：“人道惟在忠信，‘不诚无物’。人若不忠信，如木之无本，水之无源，更有甚底！”怎么样才算是“忠信”？为国效力，做一个让人称颂的伟丈夫，乔行简以他的言行给我们树立了榜样。他有忠有信，为了国家的稳定，为了人民的安宁，他敢于直言，善于荐才，尤其是关乎国家前途命运之际，他更是不顾个人毁誉得失，敢冒天下人之骂名，面对一片“北伐”“收复中原”的热血呼喊，他头脑冷静，敢于直面现实，坚决反对贸然出兵，而是极力主张励精图治以增强国力，然后举全国之力灭金。

12. 徐侨尽忠职守

徐侨，字崇甫，义乌佛堂人，南宋政治家、理学家。

徐侨幼少时颖悟勤读，行为端庄，1187 年中进士，初授江西上饶主簿。部使者听说他任职贤能，准备推荐他，问他有什么要求，徐侨答：“我要尽忠职守，做好应做的工作。”他拜理学大师朱熹为师，朱熹称他为“明白刚直士”。

当时南宋疆域，北边与金国划淮河而治。高宗时秦桧掌朝政，力主和议，向金国输币纳绢，只求苟安。南宋丞相史弥远为首的主和派主张与金人议和，徐侨上书力陈议和之患，提出退敌之策，不怕触怒权贵，时人称颂其为维护国家尊严而敢于尽言。

徐侨主动要求到和州任职。和州是江防要地，本地所依靠的只有“敢勇”一军，但平时疏于训练，战斗力弱。徐侨挑选精壮五百人，建造械器，任命将校，每日教以弩射叉枪之法，每十天亲自查阅一次，奖优罚怯，大家都互相激励奋发有为。

宋朝沿用前朝“和籴”制度，以低价强制征购粮食，并实行“推置”“升耗”等方法搜括，比赋税更为苛扰，和州百姓不满。徐侨就上奏，请朝廷豁免升耗，严禁溢量无偿征购粮食，百姓都认为方便而称赞。

嘉定十一年冬，徐侨升任提举江南东路常平茶盐公事。过长江，见淮民流亡建康、镇江一带者数以万计，饥寒交困，于是命令州县官拿国家积贮的常平仓粮食赈济。有官员认为须请示制置使的批准方可开仓，要申文上报批复后实行。徐侨发怒，说：“赈饥如救溺，怎能按照常规文书往还，迁延误事？”急命发粮，且奏请劾罢两人官职。此一举措，救活无数饥民。

绍定六年，封徐侨为宝漠阁江东提刑，任命一公布，不少赃官贪吏深知如果徐侨主持刑狱，惩治贪污决不会枉法宽纵，因此惧怕究罪而闻风交纳官印离职，先行回避。

徐侨学识丰富，中年曾辞官归里，后来在赤岸东岩筑有盖瓦平房，仅蔽风雨，附建茅屋数间，取名东岩书舍，供慕名前来求教的门人学习、住宿。他在晚年复出前家居十余年时间里，热心传播理学，以博学、刚直、显达而煊赫于世。他安贫乐道的操守，也成为同时代正直士大夫的榜样。

《礼记》云：“不宝金玉，而忠信以为宝。”品格高尚的人，不以金玉为宝，而以忠信两字为宝。徐侨一生，为官四十余年，始终牢记自己为官之初“尽忠职守”的诺言，勤于政务，忠于职守。他力主抗金，积极备战，为国解忧；帮助百姓，赈济灾民，为民解困。在辞官后十余年时间里，也是安贫乐道，热心育才。“嗟嗟我辈人，志不在名利；所趋必踏正，所论必根义。”徐侨自己的这首诗歌，正是他一生最好的写照。

13. 金履祥不言而信

金履祥，字吉父，号次农，自号桐阳叔子，兰溪人。宋、元之际的学者，是浙东学派、金华学派的中坚，人称“仁山先生”。与何基、王柏、许谦并称“金华四先生”，亦称“北山四先生”。

南宋末年，政治动荡，金履祥虽然没有意愿做官，但他不忘忧国。元兵围攻襄樊，金履祥献策朝廷，建议以重兵由海道直趋燕蓟，且详细叙述海船所经地形，都有根有据，遗憾的是当朝者昏聩，未被采纳。

金履祥为人主忠信重情义。他有位老朋友去世时，留下孤儿寡母，后来儿子犯了事，母子二人分别被发配给他人做奴隶，彼此不知生死已有十年。金履祥得知后，不惜竭尽家产设法解救，经多方奔走努力，终于将他们赎身出来，让他们母子团聚。后来那位儿子成为显贵，金履祥自己始终不提此事，见面只是问候而已。

金履祥青年时期，因倾慕周敦颐、程颐、程颢的学问，曾跟从同郡人王柏学习，后又随王柏一起投到何基的门下。后来，何基、王柏先后去世，金履祥率领同门师友，穿着丧服为他们操办丧事，为老师送终，恪尽学生之礼。

宋灭亡后，他筑室隐居金华仁山下，讲学著书，惠及后辈，许谦、柳贯都出自他的门下。

他治学由博返约，不作性理空谈。在社会政治思想方面，他继承了王柏注重现实的精神，不采何基与世隔绝的态度；在学术上，他继承王柏的疑经精神，然而治学较为笃实。著作有《尚书注》《大学疏义》《论语集注考证》《孟子集注考证》《仁山集》等。

《周易》曰：“默而成之，不言而信，存乎德行。”意思是说，在默然中成就一切，不用言语而致诚信，使之依存于德行之中。金履祥在老朋友生前并没有对他承诺过什么，老友临终时也没有对金履祥嘱托过什么，但当老友的遗孀孤儿有难时，他却不惜倾家荡产将他们营救出来，金履祥“不言而信”，“默而成之”，已把诚信与道德融为一体，达到了诚信的最高境界。在构建诚信社会的今天，金履祥的不言而信之举，非常值得大家学习。

14. 朱丹溪诚心拜师

朱丹溪，名震亨，字彦修，义乌赤岸人，因所居地有河名“丹溪”，学者于是尊称他为“丹溪翁”或“丹溪先生”。朱丹溪医术高明，倡导滋阴学说，创立丹溪学派，对祖国医学贡献卓著，是“金元四大医家”之一。

朱丹溪自幼聪敏好学，读书能过目成诵，日记千言，文章辞赋，一挥即成。朱丹溪30岁时，母亲患病，众多医生束手无策，因此他就立志学医。他刻苦钻研《素问》等书，克服了学习上的种种困难，经过5年的勤奋苦学，治好了母亲的病。

为使自己的医术更加精进，朱丹溪北上渡过钱塘江，经过姑苏（今苏州）到建业（今南京），一路上遍寻良师，遗憾的是未能找寻到一个自己认可的老师。

返乡途中，他偶然在武林（今杭州）获悉医学大家罗知悌就隐居在附近山林中。他拜师心切，贸然登门拜访，结果自然是吃了一顿“闭门羹”。朱丹溪诚心求师，第二天一大早，他就到罗氏家门口毕恭毕敬地等候接见，直到天黑也没人理会，才返回住处。如此几天，结果都一样。

起初，罗氏家人也劝朱丹溪不要再瞎子点灯白费蜡了，还是干干其他有意义的事吧。但朱丹溪一心一意要拜见罗先生，每天到罗家门口恭候。对这一现象习以为常的罗氏家人起先以为朱丹溪和其他前来拜师的人一样，支持不了多久，所以并不理会。可时间一长，连他们都感觉到了朱丹溪的诚意。这样一连数十天，朱丹溪顶着风吹日晒和人们的冷嘲热讽，雷打不动地伫立在罗家门口，静静地等候着老师的接见。

“精诚所致，金石为开”，罗知悌终于被感动了，他本来就听说朱丹溪医术不凡，德才修养俱佳，也感到再不收徒，自己的医术将无传人，朱丹溪的品学正符合自己招徒的要求。他终于到门外叫朱丹溪进了屋子，并诚恳地说：“很早就听说义乌有个朱丹溪医术高超，我愿意和你一起将医术发扬光大。”朱丹溪急忙下跪拜师，惶恐地说：“高师如此虚怀若谷，开门纳徒，弟子无地容身，请师父受我一拜。”这一拜，促成了浙江中医教育史上一段佳话，催生了我国金元时期又一名医和流芳百世的“丹溪学派”。丹溪学说，不仅在国内影响深远，而且在15世纪时传入日本，成为沿用至今的日本汉医的辨证纲领。日本还成立“丹溪学社”，进行研究和推广。

汉代王充在《论衡》一书中说：“精诚所致，金石为开。”朱丹溪为了达到济世救人的目的，即使千折百转，不达目的誓不罢休，朱丹溪的诚心终于换来了罗知悌的真心。在名师的指点下，朱丹溪刻苦钻研，探求疾病真相，建立治病学说，终成一代名医，流芳百世。朱丹溪数十日伫立罗家门口恭候受教，与宋代的游酢、杨时“程门立雪”的故事一样让人感动。

15. 宋濂诚信求学

宋濂，初名寿，字景濂，号潜溪，别号龙门子、仙华道士等，出生在金华傅村一个普通家庭。青年时期，因浦江郑氏家族“九世同居”，宋濂慕名而举家迁居到浦江青萝山下。宋濂是明初著名政治家、文学家、史学家、思想家，与高启、刘基并称为“明初诗文三大家”，宋濂与刘基均以散文创作闻名，并称为“一代之宗”，被明太祖朱元璋誉为“开国文臣之首”。

宋濂小时候就很喜欢读书，可家里贫穷，没钱买书，于是宋濂常常向有藏书的人家去借书，并说好几天后奉还。书借来后，宋濂就日夜苦读，并把书全部抄写一遍，计算着日子按时送还。有一年冬天，特别寒冷，砚台里的墨水结成坚硬的冰，手指冻得不能弯曲和伸直，宋濂也不敢停息片刻，唯恐耽误还书的时限。一待抄写完毕，他就赶快把书送还给人家，从未超过约定的期限。因此，人家觉得宋濂很讲信用，都愿意把书借给他，于是宋濂能够阅读很多书。

到了成年以后，宋濂更加仰慕古代圣贤的学说，他长途跋涉到百里以外，向有名望的前辈请教。前辈德高望重，门人弟子挤满了一屋子。这前辈很有个性，对宋濂从来没有把语言放委婉些，把脸色放温和些。宋濂恭敬地站在他旁边，提出疑难，询问道理，弯着身子，侧着耳朵请教。有时遇到他斥责人，宋濂表情更加恭顺，礼节更加周到，一句话不敢回答。等到他高兴了，就又请教，所以获得很多教益。

明朝初，宋濂受明太祖朱元璋礼聘，为太子讲经，不久奉命主修《元史》，并为朝廷制定礼仪。

宋濂为人方正坦诚。有一次，宋濂曾经与客人饮酒，朱元璋暗中派人去侦探察看，第二天，朱元璋问宋濂昨天饮酒没有？座中的来客是谁？饭菜是什么东西？宋濂一一回答。朱元璋听后笑着说："确实如此，你没欺骗我。"朱元璋秘密召见宋濂，询问起大臣们的好坏，宋濂只举出那些好的大臣说说。朱元璋问他原因，宋濂回答道："好的大臣和我交朋友，所以我了解他们；那些不好的，我不和他们交往，所以不能了解他们。"以猜疑著称的朱元璋也不由得称赞："宋濂伺候我 19 年，从没说过一句谎言，也没说过别人一句坏话，他不仅是个君子，还真是个贤人啊！浙东人才，只有你与王祎罢了。现在全国都知道你美好的名声，希望你珍惜。"

孔子云："君子义以为质，礼以行之，孙以出之，信以成之。君子哉！"他认为，道义、礼节、谦逊、诚信是成就君子的四个条件，宋濂可谓四者兼而有之。宋濂向人借书，准时归还，言而有信，是为诚信；拜师求学，恭敬侍立，侧耳受教，是为知礼节而懂谦逊；朱元璋询问大臣好坏，宋濂专拣忠臣评价，虽有提防朱元璋起疑心的私心之嫌，但并未昧着良心讲佞臣的好话，因而仍不失具有道义之心。正因为宋濂是正人君子，朱元璋才委以重任，并加以赞誉。

16. 郑渼誓死护印符

郑渼，浦江郑义门八世子弟，明初婺州税令。

朱元璋攻下婺州之后，命大将胡大海留守婺州，耿再成留守处州，形成犄角之势，以便互为照应。婺、处之地多苗军，蒋英、刘震等带领兵丁前来投降，胡大海雅意招揽，收归麾下。谁知，苗兵反复无常，不久就阴谋叛反。这一天，蒋英等人一边暗中勾结处州苗将同时举事，一边假意请胡大海到八咏楼下观看弓弩射击。胡大海不知是计，欣然出门，正要上马，忽见一苗将跑了过来，跪在胡大海马前伏地请罪。胡大海感到疑惑，正欲回头问蒋英，不料蒋英挥舞铁锤猛地击来，胡大海躲避不及，顿时脑浆喷出，死于非命。蒋英立即斩下胡大海的首级，胁迫红巾军官兵反叛。

郑渼任婺州税令后，廉洁奉公，机智能干，胡大海采用他的建议，严格约束军士以便商贾经营贸易，使市场日益繁荣，课税收入大幅增加。这天，苗兵杀了胡大海，公然反叛，税令司的官吏大多闻风弃官逃遁，只有郑渼独自一人守着官署不逃不避。苗将率兵冲进官署，持刀相向，逼迫郑渼交出所掌印符，并大肆抄检。郑渼见苗将欲得印符，抢先一步把印符抱在手中，誓死保护，任凭苗兵威逼利诱，就是不给。苗将大怒，挥刀砍去郑渼左手，顿时血流如注。好个郑渼，就在苗将挥刀砍来之际，迅速把印符转到了右手，仍死死抱住不放。苗将见郑渼被砍去左手，兀自舍命护印，气得暴跳如雷，挥刀又砍。郑渼宁死不屈，忍着创伤剧痛躲过钢刀，转头就跑。苗将紧追不舍，郑渼跑到庭院，急忙把印符抛入一口井中，自己却因流血过多，倒在血泊之中昏死了过去。苗将见印符已被投入井中，郑渼也已昏倒在地，料想必死无疑，就恶狠狠地在郑渼身上踢了一脚，领兵悻悻而去。

苗兵走后，躲在官府里的人悄悄把郑渼救起。直到平定苗兵叛乱之后，郑渼才被送回家中养伤。因为失去左手，伤势太重，不能理事，后来郑渼一直退养在家中。

《三国演义》中孙权的部将徐盛有一句大家耳熟能详的名言：“食君之禄，忠君之事，何惧哉！”郑义门八世子弟郑渼虽然只是一个小小的婺州税令，但他深得郑义门家风之真传，面对叛军的威逼利诱，在被叛军砍去一只手的境况之下，仍然坚守岗位，宁死不屈，誓死保护朝廷授予的印符，这种忠于职守的精神境界，正是当下为官者所需要的。

17. 刘辰直言直行

刘辰，字伯静，金华人，明初大臣。

朱元璋攻打下婺州后，刘辰以书生身份拜见，被任命为典签。朱元璋的外甥、明朝开国功臣李文忠驻师严州，刘辰被招到幕下。当时大将葛俊率军驻守广信（今江西上饶），严冬时节派老百姓疏浚城濠，严寒的天气和繁重的劳役使得民工苦不堪言，要起来反抗。李文忠劝阻葛俊，葛俊不听。李文忠大怒，想派军队去打。在这危急时刻，刘辰挺身而出，主动要求派他去劝告葛俊。刘辰赶往广信，陈说利害关系，葛俊明白了事情可能出现的后果，表示后悔并道歉，一场即将发生的内乱被平息了。

明建文年间，刘辰任监察御史，遇事敢直言。后来出任镇江知府，勤于职事，忠于职守。那时，镇江境内有靠近江河的田8000多亩，已经被水淹没了很长时间，根本没有办法种植粮食。但是，朝廷仍然要当地的老百姓为之缴纳赋税，刘辰就直言上书朝廷，说明情况，要求免除这些水淹田地的赋税，以减轻老百姓的负担，刘辰的奏请获得批准，赋税得到豁免，老百姓的负担因此减轻了。

镇江京口水闸位置十分重要，它是朝廷将征自田赋的部分粮食经水路运往京师或其他指定地点的重要枢纽，也是沟通中国南北经济和商品流通的重要通道。可是，这时的水闸已经废坏，运输粮食、货物的船只必须要转道新河、江阴两港出长江，既浪费时间，而且船只常发生事故。刘辰就主持修复故闸，官家的公船、百姓的私船都得以方便往来运输，既保证了京师和北方军民所需粮食，有利于国家统一，也促进了经济发展。由于用于漕运的运河水浅，很容易干涸，需要靠附近的练湖注水来抬高水位，以便船只通行，可是注水的三斗门又年久失修，不能使用。刘辰又主持修复，使漕运畅通，湖边的农田也得以保丰收。

永乐元年，李文忠的儿子李景隆说刘辰熟悉明朝初年的事情，刘辰被召至京城，参与修订《太祖实录》。书编成后，升任江西布政使司左参政。当时江西沿江诸府因为长时间下雨，江水泛滥成灾。刘辰发文劝告有钱人家借钱给农民，考虑到有钱人家担心灾民借钱不还，或还不起，而官府又可能不讲信用，刘辰还决定由官府立券，以官府的信用作担保，约定来年归还，并免除有钱人家的徭役作为利息，解除了他们的后顾之忧。由于刘辰的措施既有针对性，又因为讲诚信而具备可行性，因此，有钱人家都愿意借钱给灾民，饥民有粮食吃，地方也安宁了。江西南部赣州各府县有荒田每年须上交朝廷粮赋6万余石，老百姓不堪负担，刘辰又奏请朝廷豁免粮赋，为民解难。

刘辰做官正直，做事求真务实，尽职尽心，说真话、讲正气，因此，常常和都司、按察使等意见不合，后来被免官。七十八岁时，病逝于归家途中的常州毗陵驿。

孔子在《论语·颜渊》里说过两句许多人耳熟能详的话，其一是“政者，正也”。其二是“民无信不立”。前一句强调政治为官者道德品质端正、正直的重要性，后一句强调诚信的重要性。习近平同志在《之江新语》里曾指出：“在我国历史上，注重修身立德、为官廉洁，是许多思想家倡导的政治主张，也是一些正直的士大夫终身恪守的为官准则。”刘辰正是这样一个立身端正、做事实在、注重诚信、敢于直言的士大夫。

18. 王崇忠正为国

王崇，字仲德，号麓泉，永康紫微人，明代杰出军事战略家。

明朝中叶，外患频频，边境告急，朝廷能员干吏，纷纷负重戍边。1541年，王崇担任山西井泾兵备副使，适值边寇蠢动，诸将无人敢当其锋。王崇整肃军队，重赏以鼓士气，重罚以警众怠，重点设防，据险布控，有效吓阻了边寇的骚扰，显示了他杰出的军事指挥才能。1547年王崇转任湖广布政使参政，当时苗民苦于官吏盘剥，纷起反抗，湖广动荡不安，朝廷降诏斥责。王崇到任后，力主先集中力量平息动乱，再安抚苗民，恩威并济，结果颇有成效，苗民归化，地方平安，改变了以往“抚无益久，戎无良策”的局面。1553年，王崇改任山西巡抚，提督三关。当时边寇之患有增无减，给山西百姓造成极大痛苦。王崇慨然以保安地方为己任，安内以为攘外之本，保民以寓御戎之机，考论扼塞，分兵易将，缮垣筑堡，谨墩严堠。乘敌内讧，主动出击，俘馘捷奏。次年边寇进攻，王崇跃马挥戈，指挥若定，沉着应战，以少胜多，予敌重创，从此山西边患告弭。时人赞其“垂及二载，三晋安枕”。1558年王崇擢升湖广川贵总督，到任后，王崇凭借自己崇高的威望、丰富的经验，“临以威武，德以至诚。诸苗畏威怀德，率面首受纳，数十年根盘之孽销矣。”终于化解了汉苗间的矛盾嫌隙，维护了南方少数民族地区的稳定，为朝廷建立了不世之功。

1534年，王崇在都察院任职时，宁夏总兵赵英临阵畏敌，称病不前，贻误战机，以致败绩。赵英厚贿权贵，企图躲避追究，朝廷亦有人为之百般开脱，一时是非难辨。王崇亲临宁夏，秉公调查，真相终于大白，遂按律论其罪，舆论一致称快。1532年王崇担任吏科给事中，奉旨出巡青州，发现皇亲谢驸马侵占马场建造私宅，即据实揭发，奏闻皇上。最后谢驸马不得不毁掉私宅，归还马场，相关人员受到应有处分。王崇慷慨论事，不阿所好，放胆直言，不畏权贵，替民申冤，为民争利，深受百姓爱戴敬重。但因触犯了朝廷贵胄，不久被排挤出京。王崇总督任上，嘉靖皇帝大兴土木，建造宫殿，其工材大部取自湖南、四川，劳民伤财。王崇直言上疏，据理力争，使朝廷改变成法，减轻了川湘百姓的负担。朝中佞臣，怀恨在心，搬弄是非，激怒了嘉靖皇帝，以莫须有的罪名迫使王崇退休。

《孔子家语》有云："所谓君子者，言必忠信。"王崇为人诚实守信，处事实事求是，为官恪守其职，他一身正气，两袖清风，外弥边患，内消苗乱，为朝廷建立了不世之功。他论事不畏权贵，敢于放胆直言；断案秉公调查，按律不徇私情；为民申冤争利，不惧得罪皇亲。王崇的做人为官处事之道，堪为后世为官者之楷模。

19. 吴百朋安民抗倭

吴百朋，字惟锡，号尧山，义乌人。明嘉靖二十六年进士.官至刑部尚书，与戚继光生活于同一时代，为抗倭寇、平内乱、固边防立下了不朽功勋，系一代闻名遐迩的儒将。

吴百朋原名"吴伯朋"，明嘉靖皇帝朱厚熜赠御笔"去人从百"，改名为"百朋"。在封建社会，皇上御笔改名，是一种礼遇恩宠。

1548年，吴百朋初入仕途，出任江西永丰知县。永丰县地处深山大谷，穷乡僻壤，经济落后，民风粗犷悍野。吴百朋重农桑，兴水利，办公学，倡孝悌，劝民风，戒争斗，禁偷盗，省诉讼，减刑罚。他常常抱病在身，许多公事"乃卧床断之"。不久"县邑大治"，上司夸奖道："孰如永丰令之卧治者竟得最上考"，给予吴百朋政绩考核为优等，并上报朝廷，不久即予升迁。吴百朋离任时，永丰父老乡亲依依不舍，效法“扳辕卧辙”故事，恳求他“留靴以存永思”。后南京太仆寺少卿吕怀曾撰《永丰县令尧山吴侯脱靴碑记》，记下了这段感人的故事，传于后世。

明初，倭寇在中国沿海地区武装走私，抢掠商民。倭寇首领冢原井、龟善太郎纠集一万余人，突侵瓜州，杀人放火，奸淫掳掠，地方官束手无策，这更助长了倭寇的嚣张气焰，欲把魔爪伸向扬州。扬州为兵家必争之地，更兼都市繁华，人口密集，为江南膏腴富庶之地。吴百朋接到告急文书，立即飞檄调集各处兵马，驰援扬州。当时瓜州百姓惶惶不安，扶老携幼，纷纷逃往扬州避难。扬州城下，数万难民，望城号哭，哀求入城。而扬州郡守下令已“阖门者三日”，拒纳难民入城。吴百朋抵达扬州城下，出示印符文书后方获入城。他当即指责督抚、郡守诸官员：“何以拒民不救？”督抚、郡守等面有难色。吴百朋声色俱厉，下令“开城纳民”，督抚、郡守不敢违抗，数万难民一拥而入。吴百朋传令妥善安置，免出意外。吴百朋临危不惧，神色自若，督抚与郡守等一再叩请吴百朋带兵御寇，并献上符印。

在这危急关头，吴百朋以民族利益为重，果断地挑起这副千斤重担。吴百朋号召全城军民全力以赴，激励他们说：“养兵千日，用兵一时，大敌当前，要以国家利益为重，要坚定信心，御敌自救，与扬州共存亡！”

薄暮时分，倭寇前队五千余人已兵临城下，安营扎寨，等候后队兵至，企图合围，一举攻破扬州。吴百朋分析敌情后，决定以攻为守，主动出击，乘倭寇立足未稳，出其不意，攻其不备。于是挑选三千精锐兵勇，以迅雷不及掩耳之势，出城掩杀。倭寇猝不及防，兵营大乱。明军奋勇争先，斩倭首四千余级。残敌闻风丧胆，狼狈逃窜。后队倭寇见大势已去，不敢轻举妄动，遂与前队溃兵“远遁”，对扬州城再不敢觊觎。朝廷论功行赏，扬州督抚以下诸官员都受到不同程度的处分，唯有吴百朋受嘉奖，诏赐金帛，他又将所赐之物，全部奖励给下属。扬州百姓感念吴百朋抗倭之大功，救命之大恩，立“吴公生祠”以祀。

明代薛瑄《读书录》有云：“处己、事上、临下，皆当以诚为主。”衡量自己，服膺上级，领导下属，都应当一概以真诚为准则。无论安民，还是抗倭，吴百朋都能够恪尽职守，建立卓著功绩。他保境安民，体察下情，积极为民办实事，留下“留靴以存永思”的感人故事；他抗倭卫国，临危受命，智勇双全挫败敌寇，为朝廷、为国家立下了汗马功劳。他的安民之策是诚心为百姓办实事，他抗倭制胜法宝是诚心与将士共生死。

20. 徐平湖忠孝义齐全

徐平湖，字安世，号碧潭，明代武举人，武义县城人。

嘉靖二十九年，其父任运粮官，因为性格直率而遭人妒忌陷害，被拘于湖州监狱。徐平湖上书申诉，倾尽家产侍奉父亲两年。此时，正逢倭寇猖獗，侵犯我沿海，总督张侍御知悉徐平湖武功高强，而且多谋略，就派专使来聘请他。徐平湖对妻子说：“这是救赎父亲的好机会。”于是，邀请志趣相投的同乡人刘大道一同前往应征。

嘉靖三十二年正月，倭寇进犯嘉兴，徐平湖与刘大道力战却敌，总督准备为他请功，徐平湖请求赦免他的父亲。其父所在监狱正染上病疫，徐平湖请求将父亲转移到仓库，幸得无恙。八月，徐平湖率兵追击倭寇到分水，大获全胜，朝廷表彰徐平湖、刘大道功绩，赦免释放了徐平湖的父亲，并赐徐平湖在家乡建造“忠孝堂”。

海盗汪五峰、叶宗满引倭寇侵扰两浙，徐平湖和刘大道双骑闯入敌营，晓之以利害，迫使他们三次退回海上。后来，徐平湖又设计诱擒汪五峰等。徐平湖立功，授任金华防御所指挥佥事。

嘉靖三十三年，倭寇再度入侵嘉兴，徐平湖和刘大道又应召出征。倭寇围攻嘉兴，形势危急，刘大道把守北门十余条街，浴血奋战，斩杀敌寇数十人，被敌寇砍断一臂，仍以独臂杀敌。徐平湖指挥督战，跃马赶到，见刘大道已战死，怒发冲冠，抡起大刀勇猛冲杀，倭寇败逃。徐平湖跪抱刘大道尸体，痛哭不已。朝廷旌表刘大道忠勇，行文到县，当地为其立祠纪念。

隆庆五年，徐平湖请求归里，在“忠孝堂”侍奉父亲。父亲生病，徐平湖亲侍汤药，衣不解带四十余日。父亲病逝，徐平湖殡殓如礼，依制守孝。

徐平湖家居数十年，以记述史事自娱，对刘大道悼念尤为深切。

徐平湖勇猛杀敌，数度击败入侵的倭寇，保卫了国家的领土，战功赫赫，是为忠；倾尽家产为父申冤，营救父亲出狱，侍奉父亲晚年体贴周到无微不至，父亲病逝之后，又殡殓如礼，依制守孝，是为孝；与刘大道志趣相投，共同杀敌，刘大道战死，徐平湖奋勇杀敌，为友报仇，此后数十年仍深切悼念，是为义。有道是“自古忠孝难两全”，徐平湖却能忠孝义三者兼得，实在难得！

21. 李渔公信治村

说起兰溪人李渔，大多数人以为他是明末清初大戏剧家，却不知从 1646 年 9 月回乡到 1649 年离开夏李村赴杭州创业，李渔整整当了三年的“村主任”，当时村里数他文化程度最高，跟当地官员又熟，百姓就推他当“祠堂总理”，相当于现在的村主任。

李渔接手祠堂总理的时候恰逢乱世，盛世创业乱世保身，有的远避山中，有的趁乱蹚浑水，祠务人员的话也没人听了，祠堂的祭田租的租、占的占，租了的不交租金，占了的赖着不退，账目混乱，基本处于失管状态。村里的祠堂才建了一半就停工了，这一停就是二十年，用来摆供祭品的主要建筑之飨堂尚未建成，已经建好的一半也因风吹雨淋缺少维护，漏的漏、塌的塌，有祠也相当于没祠一样了。李渔是看在眼里急在心里，寻思着该如何整顿祠务，重振祖业。

整顿祠务，李渔深信管理制度是关键，以前没有制度，只有主事一人说了算，没有依据，也无公信可言。李渔上任后，经过深入走访认真调研，召开祠堂班子会议，经集体研究，由李渔执笔出台了兰溪历史上第一部“村规民约”《祠约十三则》，提出了较为完善的祠务管理办法，其中最为亮点的就是李渔首次提出“财务公开”制度。李渔在《祠约》中规定会计、出纳要分开，身为祠堂总理只要管好文券账目就好了，“其银谷不得染指，以避瓜李之嫌”，并特别规定出纳员要择“信实而殷厚者”任之。对于财务支出规定祠务班子成员的票据要祠堂总理签字，祠堂总理的票据要祠务班子成员签字，如此相互制约，以免祠堂总理的“一支笔”之弊。《祠约》中还规定除了祠务成员，须设立祠务“监理会”，并对“监理会”成员条件作了严格要求，“必须齿德并懋，耳聪目察，而善书写者方可，不得以少年喜事辈及昏耄无能者充位”。

李渔还在《祠约》中感叹，“祠事不振已二十年”，“而今银无半分，谷无一粒，赤手空拳，从何做起?”李渔说村里资产就只有这点祠租，“用一分则少一分，本少一分则利少一分”，针对这种状况，李渔以身作则，并倡议所有班子成员不拿一分工资补贴，“不得饮祠内一杯水，以杜消耗之源，俟积贮有余，另议供给”。

对于过去的死账赖账，李渔提出不能不还，也不另收滞纳金，视其家境之贫富而定，“有者全偿，稍贫者偿半，无者俟之将来，绝嗣者火其券”。针对过去财务账本只“藏于一人之家，田之亩分、租之多寡，无论局外者不知，即同事之人，亦止闻其略”的混乱状况，李渔及时提出了“财务公开”制度。过去祠堂祭田多少、田租多少任由执事者一人涂改增删，到最后弄得一笔糊涂账，无处稽查，李渔提出每到收割之前，祠人员便要将所有田租数写成通告，张贴在村口，并注明上交期限，超过期限者一次性罚取百分之十的滞纳金，“每一石罚一斗”。如有“侵占祠产及负赖祠租者，小则开祠正以家法，大则送官以灭祖论”。李渔在《祠约》中规定当年的账目必须当年结清，收支多少，积余多少，必须逐项明细，一目了然，如若是账目不清的，执事者以十罚一，被查出有私吞贪污者则以一罚十，如若下手有知情不报的，与执事者同罚。

自从这部较为完善、严明、公信的《祠约》公布执行以来，李渔以身作则，任劳任怨，任职三年中未从祠堂拿过一分工资补贴。经李渔数年努力，夏李村祠事重兴，祖业得旺，百姓日子也过得一年比一年好了。

李渔秉持爱民、廉政、公信的思想与开拓、创新的工作作风，求真务实，从抓住影响村庄发展、与村民关系最大的经济问题入手，推行村级财务公开，精心构筑自己理想中的“世外桃源”，经过三年多的努力，使原本贫穷落后的夏李村从村风村貌到人均收入都有了很大程度上的改变，成了方圆百里有名的“文化特色村”。李渔公信治村的做法，对于今天健全村级民主管理、推进乡村治理、促进乡村社会和谐，有着重要的借鉴意义。

22. 朱之锡尽职尽忠

朱之锡，字孟九，号梅麓，义乌人，清初治河名臣。

朱之锡 24 岁中进士，深得顺治皇帝赏识。顺治十四年，特擢朱之锡为兵部尚书兼总督河道。顺治皇帝谕旨在景山召见，并为他饯行。朱之锡到景山，顺治帝亲自出迎，经过一番推心置腹的谈话后，顺治皇帝解下御衣，亲手给朱之锡穿上，并赐给升职用的衣帽、带靴、鞍马等物。朱之锡受宠若惊，跪伏于地，说：“臣当以报效国家为己任，即使粉身碎骨亦在所不辞。我无他话可说，仅以此来报答皇上的恩宠。”从此，朱之锡开始走上了治河的艰辛之路。

中国河患由来已久，最为严重的莫过于黄河、淮河。由于明末、清初几十年战乱，黄河堤防失修，自顺治以来，黄河连年决口，漕运亦受影响，治河任务十分艰巨。

康熙元年，黄河连连决口，几成大患。朱之锡亲自驻扎在治河工地上，指挥抗洪抢险，筹划民工和材料，以致手、脚、口都生疮溃烂也不下一线，直到抗洪告成，险情排除。

朱之锡几十天时间内，除了一天在住所处理案牍之事外，其余时间都在外奔波，巡视督查。酷夏在野外不张伞盖，寒冬腊月不穿皮袍，不是夜宿在荒郊野外的破庙里，就是在治河工地上坐等到天明。

朱之锡十年如一日，心系两河，尽忠职守，不论哪里告急，他总是不惜废寝忘食、日夜兼程地赶到，足迹几乎踏遍黄、淮两河各地，即使积劳成疾也不告假治病、调养。由于他的呕心沥血，两河水患得到极大程度的抑制，在他任总督河道的 10 年中，没有发生过重大水灾，沿河人民得以安居乐业。

朱之锡清廉勤政、为民造福的事迹，被两河百姓争相传诵。当时奋战在抗洪抢险第一线的大多数是沿河各地的县役民夫，有的地方因连年水灾，民不聊生，即使被派遣到工地，一无薪资，二牵挂家中老幼，时有外逃现象发生。朱之锡多次向朝廷上奏，申陈沿河人民之苦，建议体恤民情，合理摊派夫役并发给钱粮，实行以粮代赈。经过朱之锡奏请，朝廷在各重要地段驻兵防守，以酌减徭役之苦，给两河民众以更多休养生息，沿河民众纷纷称他是为民做主的一等好官。

京师是朝中重储之地，运河上每年就有数万艘兵运和粮运的船只通过。纤夫之役，世代相传，父死则由子孙代征，一家几代都死于纤夫之役的很多，民怨遍地。朱之锡十分同情体恤运河纤夫之苦累，多次向朝廷上疏，建议给纤夫、水手以银钱、粮食作为报酬。朱之锡的奏疏终于获得恩准，从根本上解除了运河纤夫的苦累，沿河两岸百姓无不感恩戴德。

朱之锡为了治河，一生呕心沥血，事无巨细，身先士卒，鞠躬尽瘁，死而后已，去世前的最后两天，还写了两篇各近千字的奏疏，表达了他治河的决心，详尽地阐述了治河经历。康熙五年二月，朱之锡积劳成疾与世长辞，时年仅 44 岁。

朱之锡总督河道 10 年，以勤俭为本，经营有方，河库存银由 10 万两增长到 46 万余两，存银分文不花。按朝中规定，可将 5 万两“余羡”赏给朱之锡本人，但他却分文不取。他死后“家无余财”，所剩的仍是祖遗的三间泥墙瓦房。

朱之锡去世噩耗传来，两河百姓皆悲号泣涕，济州士庶，或巷哭不已，或匍匐聚哭于堂，如是者累月，实为历代稀有。

两河百姓为纪念表彰朱之锡的治河功绩，敬奉其为“河神”，称为“朱大王”，并纷纷沿河立庙祭祀，常年香火不绝。各儒学宦祠也相继为朱之锡雕塑，称其为一代治河功臣。

孟子说：“车无辕而不行，人无信则不立。”意思是说车没有车辕就不能行走，人不讲信用就不能立于世间。朱之锡一生为官，谨记自己当初对皇帝的承诺：“臣当以报效国家为己任，即使粉身碎骨亦在所不辞。”他十年如一日，治理黄、淮两河，呕心沥血，尽忠职守，功绩卓著。他关爱百姓，为沿河各地民夫、纤夫争取钱粮，造福黎民。他克勤克俭，不取国家分文，甘于清贫，无不体现了一个臣子对皇上、大臣对百姓、官员对国家的忠信，这份忠信正是当下社会急切需要的。

23. 郑祖琛严惩背信贪官

郑祖琛，字梦白，清嘉庆十年进士，浦江郑义门第二十三代孙，步入仕途后，忠君爱民，为官清正。

郑祖琛在江西任按察使时，玉山县孙知县向上申请下拨一笔款子，用于兴修水利。郑祖琛答应所请，向朝廷申报后，款子拨下来了。郑祖琛再三叮嘱，要专款专用，不得挪作他用。孙知县嘴里满口答应，却把这笔钱塞进了自己的腰包。因此，堤没修，坝未筑，还虚报兴修水利的功绩。郑祖琛因事务冗繁，当时没顾上去玉山县巡查。孙知县自以为得计，盼望着老天作美，可以瞒天过海。谁知，偏偏老天不作美，这一年正巧天气大旱，几月不雨，玉山县旱情十分严重，到了秋天竟然颗粒无收。老百姓断了粮食，无米下锅，只得离乡背井，四出逃荒要饭。

秋色已深，稻谷登场时节，郑祖琛政务稍暇，便赴玉山县巡查，沿途只见田地龟裂，稻禾干枯，哪里有丝毫丰收景象？一路之上，又见老百姓三五成群，扶老携幼，啼饥号寒地前往浙江讨饭，心头不禁大疑，忙向百姓调查访问，方知事情真相。

原来，孙知县计划除修堤筑坝外，还要开凿一条水渠，把水引向高田，以期能够旱涝保收。但水渠必须经过一处高坡，而这高坡的主人是当地的一个大财主，姓胡名山，有钱有势，高坡上是胡家的祖坟。听风水先生说，高坡是一条龙脉，如果从中开凿一条水渠，等于凿断了龙脉，破去胡家的风水，不仅由富变穷，还要招来灾难。为此，胡山不惜一切代价，想尽一切办法要保住这条龙脉，他首先买通了孙知县的二姨太。二姨太姓林，出身娼家，生得娇媚风骚，很有姿色，因而深得孙知县的宠爱。二姨太得了胡山的好处，便一个劲地向孙知县吹枕头风。孙知县原本不是贪婪无耻之辈，平时虽对二姨太言听计从，但这事关系重大，当然不肯轻易答应。一天晚上，二姨太使出平生手段，让孙知县在床上得到满足后，趁机劝说道："人家说三年穷知府，十万雪花银，一任穷知县，金银上千两。你来玉山做了两年知县，到现在什么也没捞到，胡山这块肥肉你要是不吃的话，就怕过了这个村，就没这个店了。"孙知县顾虑道："这白花花的银子我也喜欢，但君子爱财，取之有道，这是贪赃犯法的事，欺瞒了上司，坑害了百姓，万一追查下来，哪还有我的活路啊。”二姨太不满地冷笑道：“哼，上司知道个屁，天下之大能有百姓说话的地方吗？俗话说‘千里去做官，为的就是银子钱’，眼下放着白花花的银子不要，你不是太傻了吗？”孙知县沉吟道：“我也知道这钱不要白不要，怕只怕今年要是来场干旱，田地若无收成，后果不堪设想啊。到那时，非但得了银子消受不到，只怕还要脑袋搬家啊。”二姨太不屑地瞪眼道：“呸，就你胆小，说这丧气话！我不信，这旱灾几年或十几年、几十年一遇，怎么可能偏偏你想弄点钱了，天气就干旱了呢。依我看，这事你放心大胆地去做，这天绝对旱不了。只要过了今年，我们有了大把的钱，上下一打点，明年任满了，你就乖乖地等着升迁吧。”孙知县被二姨太一番花言巧语说动了心，面对金钱的诱惑失去了良知，不但收受了胡山的贿赂，干脆连堤坝也不修了，索性把朝廷的拨款也塞进了自己的腰包里，却向上虚报政绩。谁知，偏偏今年遭遇大旱，奸情败露，天日昭昭，报应不爽。

郑祖琛查明实情，立即拿下孙知县严加审讯。孙知县到了这时，悔恨已晚，只得老老实实招供。郑祖琛立即抄没了孙知县的全部家产，救济灾民，又贴出告示，张榜安民，并开仓放粮，召回离乡背井的百姓，组织兴修水利。孙知县贪污受贿，数额重大，情节严重，由刑部核准，判了死刑，押赴刑场，斩首示众。二姨太则被官府杖责五十，发还妓院，重操旧业。胡山也被判了流放，充军到千里之外的岭南，终身不得回原籍。郑祖琛勤政爱民，严惩贪官，救活一县百姓，政绩卓著，玉山人民感戴不尽，齐声颂扬。因为官声很好，之后不断升迁，一直做到太子太傅。

孔子说：“君子喻于义，小人喻于利。”正人君子看重的是道义，追求的是正义，贪婪小人追求的是自己的利益。玉山孙知县经不起二姨太的枕头风，违背当初申请拨款兴修水利的诺言，贪图私利，不仅收受贿赂，而且还私吞兴修水利之公款，导致当地干旱失收，百姓流离失所。郑祖琛为官清正，查明实情后，将背信弃义之贪官绳之以法，拯救灾民于水火，深受当地百姓称颂。

24. 张声洪重诺必信

兰溪的章恒升官酱园创办于清咸丰三年(1853 年),至今已有 163 年的历史,是旧时金、衢、严一带的著名酱园,国内历史最悠久的酱油酿造企业。其生产的三伏老酱油曾获 1915 年巴拿马国际博览会金质奖,是百年来世界酱油酿造史上唯一获此殊荣的企业。

酱园创始人是原籍安徽绩溪的章志忻。1853 年,官居大学士的章志忻为避太平军战事,辞官避居兰溪,在当地租下一间铺面,开始创办章恒升酱园。章恒升去世后,其子章�继承父业并发扬光大。

不久章筠病逝,遗孀王氏怀有身孕,翌年产下一遗腹子,取名章寿乾。王氏感于寡妇、幼子,家业难以维持,整日以泪洗面。后求助于徽州同乡张声洪,想聘他为酱园经理。张声洪起初因该园在章筠患病期间业务已走下坡路,临危受命颇感其难,没有答应她的请求。王氏慕张声洪的为人品德,竟长跪在地苦苦哀求他答应全权经营管理酱园业务。张声洪不忍心拒绝王氏的诚意,又同情她,终于答应了她的请求,但与王氏约法三章:一是因酱园系前店后坊,王氏家小均居住在后院,自张声洪接管日起,业主家小只准在后院边门进出,不准在前门门市部经过;二是王氏不得干预酱园人事安排、财务处理、业务进出;三是在酱园未扭亏为盈前,王氏每月只能向酱园支取家庭生活费用银圆二十四枚,按月支取不得透支。同时,不得向门市部赊欠商品,即使一文钱的酱辣椒之类也不准拿取。

此后,章恒升酱园由张声洪全权管理,他尽心竭力,锐意改革创新,不久三伏酱油东山再起,迎来了新的创业高峰期。民国四年,章恒升“三伏秋油”力挫群雄,获巴拿马国际博览会金质奖章和证书。在打理酱园的同时,张声洪一如严父,耳提面命扶持少主成才,送章寿乾赴省城读书,在少主可以继承祖业时,张声洪为之扶上马,再送上一程,待章寿乾熟悉掌握酱园的全部业务,张声洪谢绝王氏母子的挽留,辞去职务。辞职后,张声洪为不和东家争利而另谋发展,他不再从事原所熟悉的酱业,而是用自己积攒的钱与友人集资开设“顺昌油行”,以榨油业终其一生。

老子说："轻诺必寡信。"意思是说，轻易承诺别人的人就必然少有讲信用的。面对寡妇王氏的请求，张声洪轻易不肯答应，王氏再三请求，他方肯答应，这不是张声洪虚情假意摆架子，而是他懂得重然诺守信用。所以，张声洪一旦承诺，就会为酱园的发展竭尽全力，并努力把章寿乾培养成章氏酱园的接班人，这就是张声洪的重诺必信。张声洪虽不是金华本土人士，但他与许多到金华的士、农、工、商人士一样，用他的诚信为信义金华增添一笔重彩。

25. 祝裕隆诚信经营

"富不过三代"，往往成为企业和企业家的噩梦。然而，金华兰溪的祝裕隆布店，虽是典型的家族企业，却能从清乾隆二十四年(1760 年)开始，历经朝代变革、天灾人祸，直到 1956 年公私合营，全盛时资金达百万银两，绵延七代人，繁荣近两百年。

作为当年在金华、衢州、严州三府规模最大的布店，祝裕隆经营两百年的历史靠的是诚信二字。

清乾隆二十四年，海宁人祝丹山到兰溪，拿出所有积蓄，在街头摆了个小布摊。随着买卖蒸蒸日上，祝丹山在西门城楼边租下一间店面，始称"祝恒源"，后改称"祝裕隆布店"。几年后，祝裕隆成为金、衢、严三府最大的布店，并在金华、游埠两地开出两家"联号"，在浙江中部、西部，老百姓无人不晓。

祝丹山究竟是靠什么把这家店经营得如此有声有色的呢?

在当时的兰溪，徽商聚集，由于徽商吃苦耐劳，又多具商业智慧，因此，也有许多徽商受人委托，专替人管理经营店铺生意，称为"经手"。

祝丹山靠的就是"经手"。

1790 年，在开设金华联号之后，祝丹山召集全家老小，正式宣布今后将全权委托非本族的徽州商人经营店业，并立下两条规约：其一，祝氏八房各派出一名代表，组建成一个团队，推举一位店的主事人，委托"经手"经营。

除年终由主事人听取“经手”的经营状况报告，决定“经手”的去留外，平时一切经营权、人事任免权、奖惩权等等，均由“经手”行使，祝氏家族一概不加干涉。其二，祝氏亲属一律不得在店内任职，包括在店内当学徒或一般员工。在城区的祝氏家庭成员不得在店中赊欠货款、暂借银两，或拿取店中一丝半缕；在乡下的祝氏家庭成员因事来城，只允许在店中一宿二餐，不得多作滞留。在两百多年里，祝裕隆历代接班人无不视之为真理，严守谨遵。

祝裕隆采取“用人不疑”的人才制度，完全信任、厚遇“经手”。

在祝裕隆布店，店中从“经手”到店员学徒均为清一色的徽州人。其中，“经手”的报酬是一般员工的 3－4 倍，年终店里进行二八分红，祝氏家族得八，“经手”得二。虽然店主的子女亲属不得入店，但“经手”却可以带子孙进店习艺并留做学徒，将来还可顶父职。也有的“经手”年长退休后，留在店中养老，店主照样发放薪水。

除此之外，全店上下员工，除了可领取薪水外，年终还可领取店中门市出售的布匹剪下的“机头布”作为福利。更可贵的是，店主鼓励员工做“集体小伙”，也就是员工们可以自己集资以店的名义做除了绸布以外的其他如南货、土产、桐油等生意。有时候，员工们靠“小伙”挣的钱比自己的工资还要高。

徽商雇员的忠诚、智慧赢得了祝氏家族的信任，而祝氏家族对待雇员的人性、人情同样赢得了员工的信赖，使他们对企业更加忠诚。在祝裕隆两百年的历史中，没有一名贪污纳贿的经手，堪称古今中外商史中一大奇迹。

一方面讲究人性、人情，而另一方面，祝裕隆布店又立下了一些店规，以约束雇员。店规要求雇员为人处事要讲信用。除“经手”外，一般雇员不得带家属，三年可回家两次，一次两个月。店规要求雇员“不可以嫖赌，不能讲粗话，打烊后不能到外面游玩”，必须对父母孝敬，如有不肖子孙，未将工钱按时寄回家中的，店中知晓后，则不发放工钱给本人，而是直接寄予其父母。

两百年来祝裕隆经营作风优良，货真价实，诚信无欺。旧时老百姓以穿青布蓝衣为多，一般店的青蓝布料，由于染色工艺落后，容易褪色。祝裕隆布店为了改进布料质量，三家联号均自设染坊，揣摩染色技艺，染出来的青蓝布料质量高，不易褪色，深得百姓喜爱。

抗战胜利后，祝氏家族重又回城，单凭“祝裕隆”这三个字，银行钱庄和外埠生产厂、批发商无不给予信用支持，对祝裕隆金、兰、游三家联号，赊购货款均任取任求，对其还款能力坚信不疑。而内外地消费者，对祝裕隆布店的喜爱和信任，更使之门庭若市，很快便重振当年雄风，仍占据金、衢、严三府绸布业的霸主地位。

老辈人口中的祝裕隆已经离我们远去，但祝裕隆的成功仍然留给我们很多启示，值得我们深深地思考。祝裕隆布店能够绵延七代人，繁荣近两百年，信誉极佳，一方面是讲究信用道德的中国传统文化的影响，另一方面则是作为一个家族不朽的信念和追求。有信者众人夸奖，回报丰厚，无信、失信者寸步难行，应该是一个正常的商业社会的常态，我们需要向着这个目标努力，让诚信之风吹遍婺州大地。

26. 蒋雪舫诚实创品牌

百年来，在我国乃至东南亚许多华人较多的国家，流传着这样一段话：“中华火腿出金华，金华火腿出东阳，东阳火腿出上蒋，上蒋珍品雪舫蒋”。始创于清咸丰十年（公元 1860 年）的“雪舫蒋”，是金华火腿中的珍品，是火腿行业中唯一集中国名牌、中国驰名商标、中华老字号于一身的百年老品牌，曾于 1905 年、1915 年、1929 年分别获得德国莱比锡万国博览会金奖、巴拿马国际商品博览会金奖、杭州西湖博览会特等奖，历史上被皇家列为贡品。

蒋雪舫，清末东阳上蒋村人，先祖为腌腿世家。14 岁成孤儿，即从叔父腌制火腿。18 岁自设制腿作坊，所产火腿命名为“雪舫”。

蒋雪舫特别善于经营，重视讲究诚信。

先说经营。清朝某年，闻名全国的红顶商人、杭州胡庆余堂老板胡雪岩向蒋雪舫定制了几百只火腿，说是要带至京城作为馈赠的礼品。蒋雪舫认为这是他推销产品、宣扬抬高商品身价的绝佳机会。于是与往日一样，挑选上好的原料，精工细制，腌制了几百只极好的火腿。胡雪岩带到北京，作为浙江的特产用以馈赠。胡雪岩当年所交往的都是官场中的显宦，这些大官吃到这种火腿后都赞不绝口,问胡雪岩这种火腿产自何处? 胡雪岩说购自浙江东阳之上蒋。自此,"雪舫蒋腿"很快便名扬京城。

创品牌不容易,保护品牌更难。"雪舫蒋"声名日隆,不法商贩假冒"雪舫蒋"也日益猖獗。蒋雪舫早早意识到保护品牌的重要性,于 1920 年以村名"上蒋"两字,加上自己的名字"雪舫",绘制商标图案,呈请商标注册。1921 年又加"厚记""升记""正记""慎记"字样的联合商标。据 1933 年出版的《商标刊条》记载,当时全国仅有 7 个火腿商标,其中 5 个是属于上蒋村的,4 个是"上蒋雪舫"当头的。"雪舫蒋"火腿名满全国,享誉海外,足见蒋雪舫的品牌意识和对自己创造的品牌的珍惜。

再说诚信。某年蒋雪舫自杭州腿行结账归来,检点银数,核对货款,发现多出千元,知系腿行错算,准备日后归还。过了数日,杭州腿行经理赶来上蒋,拜访蒋雪舫,蒋雪舫料到他是为错算之银而来,却佯为不知,一面盛宴款待,一面派人将此银快速送回杭州,交还该行。在席间他故意问该经理来此有何要事? 经理以实相告,蒋雪舫立即承认说"果有此事,但回来一发现多出千元,即派人将此款送还贵行,难道还未收到吗?"该经理一再称谢而去,回去一问,银两果然已经送到,于是登报称谢。从此蒋雪舫诚实无欺的声名在火腿行中普遍传开,雪舫蒋腿的身价也就更加抬高。每年"雪舫蒋"火腿运到杭州,立即就被争购一空,迟到者往往因为得不到而深感遗憾。

"雪舫蒋"火腿历经 150 余年,其概念和意义早已不再纯限于食品,而是升华为历史和文化,成为植根于中华文化的耀眼明珠,成为金华的一块"金字招牌"。

《周易》曰:"孚于嘉,吉。"意思是说诚信可获嘉美之名,而且大吉大利。蒋雪舫制作的"雪舫蒋火腿",之所以名满天下,受人称赞,源于他的诚信经营,源于他的诚实无欺,他的选料,他的制作,他的为人,无不如此。在现代市场经济社会,诚信更是各种商业活动的最佳竞争手段,是市场经济的灵魂,是企业家的一张真正的"金名片"。愿市场经济发达的八婺大地,涌现出更多的诚信人士,打造更多的名牌产品,促进"两美金华""信义金华"建设。

27. 韩宗纲取信于民

韩宗纲，字公范，清代直隶人。康熙三十七年，调到宣平县（今并入武义县）任县令。

宣平地处偏远山区，韩宗刚初到任所，了解到此地不仅课税摊派繁重，而且陈规陋习繁多，官吏为民办事首先要索取好处费，老百姓怨声载道。韩宗纲上任后，雷厉风行，革除陋规，取消苛派，并从改革县衙恶习开始，张贴告示，下令民状速递，严禁官吏理案层层索贿，免除苛捐杂税，违者重罚。韩宗刚出重拳整治吏治，官吏从此不敢胡作非为。此举深得民心，韩宗刚很快取得了老百信的信任。

接着，韩宗刚亲力亲为，劝课农桑。每到春风之日，他亲率县衙官吏到农田扶犁翻耕，号召百姓不误农时，精耕细作。每逢干旱，他亲自翻山越岭寻找水源，祈雨抗灾。康熙四十二年，宣平大旱，他开仓赈民，申文上司减免田赋，并招抚开垦，安置福建、江西及遂昌、松阳客户定居宣平，开发山区，使落后的山区出现了欣欣向荣的气象。

为解决县城居民饮用水问题，韩宗刚多次实地勘察，亲率民众兴修水利，在城内开挖水渠，引西溪之水流经全城，解决了百姓吃水、用水、农田灌溉、防火等困难。此一善举，更令韩宗纲在百姓心目中的威望日益增加，但也因此遭到同僚嫉妒，诬他私造城河，收买民心，企图谋反，韩宗刚忧愤成疾而死。

宣平百姓群情激愤，联名上诉，康熙皇帝派人查实，为其昭雪，命江西天师府敕封韩宗纲为宣平县城城隍“威灵伯”。百姓为了纪念这位爱民如子的清官，每年农历五月十六日，即韩宗纲生日前一天，抬出他的塑像巡视三坊，举行盛大的纪念活动。自韩宗纲去世200余年以来，宣平的五月十六日庙会从未间断过。

孔子说：“民无信不立。”一个国家、一个政府如果得不到老百姓的信任就会垮掉。韩宗刚深知取信于民才能立足于民，他任宣平县令期间，勤政爱民，整饬纲纪，整顿吏治，兴利除弊，关心民瘼，为官一任，造福一方，受到了老百姓的拥戴。他忧愤而死，老百姓联名为他申冤，终得昭雪。韩宗刚死后成为宣平城隍，永远活在宣平人民心中。

28. 朱一新穷达兼济天下

朱一新，字蓉生，号鼎甫，义乌朱店人，人称“朱义乌”，清末著名官员、学者。

朱一新五岁从师认字，听邻座同学读《中庸》《论语》，就默默记住，等到塾师教他时，大半已能背诵。19 岁中秀才，同治七年，就读金华丽正书院、杭州诂经精舍。次年，在杭州西湖孤山的诂经精舍肄业。这所由乾隆时著名学者阮元创办的书院，照例于每年六月由学使命题考试。此年，学使徐寿衡侍郎出了经、史、辞章数十道题，连当时颇有名气的生员都感到为难，不得不“殚精覃思，并力合作”。唯有朱一新独自答卷，写成的卷纸厚达一寸。徐侍郎大为赞赏。是时诂经精舍特置超等生六名，朱一新即属其中之一。清同治九年，朱一新参加乡试，与比他小四岁的胞弟朱怀新同时中了举人，光绪二年中恩科进士。

朱一新在朝廷为官是直臣，其所作策论中已露直陈时弊的端倪。光绪八年，法国侵占越南，进而企图侵占云、桂两省。朱一新上疏力主就地募集兵勇，坚决抗击法国侵略者。

1885 年秋，朱一新被选任湖北乡试副考官，参与选拔人才。生员周树模策论中有触犯时忌的语言，朱一新仍大胆荐拔他中举人，工作结束，受慈禧破例召见。这年冬，任陕西道监察御史，职司言官，更直陈己见，指斥时弊。慈禧恼怒，将朱一新降职为六部主事候补。直言受责，朱一新就以母亲患病为由请准回乡，京师士民都说他是真御史。他认为直抒己见、指陈时弊是守职尽责，因此丢官并不怨愤后悔。朱一新一生自奉俭约，在京供职 13 年，无官邸亦无私宅。官俸菲薄，除书籍衣被外别无长物。当官时已清苦，丢官后连原来的一点固定俸禄也失去，当然更清贫。直言遭谪丢官，朱一新心胸坦荡，更不以清贫为耻，因一向认为“士不固穷，何以为士；素位而行，贫贱无可耻也。”

两广总督张之洞深知朱一新的学识、才能和事业心，1887 年以疆吏要员身份，不顾社会上可能发生的罗致重用谪官人士的非议，诚恳函邀朱一新赴粤。虽然路途较远，朱一新答应了。在端溪书院，他热爱诸生，诱掖开导不遗余力。1889 年，任广雅书院掌教。广雅书院是中国近代著名书院之一，招收广东、广西两省各一百名高才生员。朱一新对传统学问研究颇深，是晚清有数的几个既能研究传统学问，又能接受西方学术的学者。他强调读史，认为“若当多事之秋，则治经不如治史之尤要”，“史越近者，越切实用”。又提出史学还应包括时务与经济之学，认为“经济之学皆在四部中”。同时，朱一新对西学也十分重视，他认为“治西学须明其地势，考其政俗，以知其人之情伪，为操纵驾驭之资。次则兵法。若天算制器诸事，能通之固佳。”他向学生讲述化学、光学以及西医、铁路、农业机械等。在他所著《无邪堂答问》书中，记载他与学生共同讨论西学的议题，内容相当宽泛，这对引导学生进一步了解西学，培养时务人才，起了很大的作用。

孟子云：“穷则独善其身，达则兼济天下”。朱一新在朝作为言官，敢于直陈己见，指斥时弊，匡正天下，是忠臣直臣，守职尽责，可谓显达而“兼济天下”。而遭谪丢官，可谓时运不济，却并不唉声叹气，沉迷于“独善其身”，而是心胸坦荡，不畏艰辛远赴岭南，为国家、为社会尽心尽力培育人才，真有穷达兼济天下的气度与胸襟。

29.“天一堂”诚信戒欺

“天一堂”始建于1863年，由诸葛亮第四十七世孙诸葛棠斋创办。诸葛亮后裔多聚居于兰溪诸葛村，当时诸葛氏族人丁兴旺，大多遵循“不为良相，便为良医”“良相治国，良药医民”古训，沿袭祖授的药业经营。

诸葛棠斋创办的“天一堂”药店，以“货真价实、诚信戒欺”为宗旨，以“修合虽无人见、诚心自有天知”为职业道德规范。他认为习药经商关乎性命，重在诚信戒欺，故而选用药材及加工炮制讲究精细，决不马虎，制作的饮片、丸、散、膏、丹，以选料道地、炮制精湛素负盛名。“诸葛行军散”“百补全鹿丸”“卧龙丹”更是独家配方，以疗效显著而饮誉大江南北。由于“天一堂”药店始终以诚信为重，以质量、信誉、服务为看家性命，做到童叟无欺，因而业务蒸蒸日上，经营范围逐渐延伸至浙江各地乃至上海、陕西、东北三省、福建、广东、香港等地，并在上海、广东、香港设立"祥源药号"，其中香港的"祥源药店"为当时国内中成药销往东南亚各国的最大代理商号。经过一个世纪的风雨洗礼，"诚信"两字始终烙在一代又一代"天一堂"药人的心里，成为"天一堂"这块金字招牌永不褪色的立业根本。

下面两个流传很广的故事很能说明"天一堂"重视"诚信"的作用。

相传，在清朝光绪年间，乡下有一盲人自觉身体虚弱，便进城想买"天一堂"的"全鹿丸"，结果误入别店，店主于是拿其他药店生产的"全鹿丸"给他，盲人一摸一闻，随即退出，连说："这不是天一堂"。路人问其何以得知，他答"该店给我的全鹿丸香气不钻鼻，触手不滋润，所以知道这不是天一堂的店"，路人都叹服。原来，"天一堂"历来有"选药严格，讲究产地"的传统，尤其是"天一堂"产的百补全鹿丸，每年在制作时均选用雄性梅花鹿，并提前一月张贴广告，择吉日在店门搭台鸣炮，当众宰杀，并将配方公布于众。

某年，一孕妇因难产而深度昏迷，家人均以为母子双亡而极度悲伤，并准备办理后事。此事恰被"天一堂"一药工遇见，他见此孕妇虽脸色苍白，但下身流血尚鲜，所以心中有底，于是告知孕妇家人也许母子均有救，不妨去"天一堂"药店试一试。家人大惊，如果是身亡而移动尸体，那是民间大忌；但又将信将疑，抱着一线希望前去"天一堂"医治。经打开紧闭的牙关灌入药液后，不久即见孕妇呼吸加粗，顺利产下一男婴，母子平安。家人欲以重金酬谢，被婉言拒绝，此事一时被传为美谈。"天一堂"除用药地道、加工炮制精良外，在配方上对药物进行分包，并附有药性说明，使百姓在方便使用药物的同时，又普及了药物基本知识，堪称服务之典范，美德远扬。因此，民间谚语称道："不吃天一药，死了是冤枉，吃了天一药，死了没办法。"反映了当时民间对"天一堂"的信赖程度。

孔子曰："君子有三畏：畏天命，畏大人，畏圣人之言。""天命"指上天的意志，自然规律。维系人类社会一切正常活动的，既有刚性的法律制度，也有中国传统一再提倡的"忠孝仁义礼智信"软文化，有时候，后者甚至比前者更有效、影响更持久，因为它深入人心，成为坚定的信念。做药人命关天，既要有外在法律制约，更应该有内在敬畏之心，"修合虽无人见、诚心自有天知"。"天命"似乎神秘，但法律不可抗拒，自然规律更不可抗拒！善恶终有报，君不见，此前丧尽天良的三鹿奶粉不是死无葬身之地了吗?!

30. 丁光银诚信立业

丁光银，清末民初义乌人，从小随撑乌篷船的父母来到兰溪。当时，有许多义乌人在兰溪撑乌篷船、当脚夫和火头，生活很清苦，清人窦镇在他的《兰溪竹枝词》当中写道“义乌老少尽堪怜，个个撑篙齐用肩。百货往来须纳税，巡丁高喝还停船。”

到了25岁，丁光银一家的生活依然很拮据，“衣衫褴褛，粮无隔宿”。他父亲积劳成疾，因无钱治病，不久便在乌篷船上去世，留下母子相依为命。丁光银接替父亲在兰江上撑乌篷船。由于他为人诚实又不失头脑灵活，给商人们运货时不仅不怕花力气，从不误点误货，而且还会替顾客考虑，善于与厘卡（旧中国的征税机构）周旋，深得火腿行商人蔡源发等的赏识，举荐他为“驾长”。从此，丁光银的乌篷船生意逐渐好了起来。

由于丁光银诚实守信，运货从未误过一个班点，也从未损坏或丢失过一件货物，因而深得货主的信任。一些货主信得过丁光银，由他运货往往不随货同行。清光绪三十三年的一天，严州的一位周姓粮商找丁光银托运200担白米。周姓粮商说，这些米是运往萧山临浦的，他三天后到那里取货，说完就自己先行走了。但是三天后，货运到临浦后，丁光银左等右等，就是迟迟不见周姓粮商出现。于是他把载着大米的货船停在临浦埠头，四处打听周姓粮商的消息，就是找不到周姓粮商。因船难以卸货，不能接货返航，丁光银只有在临浦埠头苦等着，一直等了一年之久，仍然不见周姓粮商出现。后来，丁光银生活难以为继，才不得不放弃等候。丁光银虽然没有等到周姓粮商，但他的诚实守信之举却一时传为佳话。

从此，丁光银的货运业务越来越好，而且生意越做越大，到民国初年终于发展为一代巨贾，不仅在兰溪、香港开了火腿行，而且还在上海开发了房地产生意。

墨子说：“诚信者，天下之结也。”讲诚信的人，全天下的人都愿意与他结交，做生意的也莫不如此。丁光银由乌篷船的小伙计到“驾长”，由撑乌篷船搞货运到跨行业发展，最终成为一代巨贾，靠的就是“诚信”两字。可见，诚信对于生意人是何等金贵！

31. 何茂钟丹心爱国

何茂钟(1887 年—1966 年),别号灵生,金华孝顺让河街人,爱国开明士绅。

何茂钟是金东数一数二的大财主,家有良田达方圆十里,全部土地出租给佃户,另外还拥有酒坊、布店等多家商铺,家中资产雄厚,闻名金华。

更让何茂钟闻名金华、被大家称赞的是他慷慨解囊的爱国举动。

清宣统二年(1910),何茂钟出资创办有六个教室的本村小学,浙江光复献军粮 4 万斤。

1937 年底,日军侵占杭州,何茂钟积极参加抗日救亡运动,与中共党员吴璋组织“护难团”,并捐稻谷 13500 公斤作为群众护难费用,主动实行“二五减租”(即粮食收获后,先提取 25%给佃农,剩余再由地主和佃农对半分),减轻佃户负担。

同年,金华沦陷,铁蹄蹂躏,国难当头,抗日爱国怒潮风起云涌。金华许多开明士绅在共产党抗日民族统一战线旗帜的感召下,纷纷起来响应,有枪出枪、有钱出钱、有粮出粮、有力出力,何茂钟成为其中的代表人物。在抗战的艰苦岁月里,何茂钟每年为抗日部队筹集军粮 4 万余公斤,其中四分之一是他自己捐献的。他又慷慨打开自家粮仓,救济贫困村民,帮助他们共渡难关。

日军侵占金华,到处烧杀抢掳。何茂钟为了抗日保家乡,四处奔波,张罗筹划,购置了部分枪支弹药,招募了 20 多名以何姓村民为主的青壮年,组成了一支精悍的抗日自卫队。何茂钟要求这支队伍平时严格训练,经过苦练,队员们个个枪法精湛。

1942 年 6 月 7 日,日军从孝顺倾巢而出,从低田渡河到让河街,沿途抢劫,自卫队奋起反击,击退日军。9 月间,一股十多人的日伪军进犯让河街,激怒了村民,自卫队员冲在最前面,当场击毙日伪汉奸 4 人。日军恼羞成怒,率伪军、汉奸大队人马赶到让河街烧杀。当时何茂钟早已安排村民全部撤离,日军进村找不到人,就烧毁房屋,全村房屋被毁 60 多间,其中,何茂钟等 15 户房屋被全部烧毁。

何茂钟房屋被毁,损失惨重,家道中落,但他并未因此情绪低落,抗日积极性更高了。他常常协调各派力量，共处并存，互相策应，团结抗战。他多次挺身而出，出面调停，促使义乌南区的国民党地方抗日联防自卫大队与共产党领导的金萧支队第八大队言归于好，消除误会和摩擦，避免了萧墙之祸。

1942年12月间，让河街土霸何茂格纠合一部分人，掌握了几十支枪，在地方上拉起了队伍，成为当地一霸。何茂钟根据地下党组织的指示，利用自己在当地的影响，多次出面向这支队伍晓以大义，教育他们以国家民族利益为重。在“八大队”的政治攻势和何茂钟的引导下，大部分人带枪支投奔“八大队”，少数人自行解散。

何茂钟在解放战争时期热心支持人民游击战争。新中国成立后，拥护共产党领导，秋季征粮中带头缴粮7500斤。土改时，率先将文契财产登记造册，移交农会，后又献出埋在家中的银圆14000余元。

信者诚也，诚者真也，真实的历史最感人，真实的人物最动人。何茂钟是个大财主，也许，按照过去教科书的说法，他肯定是剥削穷人的。但是，何茂钟的表现，特别是他在抗日战争中的表现、他对共产党的态度，让我们感受到他真实、真诚、真情的一面：热爱国家，有民族正义感，慷慨无私——这些人性的闪光点比他的财产更有价值，更值得关注和学习。

32. 陈望道追望新大道

1848年，一本德文小册子——《共产党宣言》在欧洲横空出世，照亮了正在黑暗中摸索前行的世界工人运动。

72年后，这颗先进思想的火种因为一名29岁中国青年的努力得以照进中国，点亮了整个神州大地。

这名青年名叫陈望道，《共产党宣言》第一个中文全译本作者。

陈望道，出生在穷乡僻壤的义乌分水塘，自幼怀有报国之志。自懂事那时起，他就对国家的兴盛与衰亡，民族的前途和命运，表现出深深的关切和忧虑。

当时的中国内忧外患，封建王朝腐朽没落，帝国主义列强野蛮入侵，整个中国陷入了半殖民地半封建社会的深渊。和许多爱国志士一样，在救国图强的道路上陈望道孜孜以求。从回到家乡兴办村校到重回学堂发愤学习现代科学知识，从“教育救国”到“实业救国”，陈望道积极探寻救国的真理。

陈望道早年毕业于金华中学，1915 年赴日本留学，先后在东洋大学、早稻田大学、中央大学等校学习文学、哲学、法律等。1917 年，俄国十月革命的炮声震撼了世界，也给一切被压迫的民族送来了马克思主义。俄国革命胜利的喜讯，迅速传至日本，立刻在当地产生了巨大的影响，在中国留日学生中也引起了强烈的反响。

日本一些著名进步学者纷纷翻译介绍马克思主义。就在这时，陈望道结识了日本著名的马克思主义者河上肇，陈望道第一次读到了《共产党宣言》，也逐渐认识到“救国不单纯是兴办实业，还必须进行社会革命”。

1919 年，“五四”运动爆发并在中国大地迅猛发展，远在日本的陈望道待不下去了，于当年六月毅然返回祖国。受浙江第一师范学校校长经亨颐邀请，他到浙江一师任教。陈望道大力提倡新文化，积极推进教育改革。浙江新文化运动的蓬勃发展，使北洋军阀政府十分恼怒，为了稳固政权，当权者卑劣地将矛头直指浙江新文化运动的策源地——浙江第一师范，由此爆发了全国著名的“一师风潮”。

经历了“一师风潮”的洗礼后，陈望道逐渐认识到“文学革命触动了封建的思想文化，但要真正解决中国问题，必须进行社会改革”，“改革社会必须有更高的辨别的准绳，便是马克思主义”。

在陈望道之前，中国人从没有见到这本书的全貌。在那个马克思主义还没有普及的时代，翻译《共产党宣言》需要马克思主义的专业知识、精深的文字修养，更需要丰沛的感情积淀。

1920 年初，陈望道带着这项神圣的使命特地回到了家乡分水塘，开始了翻译工程。一块铺板和两条长凳，既当书桌又当床，一盏昏暗的煤油灯，伴随他度过无数个漫长的寒夜。由于当时参考资料很少，陈望道只能通过日文与英文对照进行试译，难度之大，可以想象。但陈望道仍然呕心沥血地做着翻译工作。有一天，陈望道的母亲见儿子关起门来不分昼夜地依据日文本、参考英文本翻译《宣言》，人都累瘦了，便给儿子做了糯米粽子，外加一碟红糖，送到书桌前，催促儿子趁热快吃。陈望道一边吃粽子，一边继续琢磨翻译句子。过了一会儿，母亲在屋外喊道："红糖不够，我再给你添一些。"儿子赶快回答："够甜，够甜的了！"当母亲前来收拾碗筷时，竟见到儿子满嘴是墨汁，红糖却一点儿没动，原来是蘸了墨汁吃了粽子，于是母子相对大笑一场。

就这样，陈望道硬是凭借坚定的信仰和顽强的毅力，经过两个多月夜以继日的努力，终于在1920年4月末译完《共产党宣言》全文，8月，中文全译本的《共产党宣言》出版发行，首次出版印刷1000本，很快售尽，当即再版，仍然售空。到1926年5月止，已经重印17版之多。

陈望道为中国革命"盗取"了"天火"，照亮了革命者的道路。自此，"共产主义""马克思主义"思想在中国大地迅速传播，为社会主义运动在中国的蓬勃发展起到了非常重要的作用，同时也为中国共产党的创立奠定了思想基础。许许多多的革命青年，在它的影响下，逐步树立起对马克思主义的坚定信念，成为共产主义的信仰者。

毛泽东1936年在延安曾对前来采访他的美国作家埃德加·斯诺说："有三本书特别深地铭刻在我的心中，建立起我对马克思主义的信仰。这三本书是：陈望道译的《共产党宣言》、考茨基的《阶级斗争》以及柯卡普的《社会主义史》"。

完成了《共产党宣言》的翻译后，陈望道先后在上海编辑《新青年》，与陈独秀、李达等参与中国共产党的创建工作，是创始人之一，中国共产党成立后出任中国共产党上海地方委员会首任书记，是中国共产党最早的五位党员之一。

二十世纪无论在中国还是在世界历史上，发生的重大历史事件之一是中国共产党的成立，其中，陈望道功不可没。他怀抱着对救国真理的追求、对共产主义执着的信仰，身体力行投身革命，共产主义信仰始终坚贞如一。陈望道后来担任复旦大学校长时，曾被欧美学术访问团代表问过这样一个问题："当年为何接受翻译《共产党宣言》的任务？"陈望道答道："当时在我们的国家，所有人都在寻找社会发展的方向，探求未来到底该走向何方。各种思潮、各种主义很多，而我，始终相信共产主义。"

《周易》说："信以发志也。"意思是说，坚守诚信，可以用来激发意志。陈望道，一个义乌偏僻小村的农村青年，凭着对共产主义的坚定信仰，在极其艰苦的环境中，意志顽强、呕心沥血翻译《共产党宣言》，“从柴屋里为我们捧出了一轮太阳”，照亮了无数人的革命征程。这份“信”，比山还重，比天还高。

33. 冯雪峰执着追求信仰

冯雪峰，原名福春，笔名雪峰、画室、洛阳等，义乌赤岸乡神坛村人，左翼文艺的重要领导人。

冯雪峰从小天资聪颖，读书成绩优异，1919 年以第二名的成绩考上了设在金华的浙江第七师范学校。他接受“五四”新思潮，带头反对学校当局的专横压制，发动了罢课，因此被开除了学籍。

1921 年秋，18 岁的冯雪峰考进了在杭州的浙江第一师范学校。该校在“五四”运动的浪潮中，与北京大学南北呼应，被赞为“当时南方最革命的学校之一”。他进校不久，就开始写作新诗，他与汪静之、潘漠华和应修人，结成“湖畔诗社”，成为“湖畔诗人”。他的湖畔诗，既保留了农民的本色，散发着泥土的幽香，又反映了一个知识青年的觉醒，因此受到广大青年尤其是来自农村的知识青年的欢迎。毛泽东特别赞赏冯雪峰写湖畔诗的精神，认为他在《湖畔》里的诗写得很好。冯雪峰作为“五四”以后有影响的青年诗人，在中国新诗发展史上是一位勇敢的开拓者和耕耘者。冯雪峰在一师读书时，开始了马克思主义理论的学习和研究，成为《新青年》等进步报刊的热心读者。

1925 年春，冯雪峰来到北京，与在北京大学念书的潘漠华住在一起。他一面加入李大钊等创办的“工读互助团”，一面打工谋生。他不满足于中文的马列主义的译著文章，于是，他以极大的努力在不到一年的时间里完全自学，学会了日文。他从日文版书籍中如饥似渴地阅读马克思列宁主义的著作，逐步树立起共产主义的信念。

他非常崇敬的中国共产党创始人之一、早期马克思主义宣传家李大钊被奉系军阀杀害了。就在蒋介石发动“四·一二”反革命政变两个月之后，在黑暗的血腥统治笼罩全国的日子里，不少人对革命的前途丧失信心而离开党的时候，他毅然加入了中国共产党，因而被当局追缉，他不得不离京南下。

1928年二三月间，冯雪峰离京到了上海，后任“左联”党团书记，又任中共上海中央局文化工作委员会书记。作为党和鲁迅之间的“架桥人”，他与鲁迅并肩战斗，在粉碎反革命文化“围剿”的斗争中，成为鲁迅忠实的学生和亲密的战友。1933年随中共中央机关秘密迁往江西中央苏区瑞金，他经常与毛泽东接触，交谈不下数十次，他们畅谈上海文艺界的活动、共产党的文化人、进步作家反对国民党的残酷野蛮屠杀和压迫的英勇斗争。

1934年10月，冯雪峰参加了艰苦卓绝的红军二万五千里长征。在中国文学家中，他是亲身经历了反对国民党的文化“围剿”与军事“围剿”两次伟大斗争、并且站在以毛泽东为代表的正确路线一边的唯一参加过二万五千里长征的作家。宋任穷回忆说：“当时，雪峰已经是一位颇有名望的文学家，但没有一点架子，和大家一样的装束，吃着一样的饭菜，一样地拄着棍子爬雪山过草地，历尽艰辛。一位在北京、上海等大城市生活多年的文化人，在极端艰难的长征路上，随军步行二万五千里，一直坚持到陕北，是难能可贵的。”

1936年4月，中共中央特派冯雪峰到上海工作。冯雪峰肩负着重大的秘密使命，就是钻到敌人心脏里，为中国共产党同国民党的秘密谈判做好打前站的工作。同南京方面取得联络，做好对国民党上层各个派系的统战工作，以及华北、两广的抗日统一战线工作，迫使蒋介石停止内战。此事直接由毛泽东负责。

冯雪峰还为寻找毛泽东两个失落的儿子毛岸英和毛岸青做了大量工作。他找到毛岸英兄弟俩后，就把他们转送到莫斯科深造。

冯雪峰在上海出色地完成了中共中央交给的任务。1937年2月，他回延安向党中央汇报工作，毛泽东和其他中央领导同志对他的工作表示满意。

1941年1月，“皖南事变”之后，国民党大肆逮捕共产党员和抗日爱国人士，冯雪峰被国民党特务逮捕，押解上饶集中营。在极端恶劣的环境中，冯雪峰一直没有停止过同凶残的敌人斗争。他经常向大家讲述中国共产党的历史，讲述中央苏区和红军长征的故事，讲述毛泽东、周恩来的革命生涯，讲述鲁迅的斗争业绩等。他还教人学日语，说不要让蹲监的时光白白流逝。

他的言行激励了难友们与敌斗争的决心，坚定了他们必胜的信心，他因此成了这批抗日囚徒的精神支柱。1943年，毛泽东、周恩来指示董必武营救冯雪峰出狱。

1957年9月，冯雪峰被错划为"右派骨干分子"。1958年，他被开除党籍，他说："支部书记同志，决议上说的不符合事实。我从来不反党反社会主义。但我服从决议。我希望，今后有一天，事实证明是这样，我再回到党内来。"

1976年1月30日，正是农历除夕，临终前，冯雪峰向儿子诉说他的遗憾："我没有能活着回到党的队伍里来，我没有能写一本新的关于鲁迅的比较完整的书，我也没有能写完关于太平天国的长篇……我心里难过。"

2003年，冯雪峰百年诞辰纪念大会在北京召开，时任中共浙江省委书记、浙江省人大常委会主任，现任党中央总书记、国家主席、中央军委主席习近平给纪念大会发去了贺信。贺信中说，冯雪峰同志是中国共产党的优秀党员，是我国现代著名文艺理论家、作家和诗人，也是浙江人民的优秀儿女。在"四一二"反革命政变的白色恐怖下，他毅然加入了共产党……他的一生是革命的一生、战斗的一生、孜孜探求的一生……今天，我们缅怀雪峰同志，追思他的革命人生，学习他的优秀品质，这对于我们发扬革命优良传统，振奋中华民族精神，全面推进社会主义现代化建设事业，具有重要的意义。信仰是灯塔，信仰是方向，信仰更是力量。今天，缅怀冯雪峰等无数革命先烈，就是要学习他们坚定的信仰，为实现中华民族伟大复兴的"中国梦"而努力奋斗。

孟子说："富贵不能淫，贫贱不能移，威武不能屈，此之谓大丈夫。"冯雪峰一生孜孜以求，执着于共产主义信仰，不论是在国民党的监狱中面对敌人诱惑与酷刑，还是在两万五千里长征爬雪山过草地的艰苦日子里，抑或在反"右派"中被开除党籍的莫大冤屈之中，他都没有丝毫动摇过。冯雪峰大丈夫的气概与品格，值得后人永世景仰与学习！

34. 潘漠华为主义献身

潘漠华，宣平上坦人，原名训，又名恺尧，学名潘训，笔名潘四、田言等，中国共产党早期党员、诗人、中国现代左翼文化运动的先锋，革命烈士。

潘漠华从少年时就喜爱文学，在新文化运动的熏陶下，1920 年开始尝试用白话文创作新诗。小学毕业考入县师范讲习所，1920 年入浙江省立第一师范，1921 年 10 月，经他倡议，与柔石、魏金枝、冯雪峰等参加朱自清、叶圣陶指导的杭州第一个新文学团体“晨光社”，在当时的杭州文学界有很大影响。

1922 年 4 月潘漠华与冯雪峰、应修人、汪静之结成湖畔诗社，先后出版白话诗集《湖畔》《春的歌集》，收入其新诗 68 首。他们的诗集得到鲁迅等人赞赏，也曾引起了毛泽东的注意。朱自清先生评论说：“就艺术而论，我觉得漠华君最是稳练缜密。”

1924 年潘漠华考入北京大学文科，他热情探求新文学，把创作的目光投向社会下层的普通劳动者，真实地反映了辛亥革命后破产农民的痛苦生活。他大量阅读、研究马列主义理论著作，坚定了共产主义信仰，1926 年在校加入中国共产党。

1926 年秋，当大革命的浪潮由南向北推进时，潘漠华毅然离开北大，经党组织安排，南下武汉，投身北伐先遣军第三十六军，任该军第二师政治部宣传干事、组织科长等职。

1927 年 7 月，汪精卫公开叛变革命，宁汉合流，形势日益紧迫，潘漠华愤然离开北伐军，从武汉经上海潜回杭州。在革命受到重大挫折的紧急关头，参加了刚刚成立的中共浙江省委领导的秘密工作。10 月被捕，幸得浙江省立第一师范老师许宝驹营救出狱，回宣平继续进行党的活动。1928 年春夏之交，潘漠华离开宣平，转辗于上海、厦门等地，以教学为掩护，继续从事地下活动工作。1929 年春，宣平农民暴动失败，不少同志隐蔽上海，潘漠华以译作《沙宁》的稿费 800 元和版权费资助家乡同志生活。后赴开封、沧州、北平等地以教书为掩护，从事党的秘密工作。在参加“八一国际反战日”的游行示威中他第二次被捕，受尽酷刑，坚不吐实，使敌终无证据而获释出狱。1930 年至上海参加中国左翼作家联盟成立大会，并代表中国自由大同盟致辞。

1932 年 5 月，在“国际联盟调查团”调查日本侵略中国东北期间，潘漠华和左联其他执委在北京多次举行集会讲演，揭露“国际联盟”袒护日本侵略、诬蔑中国人民抗日救亡运动的真面目。这一年的“五卅”纪念游行示威，潘漠华右手拿着一把网球拍，走在队伍最前面。当队伍行进到王府井大街的南口时，日本帝国主义的士兵在日本使馆的操场上散开卧倒，拉动枪栓做射击状，企图威吓游行群众。潘漠华右手挥动网球拍，左手高举大声疾呼：“打倒日本帝国主义！”“拥护抗日军！”“拥护苏维埃！”“帝国主义从中国滚出去！”……成千上万的游行群众，跟随着他的声音一起呼喊，像大海的怒涛翻腾在东长安街上，吓得日本兵趴在地上连头也不敢抬。

1932 年 12 月，潘漠华调任中共天津市委宣传部长。不久第三次被捕。由于他机智应对，没有暴露真实身份，居然化险为夷。

不久，潘漠华又第四次被捕，也因查无实据而获释。

1933 年 4 月，北方左联通过北方文总，与革命互济会、反帝大同盟等组织，共同发起了为李大钊举行公葬的活动。潘漠华与近两千人的送葬队伍一起，护送李大钊烈士的灵柩向万安公墓前进。沿途，他一面抵抗国民党宪兵部队的暴徒，一面呼口号，散发传单，进行演讲，控诉国民党反动派的罪行。

1933 年初，日本侵略者侵占热河并继续向华北进攻，潘漠华奉命奔赴张家口，参加冯玉祥抗日同盟军，进行抗日宣传。

9 月，抗日同盟军在国民党反动派与日本侵略军联合围攻下失败。10 月，潘漠华随吉鸿昌部突围，潜返北平，后转移天津，继续从事党的工作。

1933 年年底，由于左联内部混入敌探，潘漠华在天津的河北大旅社第五次被捕。在落入敌手的一刹那，他迅速撤掉了安全信号，保护了党组织和同志们。

被捕后他遭受严刑逼供，严守了党的机密。一无所获的敌人将他转押天津法院看守所。他被关入一间阴暗潮湿的单身牢房，酷刑折磨得他身患重病，全身蜷缩着不住地痉挛，忍受着极度的痛苦。后来，敌人以“共产党嫌疑犯”的罪名，判处他五年刑期，囚于天津河北省第一监狱。

在狱中他抱病和难友们一起，以血肉之躯作为唯一的武器，先后发动三次绝食斗争。1934 年 12 月 24 日，潘漠华竟遭敌人浇灌滚烫的开水而惨烈牺牲，时年32岁。

孔子说：“主忠信，毋友不如己者。”北大就读、著名诗人，按照某些人的理解，潘漠华完全有他人所没有的优越条件，使其个人事业上功成名就，享尽富贵荣华。但潘漠华却把自己的前途、命运和生命都和民族解放事业紧密联系在一起，选择了为“主义”而献身。潘漠华是左翼文学运动的先锋，共产主义的忠诚战士，他一生都为他所信奉的主义奋斗。烈士的一生虽短暂却光辉无限！

35. 胡逸民冒死践诺

胡逸民，小名彭济，学名原为致民，后改逸民，别名耕莘，永康人，早年参加同盟会，追随孙中山先生反清举事，是国民党的元老。他曾担任过国民革命军军事法官，历任江西高等法院院长、南京中央军人监狱、徐州军人监狱、汉口军人监狱的监狱长等职。

胡逸民早年接受民主革命思想，深得孙中山赏识。投奔孙中山后，积极为民主革命效力。他倾向革命，同情共产党人，曾4次被蒋介石投进牢狱。他第三次入狱，在南昌北营场军法处看守所与方志敏相遇，并结成囚友和知己，留下一段胡先生诚实守信的佳话。

1935年2月，闽浙赣三省主席方志敏同志被押进敌看守所，胡逸民听说后，想尽办法与方志敏接近。经过多次接触、交谈，俩人逐渐加深了解，胡逸民对共产党人方志敏更加佩服，称他为真正的顶天立地的共产党人。于是胡逸民坦诚相告，国民党当局让他劝方志敏投降，“他们要我转告你，官厅想重用你。这些天，我看你心坚志定，不是那号人，也就耻于启齿。请原谅，今日才挑明此事。”他告诉方志敏，顾祝同来南昌捎了蒋介石口谕，“劝方自首，将功折罪”，顾可能探监拜访，要多加防备。

方志敏知道敌人留给自己的时日不多了，他要利用这有限的时间，在这特殊的战场上，采用另一种方式坚持战斗。于是，他利用敌人让他写“交代”

而提供的条件，不停写作，宣传自己的信仰，呼唤真理，揭露敌人。《可爱的中国》文稿完成，但问题是如何想办法送出去。胡逸民看到方志敏的文稿，眼睛一亮，称赞道："《可爱的中国》，好题目！"并激动地说："方君啊，你写，你快写！我一定想办法为你送出去。"

继《可爱的中国》之后，方志敏又写了《死！——共产主义殉道者的记述》《清贫》《给某夫妇的信》《狱中纪实》《赣东北苏维埃创立的历史》《记胡海、娄梦侠、谢名仁三同志的死》。这些文稿在狱中都是经胡逸民的手转移藏匿。其中给某夫妇的没有称呼和姓名的信，胡逸民心领神会，"这一定是他留给我的文字！是一名行将赴义者对囚友的希望和忠告。"他牢记着信上"从罪恶跳入正义，从黑暗跳入光明"那振聋发聩的话语。

1935 年 7 月初，方志敏根据形势分析，敌人很快就要对自己下手，他把最后两份文稿交给胡逸民。胡逸民双手捧着沉甸甸的一包文稿，再次表示："志敏，我一定要把它送出去！送给谁好，怎么送，你吩咐吧！"方志敏告诉他，可把文稿交给鲁迅或者宋庆龄，请他们转给共产党组织。当年秋天，胡逸民出狱，在南昌小住几日便赴杭州，在杭州深居简出，在痛苦和彷徨中熬了一年，最后终于决定冒险赴上海，去实践自己的诺言。

1936 年 11 月，胡逸民一身小生意人的装束来到上海。他先找鲁迅先生，未找到(鲁迅已于 10 月 19 日病逝)。共产党组织他又找不着，怀揣烈士遗稿的他焦虑异常。突然，他想起上海救国会头面人物章乃器，此人与共产党有密切联系。11 月 18 日晚上，他找到章家，由章乃器的夫人胡子婴与宋庆龄联系上，章乃器的弟弟共产党员章秋阳乘出租车将文稿送到宋家。后来宋庆龄将文稿转给冯雪峰。至此，方志敏烈士的手稿才真正转到共产党组织手中。若干年后，胡逸民得知文稿的归宿，久久悬系着的心，终于落了下来。

新中国成立后，胡逸民受到党中央和毛泽东等国家领导人的礼遇。1950 年春夏之交赴香港定居。1981 年 10 月，胡逸民回大陆观光，专程赴南昌梅岭拜谒方志敏烈士陵墓。年逾九旬的老人，从山下一步步地踏上了 157 级台阶，来到方志敏墓前。

"志敏啊，志敏！我的囚友，我的知己！我没有忘记你的教诲，没忘记你的重托……"老人泣不成声，重复着这几句话。

1982 年，胡逸民回浙江永康定居，1987 年病逝，享年 98 岁。

孔子说:“言必信,行必果。”胡逸民是国民党元老,也可算国民党的高官,但因同情共产党而被蒋介石投入大牢,却因此促成了胡逸民与方志敏在监狱中相识、相交与相知。胡逸民在狱中承诺要设法把方志敏的文稿送出去,这在国民党的白色恐怖中是要冒被杀头的危险的,需要有冒死的胆量。出狱后,胡逸民牢记自己的诺言,几经周折,终于将方志敏的遗稿送到共产党人手中,实现了自己的诺言。40 多年后,92 岁高龄的胡逸民专程赴南昌梅岭拜谒方志敏烈士陵墓,并告知囚友自己没忘记他的重托,抒写了一段当代人重然诺的千古佳话。

36. 吴晗傲骨显忠诚

吴晗,原名吴春晗,字伯辰,义乌人,明史研究的开拓者。

讲到吴晗,人们大都把他同奉命写《海瑞罢官》而后挨批、“文化大革命”遭受残酷批斗而惨死及明史专家联系起来。其实,吴晗还有许多值得称道的事,如他的爱国、清贫与骨气。

吴晗生活的前半生,正是中国处在民族危亡的时代。“九一八”事变以后,吴晗在“读书救国”思想的影响下,没有参加什么学生的救国活动。可是,日本帝国主义的侵略和国民党政府的卖国激起了他的义愤,他开始坐立不安了。1932 年 1 月,吴晗在给他的恩师胡适的信中直率地表达了自己的忧愤:“处在现今的时局里,党国领袖卖国,政府卖国,封疆大吏卖国”,“听着若干千万同胞的被屠宰的哭声,成天听见的消息又只是‘屈服退让’,假使自己还是个人,胸膛中还有一滴热血在着的时候,这苦痛如何能忍受”。

抗日战争爆发以后,吴晗应聘到云南大学任教,随后又转到西南联大。由于货币贬值,通货膨胀,加上夫人有病,生活十分拮据。为解决生活的困难,1941 年,吴晗应国立编译馆之约写了一部《明史》,为不耽误出书,吴晗先把写完的前四章的手稿寄了出去。不久书稿被原样退回,里面夹了一个条子:“红军之起,拟改为‘民军之起’,以下一律照改。”这是怎么回事呢?原来,元末农民战争中,有几支起义军头上包了一块红布,当时被称为“红军”

或“红巾军”。编译馆的有关人员认为，写了“红军”，就有同情今天的“红军”之嫌，所以要求把“红军”改为“民军”。吴晗是个有骨气的、正直的历史学家，他复信表示，宁可此书不出版，也绝不能这样改动。他认为，编译馆所以要他这样改，一是因为国民党怕共产党的红军，连将近六百年前的“红军”也都怕了；二是“民军”在当时是地主的武装，专和红军作对，“红军”改成“民军”恰好把两个敌对的军队颠倒了。吴晗宁可不出这部书，也不改这两个字。

那时已经在西南联大教中国通史课的吴晗，目睹现实，在课堂上讲到“抗战救国”时，总是慷慨激昂地揭露国民党统治者的贪污、专制、不民主，大谈应当全面抗战，不做亡国奴。他的一个学生、中共地下工作者许寿谔后来回忆道：吴晗讲课时，对李自成、岳飞、文天祥和王安石给了很高的评价。吴晗那时见人就发牢骚，常说：“大后方真和南京一样，是亡国现象，但我们是中国人，有责任挽救国家啊！”

有一段时间，夫人严重贫血。学生知道此事后，主动提出给她献血，但被吴晗婉言谢绝。他自己却瞒着人经常给夫人输血。历史系的一些学生听说她需要住院动手术，而吴晗没钱，就提出要募捐。他们把这件事告诉了也在历史系任教的吴晗好友邵循正，请他劝吴晗接受学生的心意。邵循正听了，立即要他们赶紧停止。他说，吴晗宁愿借钱、卖书，也绝不肯接受同学们捐助的。后来吴晗知道了，说：“同学们的好意我知道，但是同学们是从大江南北逃亡到后方来的，生活这么贫困，我怎能接受他们的捐款呢！”最后吴晗忍痛把仅剩的珍藏多年的书籍卖给清华大学图书馆，以解燃眉之急。吴晗的挚友——东阳老乡、植物学家蔡希陶，为此风趣地书赠一副对联：

书归天禄阁　人在首阳山

吴晗高兴地把它贴在墙上苦中求乐。这副对联把当时吴晗的清贫而又有操守，写得真实而又形象。

吴晗和昆明的地下党人有了联系，当他知道民主同盟是主张抗日的，就毅然加入了民盟。从此，他接受了中国共产党的领导，为争取中国的光明、民主和进步做出了卓越的贡献。

吴晗的进步活动，引起了反动派的注意。有一天，一个同乡来见他，转弯抹角谈了半天，最后竟说：“你冒着生命危险反蒋，自己却生活这样苦。像你这样有名望的人，何必呢？只要你愿意，到国民党那里，完全可以当个部长或副部长……”话还没说完，吴晗气愤地打断了他的话，怒斥道：“国民党祸国殃民，我饿死也不会到他们那里去做官。我反蒋不是为了做官。你走吧！”那个同乡只好灰溜溜地走了。原来，他是国民党派来的说客。国民党当局见软的一手不灵，又换了硬的一手。1944 年暑假时，西南联大原属北大和南开的教师都收到了聘书，只有清华的教师没收到，据说是因为当局强迫学校解聘闻一多、吴晗等几位进步教授。而且特务到处进行恐吓，扬言要暗杀他们，说：“谁搞民主，跟着共产党跑，就得给他们一点厉害尝尝。”一天下午，吴晗正要出门陪夫人去医院看病，一个学生走进他家，焦急地说：“解聘和别的谣言，吴先生想来都听到了，同学需要你们，你暂时少出去公开讲演吧！”吴晗瞪大了眼睛，连珠炮似地回答：“什么？要我少讲话？解聘了，我更自由。我是学历史的，在中国历史上，每个朝代亡国时总有些殉国的志士，今天中国到这种局面，也该有殉难的人了，我早就准备好了，有什么关系！”表现出吴晗的傲骨铿锵。后来，由于联大师生们的反对以及社会进步人士的声援，吴晗、闻一多还是收到了聘书。

吴晗写有《谈骨气》一文，开头就说：“我们中国人是有骨气的。战国时代的孟子，有几句很好的话：‘富贵不能淫，贫贱不能移，威武不能屈，此之谓大丈夫。’意思是说，高官厚禄收买不了，贫穷困苦折磨不了，强暴武力威胁不了，这就是所谓大丈夫。大丈夫的这种种行为，表现出了英雄气概，我们今天就叫作有骨气。”这其实就是信仰的力量。

37. 何氏家风育英才

金华后溪河村有一何姓家族，是南宋理学家何基的后裔。该家族秉承“务实守信，崇学向善”家风，耕读传家，培养了一代又一代英才，何炳松、何炳棣、何德奎即是其中的翘楚。

何炳松，字柏丞，1903 年中秀才，同年入金华府立中学堂读书。1906 年，以优异成绩被保送入浙江高等学堂，1912 年毕业。同年，以第一名的成绩获省府公费赴美国留学，就读于加利福尼亚大学，次年考入威斯康星大学，学习历史学和政治学。何炳松学习勤奋刻苦，成绩优异，1915 年大学毕业，同年转入普林斯顿大学研究院，专攻现代史和国际政治，1916 年获得硕士学位归国。

1917 年初任浙江省长公署助理秘书，不久改任省视学。同年应北京大学校长蔡元培之聘任北大史学系教授，兼任北京高等师范英语部主任，兼代史地部主任。1922 至 1923 年任浙江省立第一师范学校校长，1923 年 7 月省立一师与省立一中合并为新省立一中，任首任校长。1925 年任武昌师范大学校长。1926 年到上海商务印书馆工作，先后任史地部主任、国文部主任、编译所所长、大学丛书委员会委员等职，主编《中学史学丛书》《教育杂志》等书刊，兼光华大学、大夏大学教授。1935 年受聘任国立暨南大学校长，后兼任东南联合大学筹委会主任。1946 年 6 月，何炳松调任抗战胜利后迁回金华的国立英士大学校长，但因病未能到任。

何炳松有高尚的爱国情怀和气节。抗战期间，参加"文献保存同志会"，抢救沦陷区古籍数万册。安徽刘世珩"玉海堂"、广东莫伯骥"五十万卷楼"、江宁邓氏"群碧楼"、嘉兴沈氏"海日楼"、常熟瞿氏"铁琴铜剑楼"、庐江刘氏"远碧楼"、顺德李氏"泰华楼"、浙江吴兴刘氏"嘉业堂"、张氏"适园"等珍本古籍大都购得，收归国有，存放上海、香港及重庆 3 处。1941 年 12 月太平洋战事爆发，收购工作暂停，两年间，遍访各地书肆、藏书家，得善本 4864 部，48000 余册，其他线装书 11000 多部。

何炳松任上海暨南大学校长之际，正是日本侵略战火紧迫眉睫之时。他到校后，一方面修建校舍，增购大量图书设备，一方面延聘国内著名专家学者，充实教授阵容。两年后，日本帝国主义发动了"八·一三"侵略战争，何校长及时组织力量把暨大迁至法租界，继而又迁入公共租界继续办学，成为当时上海"孤岛"上唯一的一所国立综合性大学。1940 年春，汪精卫在南京就任伪职，令上海各校放假庆祝，何炳松以"汉曹不两立，忠奸不并存"坚决拒绝，并宣布"看到一个日本兵经过校门口，立即停课"！1941 年 12 月 8 日，日军进占租界，何炳松积极筹划在内地创立了暨大分校，抢在上海沦陷之前率师生迁往福建建阳，保存了实力。何炳松先生主张学术百家争鸣，当时暨大有"东南民主堡垒"之称。

暨南大学是当时国内唯一一所华侨高等学府。何炳松主持校政后，明确提出办学的指导思想和培养目标，首先考虑在国家尚未灭亡之时，应该如何发奋图强、努力奋斗以拯救国家，以复兴民族。他曾说："我们要造就复兴民族之斗士，不要造就争权夺利的政客，况且暨南比其他大学另有其特殊之使命，将来本校毕业同学必须能向海外发展，能在外界立足。"何炳松还在暨大创办了南洋问题研究所，这对培养一批熟谙南洋情况，能走出国门、面向世界的有用人材大有益处。暨大学生毕业之后，或投身于民族解放、人民革命事业，或服务于海外侨胞，在事业上有所成就，为促进当地社会发展和中外人民友谊发挥了积极作用。

何炳松生活上严于律己，乐于助人。抗战时期师生生活苦难，他都热心资助。

何炳松学问高深，为现代著名史学家和教育家。他擅西洋史研究，一生在史学研究方面颇有建树，著述甚丰。他撰写《历史研究法》《通史新义》《浙东学派溯源》等，译有《新史学》《西洋史学》《历史教学法》，并编译了《中古欧洲史》《近世欧洲史》等，其中不少被用作大学教材。他的著述融汇古今，学贯中西，和梁启超齐名，被誉为"中国新史学派的领袖、奠基人"。

何炳松堂弟何炳棣，1938年毕业于清华大学历史系，1944年，在第六届留美考试中夺魁，1945年底，和杨振宁、李政道等同赴美留学，入哥伦比亚大学专攻英国史及西欧史，获历史学博士。先后任教于加拿大英属哥伦比亚大学、美国芝加哥大学，1966年，当选中央研究院院士，1974年，出任美国亚洲学会会长，为首任亚裔会长。何炳棣被公认为"才如大海"，在明史及《孙子兵法》研究上做出了历史性的贡献。

何炳松堂侄何德奎，1917年以教育部考试第一名赴美留学，先后在威斯康星大学、哈佛大学获学士、硕士学位，1922年，担任哈佛中国同学会会长，和蒋廷黻作为中国留美学生驻京代表，监视中国南北两"政府"不得签署任何卖国条约。

叔侄三人并称为金华"何氏三杰"，现金华古子城仍有"何氏三杰纪念馆"。

中国传统文化讲究"风水"，但在我们看来，真正的好"风水"是良好的家风。何氏一门秉承"务实守信，崇学向善"的家风，笃信"孝者，德之基，人格之始也”,“忠者,人格之成也”,身体力行,因此,在好家风的熏陶下,能人辈出,“何氏三杰”就是其中突出的代表,值得大家学习。

38. 杨东海忧民之忧

杨东海,兰溪市区云山街道人。历任兰溪市林业局人事秘书股股长、市委农村工作部副部长,市农经委党组成员、副主任。

1987 年 10 月,杨东海响应市委扶贫开发的号召,下村挂职,任原路口乡陈家井村党支部书记。挂职二年中,他不图名利,不辞辛劳,视农民如挚友,敬农民如父母,在十分艰苦的条件下,组织带领全村党员、干部、群众开垦山地,种植杨梅,兴修水利,修筑道路,为陈家井村人铺垫了致富路,深受村人的爱戴和拥护。

繁重的工作和超限的劳累耗损杨东海瘦弱的躯体。1991 年 11 月,经浙江医院检查确诊杨东海患主动脉扩张症。在紧连心脏的血管间已鼓起一个大得惊人的瘤状体。仅仅住院 47 天,这位“危重病人”就执拗地出院了。从此以后,他再也没有请过一天病假。1994 年 10 月 19 日晚 6 时,杨东海忙完一天的工作,开始整理撰写农村调查报告。晚 7 时 10 分,杨东海突然撕肝裂肺般发出“啊”的一声,颓然倒在地板上,5 分钟后,杨东海停止了呼吸。年仅 47 岁。

孔子说:“千乘之国,敬事而信。”杨东海挂职的虽然不是千乘之国,而是一个贫困村,但他严肃认真、恭恭敬敬地对待自己所从事的工作,讲求信用,真心为百姓办实事直至生命的最后一分钟,为陈家井村铺垫了致富路。在杨东海碑文中有这样一段话:“杨君律己唯严,清廉自守,关怀民瘼,志在悯农,泽及桑梓,口碑载道”,“乐民之乐者,民亦乐其乐;忧民之忧者,民亦忧其忧!”这就是人民对杨东海一生的评价。

39. 孙炎明忠诚履职

孙炎明，东阳人，1982 年 8 月参加东阳市公安局工作，1995 年入党，2000 年 9 月起在东阳市看守所任监管民警至今，二级警督。

从警 29 年来，孙炎明对党和公安事业无限忠诚，恪尽职守，无私奉献。他牢记宗旨，情系人民，仁心宽厚，平等对待在押人员，教育挽救了一大批失足人员。

2004 年 3 月，经医院诊断，孙炎明患有脑癌，他从容淡定，始终保持快乐向上的心态，三次大手术，三闯鬼门关，顽强与病魔抗争，一直战斗在公安基层一线。2007 年 6 月份，经过杭州医院检查，医生告知他的病情有所恶化，叫他立即停止工作，在家休息养病。面对组织和医生的劝告，他说："默默地在家里等死，还不如在工作上干死。我的生命延续一天，就要干好工作一天。"

从此，孙炎明更加勤奋工作。他把全部精力和心血奉献给了公安事业，自觉践行"忠诚、为民、公正、廉洁、奉献"的人民警察核心价值观，以实际行动诠释了一名新时期人民警察的优良品德和高尚情操。孙炎明分管的监室在全所始终保持两项最好：在押人员秩序最好、教育转化的效果最好。他先后荣获省、市优秀人民警察，公安部"2010 警界骄傲"、"浙江骄傲"、2010 年度最具影响力人物和"感动中国"2010 年度人物等荣誉，并荣立个人一等功 1 次，个人三等功 3 次。

孔子云："君子讷于言而敏于行。"孙炎明同志没有振聋发聩的豪言壮语，没有惊天动地的英雄壮举，有的只是朴实的情怀和默默地奉献。一朝爱岗尽职不难，几十年如一日地敬业爱岗才难；平常时爱岗尽职不难，巨大的打击面前仍然爱岗尽职才难。孙炎明却难能可贵地做到了。对理想的执着追求，对事业与岗位的执着坚守，让他这个平凡的基层监管人民警察不再平凡。

40. 徐朝林实诚做"默香"

徐朝林,婺城区源东乡分水岗村人。1987年,十六岁的徐朝林初中毕业。为了让其学一门手艺糊口,哥哥介绍他到金华府上街一个开酥饼店的朋友处学做酥饼。当时与他一起学手艺有好几个人,没学几天都认为自己已掌握了这门技术,便告辞回家。而他却潜下心来,以自己的诚实和勤奋赢得店家的喜欢,学得了一技之长。

学得手艺后,家境贫寒的徐朝林和弟弟抬着两个酥饼炉子,在偏远的临安县城开了一家小店。徐朝林为人诚实,经营有方,小店生意不错。在经营过程中,他深刻认识到,要做大酥饼生意,还必须立足金华。1993年,徐朝林回到金华,在默相街开了家酥饼店。他借开店的默相街名,又把"相"字改成"香",一字之改,使得这个酥饼牌子颇有意味。1995年,徐朝林向当地工商部门申请注册了金华酥饼行业首个注册商标"默香酥饼"。由于徐朝林诚信经营,"默香酥饼"很快在金华打开了市场。为了让顾客放心,徐朝林请人设计了一张质量跟踪卡,向顾客承诺:如果吃到有焦、油、不酥不脆的酥饼,或给默香酥饼店提合理化建议和意见的顾客,将给予加倍赔偿或奖励。

这一举措,很快赢得了顾客的信赖,甚至出现了排队购买酥饼的现象。2001年,默香酥饼获得了中国(杭州)国际食品博览会银奖。很快,默香酥饼打入了省城杭州华商集团名下的一百五十多家连锁超市,默香酥饼飘香省内外。

韩非子有言:"巧诈不如拙诚。"意思是说巧妙的奸诈不如拙朴的诚实。徐朝林,一个普普通通的农民,靠"拙诚"学得了做酥饼的技术,靠诚信经营打响"默香"品牌,让小小酥饼飘香千里,成就了自己的致富梦想。徐朝林的酥饼致富之路,给我们尤其是创业者留下了诸多致富启示,其中重要的一点就是:诚实做人,诚信做生意。

41. 沈森彪诚信还债

沈森彪，永康市芝英镇后沈村人。1985 年以来的 30 年里，沈森彪一直想着“欠债还钱，天经地义”这个朴素的道理，日子一直在“还债模式”中度过，65 岁才找到最后一个债主。

1985 年之前的沈森彪不仅不欠债，而且是一个红得烫手的挣钱能手。1980 年，他和妻子养出栏的第一批 50 头猪，就带来了 500 元的收入。见养猪挣钱，他就盖猪舍、大力发展养猪业，喊出了年存栏 1000 头猪的目标，引来了《浙江日报》《人民日报》的关注。慢慢地有了闲钱，他们夫妻俩觉得养猪太脏、不挣钱。1985 年开始下海经商，没想到生意接连失败，加上火灾、生病等天灾人祸，到 1995 年底，他的外债超过了 50 万元，共 106 名债主，合计 536385 元。最后，妻子丢下孩子，一个人去了外地。当时的妻子建议沈森彪申请破产。沈森彪说：“她说的道理我都懂，但我不同意，欠别人的钱不能赖。”

为了给自己还债鼓劲，一天深夜，他用刀片割破自己的手指，在本子上写下“为还债奋斗一生”几个字。“我欠的钱实在太多了，但我有钱就还，哪怕攒了几个鸡蛋，到河里抓几条鱼，都要拿去卖了，有钱就赶紧还给债主。一些债主看中了我家里的缝纫机、电风扇、哪怕是锄头，只要能还债，我都会让他们拿走。”沈森彪说。没钱买猪饲料，腊月天他只身一人下深水池塘割草喂猪。为了多打猪草，他常常带着三个孩子拔草到深夜。1996 年起，养猪的行情开始好转，凭借过硬的技术和善于经营的头脑，仅 1997 年，他就挣到了 18 万元。按照“先还日子过得紧的债主”的原则，每次猪出栏，沈森彪都会主动上门归还欠款。2001 年，当时他欠的外债下降到了 10 万元，为了能快速还债，他把两处房子标价 10 万元出售。沈森彪说，当时有人出价 7 万元，因为达不到“不欠一分钱”的目标，那次交易没有成功。

2005 年，沈森彪仍有 8 万元没有归还。沈森彪大女儿家做塑料生意，女婿见他隔三岔五就抱着账本看，就主动提出给岳父 8 万元，将所有欠款还清。沈森彪将全部欠款又理了一次，女婿用摩托车带着他，挨家挨户给人送钱。每到一个债主家，都是先道歉后还钱。沈森彪说，他还钱的时候，尽量说服对方，让他多还一些。“欠款的数字是被我还掉了，可欠着的那份情是永远还不掉的。”

孔子说:“言忠信,行笃敬,虽蛮貊之邦,行矣。”说话要忠信,行事要笃敬,即使到了蛮貊地区,也可以行得通。沈森彪负债50余万元,为还清这笔债,省吃俭用拼命挣钱,不论债主更名、迁居还是去世,他坚持“人散账不灭”,苦寻债主,整整三十年,终于找到106个债主,还清了全部借款。沈森彪虽然不善经营,亏本而负债,但他说话算数,坚持还债,仍然受到乡亲们的尊重和信赖,有许多债主还成了他的朋友,这就是诚信的魅力!

42. 张凤英替儿还债

张凤英,1946年5月生,浦江县白马镇永丰村村民。张凤英老太丧夫丧子,却坚持从19年前开始,偿还儿子去世时留下的25万元巨额债务。

1990年,张凤英的老公患肝癌去世。1997年,她的儿子又因白血病去世,留下25万元的债务。尽管没有法律上的偿还义务,儿子临死前也跟她说:“妈妈对不起,但债你不要还了,太多了,你还不完的。”那段时间,不断有债主上门要债。在承受丧子之痛的同时,张凤英默默地挑起还债的担子。她对债主说:“我虽不识字,但我认识儿子的字迹,只要是儿子写的欠条,我都会还的。”也有好心人对她说,人都没了,就不要还了。张凤英总是说,只要我在,就要还钱,做人就是要讲诚信。当时她两个女儿一个13岁,一个15岁,也帮她拼命干活,割草喂猪做饭,把人家的加工活接下来,拿到家里来做,直到出嫁都在帮她干活还债。女儿心疼她,她们说:“妈妈,这么多的债你要到哪天还得清?”张凤英说:“欠债还钱,天经地义。不还钱是丢脸的,人不好失信。”别人都知道她辛苦,都劝她债不用还了。张凤英说:“除非我死了,只要活着,债就要还完。”

就这样,张凤英抱定一个朴素的信念:欠人家的钱怎能不还?17年来,她租种了27亩地,养了150头猪、120只鸭、70只鸡,闲时还要织布出售。一年忙到头,如插秧的时候,夜里2点起来拔秧苗,早上8点回家做饭,喂好鸡鸭后再去种田，12 点回来吃饭，再出去种地，晚上 8 点回家，再喂鸡鸭。这么多地一个人种，实在来不及，经常一天就睡 4 个多小时，用血汗换来辛苦钱一笔笔还债。至 2015 年，这位坚强的老人已经基本偿清了 20 多万元债务，收回了 40 多张欠条。张凤英的事迹公开后，人民日报、中央电视台等主流媒体纷纷报道，被大家赞誉为“诚信奶奶”。

有的人很穷，但因诚信而高尚，我们称其良心富有；有的人很富，却因失信而无德，我们称其心灵贫穷。17 年来，种地、养猪、饲禽，替儿还债的张凤英辛苦操持，只为着“人不好失信”的朴素信念。诚信，在她这里具体可感：还上一笔钱，换回一张欠条。40 多张欠条，张张都是令人礼赞的诚信勋章。张凤英荣获浙江省道德模范提名奖，德耀中华·第五届全国道德模范候选人。

43. 蒋春泉为父还债

蒋春泉是一位年过八旬的婺城区老人，凭着朴实的做人要讲信用的认知，主动担当，为父亲偿还了一笔 70 年前的债务。故事很简单，却真实感人。1939 年，年仅 7 岁的蒋春泉与爷爷、父母一起住在金华郊区。由于当时正是抗战时期，家中非常困难。不幸的是，这一年，非常疼爱他的母亲忽然生病，由于无钱医治，不久离他而去。母亲的去世让本已贫困不堪的家庭雪上加霜，家里甚至连安葬母亲的钱都拿不出来。就在一家人陷入绝境时，用房产作抵押，热心邻居蒋凤林借给他家 100 元钱。“当时 5 元钱可以买 50 公斤大米，因此 100 元钱算是一笔不小的数目。靠这 100 元钱，家里简单安葬了母亲。”蒋春泉说。

母亲去世后，蒋春泉家中的经济状况依然不好，根本没有能力还钱。这之后，蒋春泉渐渐长大，他一直记得，家里还欠了别人一笔债。土改期间，邻居保留的 100 元钱借条被收缴、销毁。但在蒋春泉心中，这笔债依然还在。他告诉自己，等条件好了，在自己的有生之年，一定要还上这笔欠债，还邻居这份恩情。虽然当初借钱给他家的户主早已谢世，但那户人家的子女他都还认得，偶然在街上碰到也还打个招呼。尽管蒋春泉从未在债主的子女面前提及偿还那笔借款，但他早已暗中攒钱准备还债。

但蒋春泉的经济条件一直不好。2002 年，他因中风住院，先后花去数万元医疗费，并留下了中风后遗症，至今靠保姆照顾。2008 年，他的老伴也去世了。现在，他每天都要吃药，每月的医药费是一笔不小的开支。蒋春泉生活非常节俭，每天早餐只喝一碗豆浆、吃一块烧饼。2009 年的一天，蒋春泉老人特意找到自己老家所在的塔下寺社区居委会主任王建红，征询她的意见："还 1 万元差不多没有？"王建红了解了大致情况后大为感动，她说，其实蒋大爷自己的条件并不是很好，不仅年纪大了，还患了偏瘫，去年老伴也走了，自己的生活还要保姆照顾，但是他的那种境界真的有点让人震撼。

不久，他拿出多年来省吃俭用节省下来的 1 万元钱，决定百倍偿还 70 年前的那笔债。找到蒋凤林的儿子后，将钱还给蒋凤林的儿子，但蒋凤林的 3 个儿子坚持不肯收。几经考虑，蒋春泉决定代蒋凤林将钱捐给刚刚成立的市红十字眼库，以帮助我市家庭困难的眼角膜患者实施手术。

孔子说："居处恭，执事敬，与人忠。"意思是说日常起居要态度端庄，做事情要敬慎认真，和人交往要忠诚信实。蒋春泉的父亲向人借了 100 元的钱，作为儿子，他 70 年来一直谨记在心，并时刻不忘为父偿还债务。尽管蒋春泉体弱多病，生活拮据，但他一分一毛地积蓄，终于凑齐了 1 万元钱，在 70 年后为父亲百倍地还给债主的后人，债主后人坚持不肯收，蒋春泉转而以债主的名义将钱捐给公益事业，体现了他的诚实信用。

44. 孙松亚十年打工为还"人情债"

孙松亚，辽宁抚顺石文镇人，义乌塔山生活垃圾填埋场打药工。10 年来，他怀里一直揣着一张"良心工资单"，来义乌打工的目的是还清"良心工资单"上 5 万多元"人情债"。他十分珍视这张"良心工资单"，在外 10 年，钱包换了8个,但钱包里的这张"良心工资单"却一直留着。孙松亚说:"它是跟我身份证搁一起的,它比我的身份证都重要,这是我的良心,什么都能丢,良心不能丢"。

原来,在2002年时,孙松亚带着10多名老乡,在辽宁沈阳的一家工地上干了大半年,没想到不良老板却携款跑路了,欠了工人们5万多元的工资。虽然孙松亚不是包工头,也不是管理员,老乡们也没要求孙松亚承担损失,但孙松亚觉得,当初老乡们是因为信任自己才跟着他去干活的,心里非常过意不去,他把10多名老乡的名字和所得工资写在一张纸上,决定扛下这笔"良心工资",去打工挣钱还清这笔"人情债"。2005年腊月,五十多岁的孙松亚背井离乡来到义乌。

孙松亚是个农民,已年过五十,没有专业技术,到义乌后很难找到一个合适轻松的工作。他最开始是拉板车,他有的是力气,干得了苦力活。接着去当城市清洁工,每天起早摸黑扫马路。后来又去跟扫地车,上下搬运垃圾,5年前才来到塔山生活垃圾填埋场当上了打药工。

塔山生活垃圾填埋场是义乌市城乡生活垃圾的终点站,占地面积上百亩,臭气熏天,孙松亚背着35公斤重的打药机,在垃圾堆里爬上走下,为垃圾填埋区内灭蝇、除臭,每天都要干得满头大汗,一身臭气。垃圾填埋场内的气味非常难闻,干的活也不很轻松,可孙松亚一干就是5年。他笑着说:"2010年我刚来到填埋场时,也受不了,可这里的工资高。"其实,这里每月的工资也只有1800元,虽不算多,但比起以前扫地时每月650元的工资却多了不少。现在,除掉日常开销,他每个月能积攒1000元,这样就可以早日给乡亲们付清那笔"良心工资"。

"尽我的能力,能还多少就还多少。再干几个月,当我凑足5万元钱后,我就回老家找那10多位老乡,把当年老板欠他们的工资还清,这样也算对大家、对自己的良心有个交代。"孙松亚期待着"还债"的这一天。

曾子说:"吾日三省吾身。为人谋而不忠乎?与朋友交而不信乎?"曾子认为为人谋划做事就得忠心不二,与朋友交往合作就得诚实守信。虽然孙松亚也属于受害者,同样被包工头骗了钱,但他敢于担当,扛下5万元的"良心工资",用十年的打工挣来的辛苦钱去偿还这笔"人情债",体现了一个朴素农民的高大诚信价值观。

45. 陆磊一诺千金

陆磊，1983 年出生，中国人民解放军驻金某部班长。

陆磊面对飞来横祸，真情唤醒“植物人”女友。他信守承诺，迎娶身体重残、智力低下的未婚妻，5 年如一日，不离不弃陪着妻子重新“长大”，被誉为“中国好丈夫”“信义好兵”，军队系统全国诚实守信模范人选。

2010 年 1 月 1 日，陆磊的未婚妻潘小侠从河南老家来部队探亲，外出时不幸被失控的农用车撞伤，经全力抢救虽然保住了性命，但成了“植物人”。而陆磊不离不弃，日夜守护在未婚妻的病床前，每隔一小时给她翻一次身，每天按摩 5 个多小时。在陆磊的照料下，昏迷 20 多天的潘小侠奇迹般地睁开了双眼。苏醒后的潘小侠身体右侧瘫痪、智力仅相当于 2 岁儿童。医生建议通过不断敲击“记忆之门”来唤醒她。从此，陆磊便对着未婚妻一遍一遍讲述他们相爱的往事，一遍一遍播放她平时爱听的歌曲。无数个日夜坚守和付出终于换来了奇迹，潘小侠能用睁眼闭眼和陆磊进行简单交流，也重新“认识”了自己的男友。潘小侠住院期间，陆磊先后垫付了 20 多万元医药费，举债 10 多万元。有人劝他，作为未婚夫能做到这样，已经是仁至义尽了，没必要搭上一辈子。陆磊心里十分清楚迎娶潘小侠所要面临的未来，但一想到自己的爱情承诺，就决心履行婚约。陆磊坚定地说：“上天对她无情，我不能对她无义，既然约定终身，就要相伴一生。不管将来怎么样，我都会牵着潘小侠的手慢慢变老。”2010 年 10 月，他与潘小侠结婚了。

潘小侠生活不能自理，陆磊手把手教她吃饭，两个月后，她基本能自己吃饭了；学站立，潘小侠一起来就全身发抖，陆磊每天陪她坚持锻炼，由最初的 1 分钟，到后来可以站立 5 分钟；学走路，潘小侠右边瘫痪，只能迈左腿，陆磊便用绳子一头绑住她的右腿，一头连着自己的手，用绳子拉扯帮她保持平衡，半年后，潘小侠学会了走路。如今，潘小侠的生活基本自理。

《资治通鉴》有语：“丈夫一言许人，千金不易。”陆磊是一名普通的士兵，坚守诺言，对于他来说，这是一种忠诚。一个对诺言守信，对家庭负责的人，才能全心全意投身到强军实践中，才能对党和人民保持绝对的忠诚！陆磊身上绽放出来的信念的光华、道德的光芒和人性的光辉直指人心，他用大爱践诺、道义担当，温暖社会，不愧新时代的“军营暖男”。

46. 易如花坚守爱的承诺

1992年，云南壮族姑娘易如花，不远千里来到浙江，嫁给了磐安县胡宅乡岭头村的周日明。婚后，作为一个外来媳妇，易如花很快就融入了当地社会。她相夫教子，侍奉年迈患病的婆婆，把一个小家经营得其乐融融。夫妻俩同心同德，小日子过得安安稳稳，并计划着造新房，搬新家。

“天有不测风云”，2002年，丈夫周日明在去县城考驾照途中出了车祸，落下终身残疾，除了头脑正常外，全身四肢都失去了控制能力，完全丧失了生活自理能力，全家重担一下子全落在了易如花这个弱女子身上。

摆在易如花面前的是一个这样的家庭：上有老，60多岁的婆婆患有眼疾，右眼已瞎，左眼严重弱视；下有小，5岁的儿子还离不开大人；再加上瘫痪在床的丈夫。

“这个家要散了”，村里很多人都这样议论。“她一个外地来的女人，有些老公健康的都要走掉，她这样的情况还会留在这里吗?”易如花用自己的行动给出了让村民们诧异而又钦佩的回答。12年来，她采茶种田，育儿养老，侍奉瘫痪的丈夫，家里家外，风里雨里，艰难地撑着。在邻居老人印象中，易如花没有晚上11点钟以前睡觉的。

茶叶是当地农户的主要收入来源，从清明时节开始采摘一直到8月份才结束。白天，易如花照顾安顿好家里后，不管刮风下雨，“救火一样”地冲出去采茶叶；晚上，则要哄小孩睡觉，服侍丈夫吃饭，等忙完这一切才开始炒茶叶；茶叶炒完后，还要帮助丈夫翻身。8月份以后，她除忙田里的活儿外，还要钩头花，做些来料加工的活儿。

易如花说，白天，她到外面去干活，心里总放心不下家里，总会在想丈夫会不会滚下床？大便会不会拉在床上？婆婆会不会跌倒？只有在晚上，他们都在身边，那是她干活最安心的时候。

易如花"疯一样"地忙着，这几年，她为尽可能地多挣点钱，还承包了别人家的茶园，出钱购置了茶机，但毕竟只她一个人、一双手，一年到头家里的收入，加上政府给她家的低保补助，也只能勉强地维持着她一家人最基本的生活。生活的重压让她喘不过气来，但她坚忍地撑着、挺着。

"这几年真是苦了她了"，易如花的婆婆说起自家的遭遇和媳妇，禁不住老泪纵横。她说，这样的媳妇真是难得，周日明瘫痪后，她看见易如花过得这么苦，总想帮她一把，可"小花想我眼睛不好，总不让我拈手，家里家外就她一个人忙着，这样的媳妇真是我前世修来的福。"

现实中，易如花清楚地知道，周日明的身体是不可能好起来的，但她不离不弃地服侍着他，艰难地撑着这个家，用她的一言一行，实践着当初的承诺："人是要讲良心的，我说过，即使讨饭也要与他在一起。"

孟子说："至诚而不动者，未之有也；不诚，未有能动者也。"意即极其真诚而不能使别人感动，这是未曾有过的事；不真诚，是不能感动别人的。易如花十余年如一日，以她的真诚与挚爱，强撑起这个多难的家，坚守着对丈夫爱的诺言，感动着她年迈的婆婆，也感动着岭头村的父老乡亲。易如花用她那朴素的语言和实际的行动书写着真诚的感动。

47. 医患互信传佳话

说到医生和患者之间的关系，往往会使人想起两者的对立矛盾，如当今社会频发的医患之争。但在金华这座信义之城，却传颂着一个医生为病人垫钱和病人感恩诚信还钱的感人故事。

徐小君，金华广福医院血液透析中心主任。从医 10 余年来，每逢遇到患者没带够钱而影响治疗时，他总是为他们垫付医药费，少则数百元，多则上万元，从不立字据、打欠条，于是便有了"垫钱哥"这么个雅号。

2010 年，有个尿毒症病人，40 岁出头，家里养了几十亩珍珠蚌，境况本来还不错。可就在这个关键时候，由于某些原因，突然血本无归，还欠了一屁股债。

一个午后，病人找到徐小君主任，恳切地说："医生，能不能帮忙垫下医药费，年底就还你。"

徐小君还没回答，那个男人又说，"我只是想多陪老婆几年，年轻时家里太穷，她一直陪着我。"

这个重情重义的男人，我得帮他。徐小君想。他在病人的透析单上签了字，到年底的时候，这个病人信守承诺，和妻子一道，千恩万谢来还了钱。

从那以后，遇到确实困难需要帮助的人，徐小君总会伸出援手。他已经记不清，这些年来自己帮多少人签了字。对有些知根知底的病人，他连签字都不用，直接掏出现金给对方，让他们自己去付款。患者用诚信回报爱心，90％的病人都会按时归还欠款，让医生和医院能够继续为患者献爱心。

32 岁的金华人徐勤勇，原来在湖北做电焊工，收入稳定。2009 年，还有一个月就要结婚的他突然查出尿毒症！他因此丢了工作，失去了未婚妻，开始接受血透治疗。除去医保，一个月要掏近 1000 元钱。

终于，徐勤勇花光积蓄，决定中断治疗回家。没想到徐小君却要求他千万不能放弃治疗，如果没钱就把账记到他的名下。于是，徐勤勇回到医院重新开始治疗。徐勤勇的身体慢慢地好起来，血透一年多，治疗花了一万多元钱，都是徐小君先垫着。

"出一笔钱就能救一条人命，谁都会这么做的，每个尿毒症病人都不容易，要是他真还不上，也算了。"徐小君说。

可勇哥的举动，徐小君也没想到。

2014 年 4 月，勇哥跑进徐小君办公室，递给他一叠钱，20 张 100 元，每张都用心捋平，交到他手里，说，"这是我的第一笔'按揭'。"

徐勤勇帮朋友做橱柜装配，或做些手工活赚钱，一旦凑齐 2000 元，就去给徐医生还钱，至今已先后还掉了 7000 余元。徐勤勇知道，虽然徐医生说过，这钱不用还了，但是做人要凭良心讲诚信，这个钱一定得还上。

"垫钱哥"徐小君与曾受他帮助的患者徐勤勇之间的故事受到多家媒体的关注，甚至引来央视《焦点访谈》采访，并在第五个"中国医师节"前夕的端午节播出，央视称两人是和谐医患关系的典范。

程颐有言：“以诚感人者，人亦诚而应。”“垫钱哥”医生徐小君急病人所急，经常帮助经济困难的病人垫付医药费，百分之九十以上的病人都能信守诺言，按时把钱还给他。这种爱心医生与诚信患者之间的和谐医患关系，正是“信义金华”价值观的体现。徐小君献爱心垫钱，是因为他相信病人，患者徐勤勇“诚信按揭”，是因为他懂得感恩守信，因而获得了社会广泛的点赞。

48. 黄珠翠拾金不昧

黄珠翠，义乌稠江街道象山村人。

2013 年 12 月 9 日中午，她像往常一样去自留地给蔬菜浇水施肥时，在田垄上发现了装着各种票据和证件的米黄色手提包和黑色腰包。“一开始我以为是附近钓鱼的人扔在这里的，也没太在意，随手翻了翻，发现里面有很多证件和票据。我马上拿回家让儿子看。儿子一看，说里面都是金额几十万元的银行存单，我们就马上报了警。”黄珠翠說。

经警方调查，这是安徽枞阳县的吴东良夫妇前一天被小偷偷走后遗弃的手提包和黑色腰包。在这两只包里，装着大量定期储蓄存单、借条、现金，还有车辆行驶证、户口簿、身份证等重要证件，价值 300 万元左右。

当天下午 2 点半，吴东良夫妻接到派出所的电话后，马上赶到黄珠翠家。看到前天丢失的手提包和腰包失而复得，夫妻俩很激动。吴东良说，前天中午他和妻子送完货后在义乌城西街道殿口附近一家快餐店吃中饭。想着吃饭时间不会很长，他们便把放着大量现金、票据和证件的手提包留在了车上。大概 15 分钟后，他们回到车里，发现手提包不见了。

吴东良说，这些钱是夫妻俩辛苦多年存起来的所有积蓄，因为妻子害怕放在家里不安全，平时一直放在手提包里随身带着，没想到被小偷盯上了。“除了包里的 12 万元现金被小偷拿走外，所有票据和证件都被丢弃在黄阿婆家的自留地里了。”“真的很感谢黄阿婆，这些可是我们夫妻所有的积蓄，这个社会还是好人多。”看到价值 300 万元的物品失而复得，吴东良夫妇向黄珠翠连声道谢。

黄珠翠面对捡到的价值 300 万元巨额财物不为所动，而是立即报警寻找失主，把捡到的财物还给失主，体现了她诚实的境界，她的诚实不是做给别人看，而是追求自己内心的释然。

孟子说：“思诚者，人之道也。”作为一个普普通通的农村老阿婆，黄珠翠未必知道孟子的这句话，但生活在金华这片崇信尚义沃土上的黄阿婆，却深深懂得诚实是做人的根本准则。

49. 吴宗根兑现承诺

吴宗根，兰江大厦酒店保安。

2015 年 5 月的一天，吴宗根在酒店门口值班，看见一名操横溪口音的老农和一名黄包车师傅交涉，黄包车上卸下了两袋土豆。老农是进城卖土豆的，两袋土豆有 50 多公斤。由于没带钱，老农连黄包车费都付不出，口袋里只掏出了两张一元纸币，于是他只好抓了几个土豆给黄包车师傅抵了车费。

黄包车离开后，老农傻眼了：“咦，这里怎么是兰江大厦?”原来，当天老农是准备把土豆送到一家订货的酒店，没想到记错了地址。没带钱，又不认识路，老农只能站在原地干着急。

吴宗根见状，就热心给老农出了个主意：土豆先放在大厦门口，他帮助保管，等老农找到酒店后再回来拿。老农一听，乐呵呵地放下土豆就走了。

没想到，当天老农离开后，吴宗根一直等到晚上，也没有等到老农回来。第二天，老农也没出现。三天后，担心土豆放着会变质腐烂，吴宗根决定先把土豆卖了。

兰江大厦的员工们用杨梅篮子装土豆，每篮 5 公斤土豆，并参照市场价认购土豆。吴宗根认购了 5 公斤，其余的分别被另外 3 名员工和大厦食堂认购了，54.5 公斤土豆一共卖了 109 元钱。

之后，爱心认购土豆的 109 元货款一直存放在吴宗根手里。转眼一个多月时间过去了，卖土豆的老农始终没有出现，吴师傅每天茶饭不思。

“我以前是作为知青下放过的，知青插队的时候做了三年，知道种田的人很辛苦，特别是这种老人，辛辛苦苦种点土豆卖，不把钱给他心里很难过。”吴宗根说。

为了兑现承诺，尽快找到那位卖土豆的老农，6月16日，吴师傅求助了电视、报纸等媒体，与此同时，一条名为“兰溪全城寻找这名卖土豆的可怜老农”的信息也在手机微信朋友圈里大量转发。

就在全城寻找老农的第二天，兰江大厦的厨师倪顺华告诉吴宗根，那名卖土豆的老农很有可能就是自家亲戚认识的一个人。得到这个消息，吴师傅马上与对方取得了联系，并确认了这名老农的身份。

原来，当天老农离开后，粗心的他很快就把这件事情忘记了。最后，吴宗根终于把109元土豆款送到了老农手里。

孔子说：“君子成人之美，不成人之恶。”吴宗根与老农素不相识，但出于热心肠，他帮助老农保管土豆，为老农义卖土豆，继而为送款又满城寻找老农，历时一个月有余，动用一切媒体联络工具，终于把109元土豆款送到老农手中，一时在兰溪传为佳话。在这个故事中，钱虽少，事情也不大，但吴宗根这位保安哥急人所急，热心助人，古道热肠，有诺必践，却大有君子之风。

下篇

"义"

与金华人的道义担当

一、“义”文化的发展及其影响

义与仁、礼、智、信作为“五常”，构成了中国传统文化的基本内容。义的基本内涵的确立是在先秦时期，从最初是合适的容仪的意思，演变为具有公正合宜的道德、道理或行为。虽然不同时代、不同思想学派对“义”在“五常”里的地位认识有差异，但是，一个共同的特征是中国传统文化都十分重视“义”在个体层面和群体层面（民族、国家）的坚守与实践。

（一）“义”之意

“义”，会意字，繁体字“義”为上下结构。东汉许慎《说文解字》：“義，己之威儀也。从我从羊。”北宋徐铉注说“此与善同意，故从羊。”羊在古汉语中，有美、善之意，包含内在的心性之美与外在的容饰之美。我字从戈，兵器之名。“义”最初的含义是指人的容仪，无论是“赳赳武夫”还是“谦谦君子”，都既要讲究内在的仁心德性，还要注重外在的威仪容止。《诗经·鄘风·相鼠》：“相鼠有皮，人而无仪。人而无仪，不死何为？”清代方玉润《诗经原始》解释说“夫麟凤尚有威仪，龙马必多精神，人之所以异于禽兽者，礼义以制心，威仪以饬躬也”。的确，任何时代、任何社会，得体合适的装饰与言谈举止，都是一个人文明有教养的重要标志。因此，《礼记·中庸》有言：“义者，宜也”。清代段玉裁《说文解字注》：“己之威义也……人所宜也……君子望之俨然可畏。礼容俯仰各有宜耳……义之本训谓礼容各得其宜。礼容得宜则善矣”。这样，“义”就从最初的“合适的容仪”的意思，演变为“具有公正合宜的道德、道理或行为”这一基本含义，在中国传统社会，就主要指合乎封建传统伦理道德的标准、规范与行为。当今的现代汉语词典仍然把“义”的主要义项解释为“公正的、有利于社会大众的道理”。

在春秋战国之间，“义”与“仁”是两个既独立而又对应的概念，在内为仁，在外为义。1993 年 10 月湖北荆门郭店村出土的战国时期楚墓竹简中有

“仁内义外”之说。仁是内隐的，义是外显的；仁是维系亲情的，义是卫护公道的。仁存于内心，所以称“仁心”；义见于外表，所以称“义举”。中华传统文化特别强调“义利并举”而“以义为先”，断断不可“见利忘义”。

（二）“义”之观

在中国古代先秦典籍中，“义”与“仁”一样，被重点关注、谈论，产生了诸多不同观点。

“义”是儒家思想的重要范畴。儒家创始人孔子提出了“重义轻利”思想，孔子《论语》中有 24 处谈到义。孔子说“君子义以为质”（《论语·卫灵公》）、“君子义以为上”（《论语·阳货》）。这表明在孔子看来，义乃立身之本，是行为之最高标准，义不仅是理想人格即君子所应该具有的重要品质，同时也是人生所追求的一种精神境界。孔子一方面继承了前人观点，也认为“义以生利”，认为追求富贵是人的本性，“富与贵，人之所欲也”，但他强调行义要符合礼的规定：“礼以行义，义以生利，利以平民，政之大节也”，即后世流传的“君子爱财，取之有道”。孔子认识到利益是使老百姓安定的重要因素，治国安民不能忽视利益的取得，要“足食，足兵”，不否认功利是其发展的重要基础，在不矛盾的情况下，可以义利并举。另一方面，在义利关系上，孔子又明显表现出以义制利、先义后利的思想，孔子说“见利思义”（《论语·宪问》），符合道义，取之无妨，这叫作“义然后取”（《论语·宪问》）。孔子将道德追求置于优先于利的地位，义为上，义以为质，义为根本，重义轻利，应当是君子正己之总旨。“不义而富且贵，于我如浮云”，“君子喻于义，小人喻于利”（《论语·里仁》），这句话最能代表孔子的义利观的本质。

《周易》乾卦《文言》说：“利者，义之和也。”高亨注释说：“‘和，相应也。’始歌为唱，随歌为和，有唱后有和，有义而后有利，故利是义之和。”《荀子·荣辱》也说：“先义而后利者荣。”先义后利，义利相随，这是儒家的利义观。孔子批评子贡赎人不取奖金，其中蕴含着让人思索的基于洞察普通人性的深刻哲理。孔子提倡仁义，但同时他对普通人性有着深刻的洞察：在一般人很难达到毫不利己境界的情况下，相对于大多数人而言，兴义、行义，有一定的物质与精神的回报，即重义的同时兼顾利，更有效果，是真正的重义。否则，标杆太高，要么无人行善，要么成为“满嘴仁义道德，一肚子男盗女娼”的“假道学”“伪君子”。后世儒家之所以走向没落，就在于他们违背了先师的教诲。

相比孔子，孟子更多谈到了“义”，《孟子》一书有 108 处谈及。孟子将“义”的概念作了进一步发展，他认为“义”与“仁”一样，是人内在具有的道德本性，它是人本心所具有的善性之一。“羞恶之心，义之端也”（《孟子·公孙丑上》），义的含义就是要人区别应当和不应当有的行为，区分善和恶，从而帮助和指导人们做善事。“生，我所欲也，义，亦我所欲也”，在“二者不可兼得”的情况下，“舍生而取义者也”（《孟子·告子上》），将义作为比生命更为重要的人生追求。由此，孟子提出了著名的养气说——“我善养浩然之气”，有了这种浩然正气，就能够“居天下之广居，立天下之正位，行天下之大道；得志，与民由之；不得志，独行其道。富贵不能淫，贫贱不能移，威武不能屈，此之谓大丈夫。”（《孟子·滕文公下》）

儒学发展到了汉代，以董仲舒为代表，虽承认义与利二者于人皆不可少，但“重义而轻利”，反对“谋利计功”。

宋代朱熹为代表的程朱理学，认为“义者，天理之所宜也；利者，人情之所欲也”，“必以仁义为先，而不以功利为急”，直至主张“存天理，灭人欲”，把“义”与“利”完全对立起来。

源起于宋、发达于明清时期的包括金华学派、永康学派在内的浙东学派，以黄宗羲、吕祖谦、陈亮、叶适等著名学者为代表，作为程朱理学的对立面，旗帜鲜明地树起“事功”大旗，“义中之利，君子所贵也”，认为“道不离器”，反对道学家的空谈义理，主张利与义的一致性，提出“道在物中”，应该“以利和义，不以义抑利”。这种事功务实、义利并举的思想成为浙江精神的重要历史源头，对当时及后来浙江工商业的发展起到了精神引领的作用，成为改革开放后浙江人敢为人先、走在前列的强大精神动力。

“义”是墨家的最高范畴，所谓“万事莫贵于义”。按照墨家的解释，“义”就是“有力者疾以助人，有财者勉以分人，有道者劝以教人”，这表明“义”与亲是没有什么关系的，今天，人们在讲到“见义勇为”“急公好义”时都不带有“亲”的含义。“义”同“亲”甚至可以是排斥的，比如“大义灭亲”。可见，在墨家看来，“仁”与“义”是两个完全不同的范畴。墨家为了“义”，不惜放弃“仁”而取天下之大义。

诸子中，法家基于对人性“自私好利”的认识，提出了“以利生义”“贵利轻义”“以法制利”的主张，提倡“行公义、重公利，去私心”；齐国的管子认为

“礼义廉耻，国之四维，四维不张，国乃灭亡”(《管子·牧民》)道家以既超道义又超功利的态度来看待义利。限于篇幅，兹不赘述。

(三)“义”之类

中国传统社会、传统文化一向重视“义”，作为“五常”之一，与仁、礼、智、信等被上至统治阶级下至平民百姓，尤其是社会边缘群体，如自先秦至清末一直层出不穷的游侠及江湖社会所信奉、所推崇。中国语言里与“义”相关重义、守义、行义的词汇，基本是褒义词：义气、义勇、义举、孝义、信义、仁义、正义、侠义、恩义、大义、道义、重义轻利、见利思义、重义轻财、仗义疏财、义利并举、行侠好义、侠肝义胆、急公好义、仁至义尽、义重恩深、见义勇为、义无反顾、义薄云天、蹈仁履义、舍生取义、成仁取义等等。反之，如是违义、背义、弃义的词汇，一般都是贬义词。这种价值取舍，体现了中国传统文化的道德取向，也是中华文化的光彩之处。当然，也要指出，义与仁一样，在不同时代、不同社会、不同文化里，其内涵有变化、有差异。典型者如传统社会讲究的“义”，往往和“仁”与“忠”联系起来，而其“仁”和统治阶级改造、提倡的伦理道德要相一致。其“忠义”更是与“忠君”密切相关，在封建专制社会，君国一体，忠君就是爱国，就是仁义。现代民主社会，显然不作这样的理解。又如处于传统社会底层、边缘的江湖社会的“江湖义气”，就是一个复杂的概念，它既可能具有某种“替天行道”的“大仁大义”，也不免有为其小团体、帮派的“正当”利益所考虑的不一定违反社会道德法律的“小义”，甚至有违背社会法律、道德、利益，进而危害社会、百姓根本利益的“不义”“违义”之举。

义既是一种源自内心的坚定的操守，更是一种践行于外的善举。它是在物质、利益诱惑面前的取舍，是在紧要、困难关头的选择，更是民族国家存亡、个人生死之际的抉择。

(四)金华义风传千古

金华人素来重义，婺学大家吕祖谦在《丽泽书院学规》中明确规定：“凡预此集者，以孝、悌、忠、信为本，其不顺于父母，不友于兄弟，不睦于宗族，不诚于朋友，言行相反，文过饰非者，不在此位。”

吕祖谦认为，书院教育并不是为了把学生培养成做官这么简单，更重要的是为了治国安民；当官也不是为了个人的荣华富贵，而是为国为民。这种

“重义轻利”的思想直接影响了金华的传统精神。

吕祖谦在《东莱博议》中指出：“利则居后，害则居先，此君子处利害之常法也。是故见利而先谓之贪，见利而后谓之廉，见害而先谓之义，见害而后谓之怯。”在他看来，君子之所以是君子，就在于当有利可图的时候，总是把机会让给别人，而在紧急危难的关头，又总是奋不顾身，勇往直前。其中，“见害而先”就是最大的义。

正是因为有这样深厚的历史文化积淀，我们可以看出，金华重义的先贤代有其人，特别是在国家民族危难之际，如宋末元初、明末清初、清末民初等，金华人的“义”表现得尤其突出，金华的忠义之士总能挺身而出，拯救民族，弘扬大义，谱写了一曲曲惊天动地的大义之歌。而二十世纪上半页中国共产党领导的波澜壮阔的土地革命、抗日战争、解放战争，金华各地涌现的仁人志士、革命先烈，更是为信义大旗增添了最亮丽炫目的色彩！她必将激励生活在这片热土上的八婺民众，在建设“两富”“两美”金华、实现“中国梦”的征程上奋然前行！

二、“义”之经典故事与解读

50. 颜乌孝义感天

孝义感天，善事永存。义乌现在是全球著名的国际小商品城，义乌名字的由来又是一个孝义感人的故事。

颜乌，秦时乌伤(今义乌市)人，先祖从鲁国(今山东一带)迁居而来，父颜凤。他们一家人独居荒原，以耕作为生。生活虽苦，但合家团圆，远离战争，日子倒也过得舒心。可是，灾难偏找穷苦人。不久，颜乌的母亲因操劳过度而离开了人世，丢下年幼的颜乌与父亲相依为命。颜凤因受祖上被称为圣人的颜渊的“一箪食、一瓢饮而不变其志”的安贫守道思想的影响，对颜乌言传身教甚笃。他既当爹又当娘，苦苦地把颜乌拉扯大。家境的贫困，生活的磨难，培养了颜乌勤快、孝顺、善良的品格。

颜乌体贴父亲年老体弱，不让父亲干重活。从田头回到家里，总是抢着做饭烧菜，且每次都等父亲吃好了才拿起筷子。他们住在岩洞中，炎热的夏天晚上，蚊子肆虐，儿子先把父亲背到洞外乘凉，自己到洞中喂蚊子，等到蚊子食饱散去后，再把父亲背到洞中睡觉。有时候父亲忍不住问：“儿啊，你脸上怎么这么多的红疙瘩?”儿子总是笑着说：“爹，您眼睛不好使，我脸上红润着呢!”天长地久，他的行为感动了栖息在洞口的一窝乌鸦，乌鸦见蚊子就吃，把洞中的蚊子吃光了。冬天，颜乌总是用自己身体温暖被窝后再请父亲安睡。

有一次，颜乌发现有一只小乌鸦因腿伤而落在地上呻吟着。颜乌将它抱回家，精心地治疗、喂养。待把它的伤治好了，养得大一点以后，就放它飞回蓝天。从此，鸟儿们将他当作好朋友，这只乌鸦常领着一群群乌鸦在他家旁边盘旋，久久不肯离去。颜乌父子俩不但不骚扰驱赶它们，有时还特意撒些粮食喂它们。

就这样几年过去了，颜乌逐渐长大成人，而父亲却更加衰老了。天有不测风云，颜凤终因一场大病后撒手西去。颜乌悲痛万分，哭了三天三夜，哭得死去活来。泪哭干了，但父亲再也不能复活，颜乌开始准备父亲的后事。颜乌家贫如洗，附近也没有什么人家，安葬先父只得靠自己。他拼命地挖，工具坏了，用手挖，整整挖了三天三夜，直挖得双手血肉模糊……过度的伤心、劳累，饿着肚子的颜乌终于晕倒在地。

颜乌的孝心深深地感动了乌鸦。那只被他救过的乌鸦领着一大群乌鸦“呱呱”地飞了过来，它们衔着泥来帮颜乌筑坟。乌鸦们的喙在啄泥时都被磨破，流出了殷红的血，只见坟上堆起的竟是一个个紫红色的泥团。

第四天，坟筑好了，乌鸦渐渐离去。可是不久，乌鸦突然又多了起来。过路行人很奇怪，过去一看，原来颜乌由于过度悲伤和劳累，竟死在父亲墓旁，乌鸦又在衔土掩埋他的尸体。

颜乌孝义感天，乌鸦帮助他衔土葬父，他死后乌鸦又衔土葬他，人们奔走相告。这件神奇的事情很快传扬开去，传遍了大江南北。

秦王嬴政二十五年，秦将王翦平定江南，在吴越两国旧地建会稽郡。郡内建县，其中以颜乌墓所在的今稠城为中心设邑。根据颜乌葬父而献出生命这一事迹，为了纪念那些筑坟受伤的乌鸦，将县名命名为“乌伤”，后改称“义乌”。

乌伤县境，北接诸暨，西南邻太末（今龙游），大致包括今金华、兰溪、义乌、东阳、永康、武义、浦江、磐安八县（市）的全部或大部及仙居、缙云的一小部分。

南宋丞相乔行简于1235年以同乡人名义上书朝廷，请求给颜孝子立庙奉祀，供人们参拜，以宣扬孝德，受到理宗皇帝的赞许，赐庙名为“永慕”。1241年，当地人康植在墓旁建了几间房子，给颜乌设立牌位。景定二年（1261年），李补上任知县，祭拜孝子墓时，当地父老以康植建的那几间房子不足以体现孝子的高大形象，起不了感召邑人作用为由，向他请求为孝子建庙宇。李补采纳百姓意见，筹集银两，选择庙址，动工兴建。次年竣工，庙名遵理宗所赐而名“永慕”，永慕庙俗称孝子祠。20世纪90年代，义乌市在城中心颜孝子墓遗址建起孝子祠公园，以供后人瞻仰凭吊。

孟子说："事，孰为大？事亲为大……事亲，事之本也。"他认为侍奉父母为最大，侍奉父母是侍奉的根本。金华人杰地灵，尊崇孝义，自古而然。颜乌服侍父母，生前体贴入微，百般孝顺，死后哀悼深切，徒手挖坑葬父，其孝义感动乌鸦，乌鸦帮助他衔土葬父，他死后乌鸦又衔土葬他，这个具有极强神话色彩的故事，体现的是古代金华百姓追求孝义、崇尚道德的美好愿望和良好品质。

51. 杨乔忧国死谏

杨乔，字圣达，东汉末年乌伤县（今金华义乌）新阳乡人，东汉大臣。

杨乔禀赋聪颖，博学广识，德行卓异，很受乡里民众敬重。朝廷征召贤良方正，郡县逐级荐举。杨乔奉召进京，汉桓帝亲自对他考核，杨乔对答称旨。桓帝认为杨乔意趣高远，才华出众，任命他为尚书郎，协助自己处理日常政务。由于杨乔治事干练，不久升为尚书郎中，再升尚书侍郎，直至尚书左丞。

杨乔长得一表人才，举止端庄文雅，言辞雍容平和。皇宫里，桓帝喜爱他的才貌，皇帝的女儿也对他产生爱慕之心。桓帝下了一道诏旨，将公主许配给杨乔为妻。杨乔得旨，心事重重，急忙上殿禀奏辞让，要求皇帝收回成命。桓帝不允，要杨乔当面答应娶公主，杨乔竭力推辞。桓帝扬言要把公主送过来。杨乔说："如果送公主过来，我就绝食。"桓帝再三问他为何不娶公主，他还是说："身体有病，不能耽误公主青春。"桓帝无奈，只得作罢。

桓帝宠信宦官，致使纲纪废弛，朝政日乱，引起世家大族和太学生们对宦官的攻击。桓帝进行报复，逮捕关押了200多人，准备终身监禁。朝中重臣，一时如履薄冰，钳口噤声，再不敢妄议朝政。当时，各地蝗虫为害，灾荒频发，农民难以活命，"人吃人"的惨象时有发生，武装起义此起彼伏。忧国爱民的杨乔，深感国家已经岌岌可危，他忧心忡忡，彻夜不眠，决心犯颜抗谏，多次上表痛陈时弊，提出不少利国利民的意见，但都被那班皇帝左右的宦官堵塞言路搁下奏章，不给皇帝过目。杨乔的建议，不但未见采纳实施，连个回音也没有。

杨乔认为，当今朝政废弛，急需能人辅政，挽救危局，他想起了前合浦太守孟尝。

合浦郡与交趾(今越南北部)很近，农业落后，粮食缺乏。好在海上盛产珍珠。珠民采到珍珠拿到交趾去调换粮食，供应郡内民众。各地的商人也运粮食到合浦换取珍珠，拿回去出售。这样一来，合浦地方商业兴盛，百姓有吃有穿。但好景不长，后来合浦的官吏横征暴敛，一见珍珠上岸，就用种种名目巧取豪夺，致使珠民远走，生意绝迹，百姓缺粮，路有饿殍。朝廷派孟尝继任合浦太守，孟尝到任后经过深入民间察访，采取奖励珠民采珠、减少税收等利民措施，不到半年，珠民重新回到合浦，商业复苏，百姓安居乐业，赞颂太守隆德。可是朝廷却嫌孟尝进贡的珍珠太少，免除了他的职务，换个会敛财的接任。孟尝带了家眷到荒凉的地方去耕田种地，远近民众仰慕他爱民之德，喜欢同他一起生活，有 100 多户人家搬到他家附近居住。

杨乔爱国爱民，清亮质直、忠贞正义之士都乐于同他交往，向他提供信息，所以杨乔对孟尝的才干和人品了解得十分翔实。他觉得汉室朝廷处在危如累卵的形势之中，正是用人之时，如能委孟尝以重任，定能使国势转危为安。如今孟尝沦落田野，这是国家的重大损失。杨乔先后 7 次向桓帝荐举孟尝，要求朝廷起用。由于宦官作梗，始终得不到回音。他在最后一次奏章中说:“臣拳拳之心，竭尽忠诚，不蒙考虑，实在遗憾。孟尝重视仁义，醉心道德。他清行出众，能干绝群，合浦任内，去珠复还。百姓蒙活，经济复苏。人心稳定，社会安宁。治郡之功，前所未有。如今称病隐居，就像国家的珍宝废置于沟渠。英明的帝王，选用受众人推重的俊彦。现在国事如麻，正需要孟尝这样的贤才辅佐治理。我极诚荐贤，陛下无动于衷，这是社稷的不幸。在万般无奈的情况下，想到秦穆公时大夫禽息荐举贤士百里奚，而穆公不加采纳，禽息一头撞死在穆公面前，终于使穆公省悟而重用百里奚，结果使秦国很快强盛起来，秦穆公也因此成为霸主的故事。臣对禽息的忠诚很受启发，皇上既然不重视臣的意见，臣也只得像离息那样用自己的生命推荐贤才。”他深知桓帝冥顽不灵，又受宦官蒙蔽，国家前途，黎民命运，已无法挽救。活着起不了作用，改变不了局面，这生命还有什么价值呢? 不如早日断命，或许会引起桓帝悔悟。奏章送上去以后，杨乔就开始绝食，昏庸的桓帝竟不加过问，到了第七天，杨乔与世长辞。

杨乔以贤闻名于世，正义、耿直、刚烈、非常有骨气，深受士大夫景仰称颂。三国时代会稽郡人曾引以为荣，说他“忘身忧国，炳然著显。”明代方孝孺赞扬他人格伟大，“屈以非礼，万锺不从”，称他是“执政三公”的大才。

孔子云：“邦有道，危言危行；邦无道，危行言孙。”孔子教育学生，国家有道，可以直言直行；国家无道，仍要正直，但说话要谨慎。杨乔生逢汉朝“无道”之际，但他为了社稷的平安，为了百姓的幸福，仍然“危言危行”，拒绝成为皇亲国戚的诱惑，反而以牺牲自己生命的决绝行动来告诉皇帝应该做什么利国利民的好事。孟子说“生，亦我所欲也，义，亦我所欲也，二者不可得兼，舍生而取义者也”，杨乔就是这样一个“取义”的英雄。

52. 骆统送米施粥

骆统，字公绪，会稽乌伤（今金华义乌）人，三国时吴国将领、学者。

骆统的父亲名骆俊，官至陈国相。在骆统八岁时，骆俊因不答应袁术借粮的请求，被他所派刺客暗杀，母亲改嫁。骆统被送回义乌老家，和姐姐住在一起。姐姐守了寡，也没有儿子，可是品行很好，做人又慈善。

有一年，天大旱，庄稼收成大减，本地的乡民陷入了饥荒，都受了饥饿，生活非常困苦。骆统的姐姐平时省吃俭用，存了些粮食，所以还有吃的。可是，姐姐发现骆统吃得越来越少。一天吃晚饭的时候，姐姐看见他面对桌上的饭菜，呆呆地出神，就问他究竟是什么缘故，骆统说：“人家都在忍受饥饿，我哪里有心思独自吃着饱饭呢？”姐姐便说：“既然是这样，为什么不和我商量而要自己苦得这般田地呢？”于是，她马上拿出私自积下的谷米，交给了骆统。骆统顿时愁眉舒展，挑了姐姐给的谷米出去送米施粥，救济衰老和稚弱的人。但姐姐的积蓄也有限，骆统又十分慷慨，所以在一天以内就把谷米散施完了。后来，姐姐又去告诉母亲，母亲对骆统的义举也很赞赏，拿出自己的积蓄，吩咐女儿拿回去给儿子购买粮食，继续布施给贫苦的人。骆统送米施粥，犹如雪中送炭，救活了许多挨饿的老百姓。

《礼记·礼运篇》有言:“故人不独亲其亲,不独子其子。使老有所终,壮有所用,幼有所长,矜寡孤独废疾者,皆有所养”。骆统年纪虽小,却懂得忧人之所忧,急人之所急,见人挨饿自己就不想独饱。他的母亲和姐姐自身并不很富有,却倾其所有帮助骆统送米施粥,他们这种扶危济困仁心与义举在今天仍然值得发扬光大。

53. 骆宾王义讨武则天

骆宾王,字观光,义乌人,唐朝著名诗人,与王勃、杨炯、卢照邻齐名,合称“初唐四杰”。他出身寒门,但7岁能诗,有“神童”之称,据说《咏鹅》就是此时所作。高宗永徽年间,为道王李元庆府属,道王叫他陈述才能,他耻于自炫,辞不奉命。因事被谪,从军西域,久戍边疆。后到四川,居姚州道大总管李义军幕,平定蛮族叛乱,文檄多出其手。后来出任临海县丞,世称骆临海。

684年,武则天废去刚登基的中宗李显为庐陵王,另立李旦为帝,自己临朝称制,并想进一步登位称帝,建立大周王朝,引起一些忠于唐室的大臣勋贵的愤怒。这年9月,身为开国元勋英国公李勣嗣孙的李敬业,以已故太子李贤为号召,在扬州起兵,反对武则天。骆宾王参加了这一军事行动,被任为艺文令,掌管文书机要,他起草了著名的《代李敬业传檄天下文》。

檄文首段历数武氏罪恶昭彰,包藏祸心。次段先写敬业举义起兵之正义,再写其兵威之壮大,从多方面铺张扬厉,说明天时、地利、人和均占优势,必然攻无不克,战无不胜。末段针对各方先示之以大义:呼吁在朝诸君,皆厚蒙国恩重托,不论宗室异姓,讨逆义不容辞;接着以“一抔之土未干,六尺之孤何托”的诘问,激发故君之思和新君之危,动之以真情。最后表达必胜信心:“请看今日之域中,竟是谁家之天下!”檄文慷慨激昂,气吞山河。据说,当武则天读至“一抔之土未干,六尺之孤何托”时,心情复杂地问:“谁为之?”有人回答是骆宾王写的,武则天感叹曰:“宰相安得失此人?”

11月,李敬业兵败,骆宾王下落不明。或说被杀,或说亡命,甚至说在灵隐寺为僧。

骆宾王有才，七岁能诗，号称“神童”。骆宾王有志，《于易水送别》：“此地别燕丹，壮士发冲冠。昔时人已没，今日水犹寒。”侠义的荆轲是他怀想、歌颂的对象。明乎此，就不难理解面对“窃取”皇位的武则天，他出于大义，不怕性命安危，写就讨伐武则天的檄文。虽然到当年十一月李敬业兵败被杀，骆宾王下落不明，但是，骆宾王的义举和精彩的檄文一直被后世传颂。

54．卢琰义救遗孤

卢琰，字文炳，原籍汴州玉川，仕后周，为典检尚书，后隐居于永康灵山脚下。

后汉高祖刘暠死后，隐帝刘承佑继位，他听信奸臣谗言，准备杀害包括大将郭威等一批有功之臣。刘承佑派人将郭威的家属扣为人质，并降旨召郭威回京。郭威知道这个消息之后大吃一惊，急忙召集卢琰等部属商讨应变之策，决定起兵讨伐朝中奸臣。郭威率军刚到汴京，听说隐帝已死，将士们就拥立郭威为王，改国号为后周。

卢琰在辅佐郭威建立后周政权过程中功勋卓著，“不避险夷，鞠躬尽瘁”，后周太祖郭威曾为他竖碑太庙，敕封卢琰为荣禄大夫、开国上将军，食禄 3700 户。

960 年，赵匡胤发动陈桥兵变，胁迫周恭帝禅位，废弃了后周政权，建立了宋王朝。在宋太祖和一批大将进入内宫时，发现有两个小孩，宋太祖查问这两个小孩是谁，查问结果得知是后周世宗的庶子纪王与蕲王。宋太祖环顾将领们，问该如何处置这两个小孩。侍卫们揣摩宋太祖心意，迅将纪王与蕲王抓起来。两小孩大惊失色，哭声动地，其惨状使卢琰目不忍睹。卢琰冒着生命危险劝谏宋太祖：“尧舜授受不废朱均，今受周禅安得不存其后？”大将潘美回答：“臣岂敢以为不可！但于理未安耳。”宋太祖就发令放了小纪王与小蕲王。潘美抱走小纪王，而卢琰抱走小蕲王，各自回家。宋太祖建隆三年，赵匡胤为奖赏卢琰，特封卢琰为越国公。

卢琰辅佐后周与宋朝都尽心尽力，宋太祖赵匡胤也赞扬卢琰："抚军养民而民不惮，整军卫民而民不怨……虽相见之晚，尚期望于将来。"话虽如此，卢琰预料赵匡胤会加害于蕲王。果然，不久赵匡胤又追究蕲王的下落，卢琰赶紧向赵匡胤请求致仕归农，连夜携带后周世宗柴荣遗孤蕲王熙诲离开汴京城，辗转至浙江，最后隐居于永康灵山脚下。

因惧怕赵匡胤查出蕲王下落，卢琰把柴熙诲改姓换名，叫卢璇，收为第三子。卢琰把自己的女儿嫁给他，又是女婿。卢琰定居后，着力开发地方，延请名师，设立学校，以教化风俗，培育人才。后其九子均列显爵，卢姓在浙江发展成庞大的宗族。

孔子说："不义而富且贵，于我如浮云。"卢琰在宋朝高官厚禄，本可以坐享荣华富贵，但他为了保留先主后周一脉，不仅冒死刀下救出孤儿，而且弃官携孤儿远遁偏远山区隐居，甘愿过着清贫日子。他这种大忠大义、悲天悯人、至仁至善的壮举，正体现了中华民族千古颂扬的道义精神。

55. 梅执礼大义抗金

梅执礼，字和胜，浦江通化人，北宋崇宁五年进士，历任中书舍人、给事中等职，累官至礼部侍郎。

梅执礼为官刚正严明，不避权贵。考中进士后，大司成强渊明觉得梅执礼这个人很贤能，就向宰相进言推举他，宰相把没有和他见过面作为不愿意推荐的理由。梅执礼知道后说："因为别人的言论而有所得，一定因为别人的言论而有所失，我只要追求通过我自身的完善而有所收获就够了。"最终也不去拜谒宰相。

一日权臣王黼在其府邸宴请，夸示园池妓妾之盛，面有骄色。梅执礼正色直言"公为宰相，当与天下同忧乐。今方腊流毒吴地，疮痍未息，是岂歌舞宴乐时乎？"，罢宴辞归，并寄诗进诫。王黼不悦，梅执礼被奏贬为蕲州知州，次年徙为滁州知州。

滁州一向有供官炭之例，树木砍伐殆尽，梅执礼到任奏请免供。又百姓苦于盐税苛重，梅执礼又上书："郡不能当苏、杭一邑，而食盐乃倍粟数，民何以堪？"最终得以蠲免二十万，滁州百姓对他感恩戴德，为之绘像立祠。

钦宗即位，召梅执礼为户部尚书。当时金兵入侵，军费不足，梅执礼建议宫中经费改属外朝掌握，月省银30万两。金兵围京师，梅执礼劝皇上亲征以励士气，结果被用事者所阻。徽宗、钦宗二帝将入金营，梅执礼奋力谏阻，不听。靖康二年(1127)二月，汴京失守，二帝被俘虏扣在金营做人质。金人扣留钦宗后，以此为要挟索要金一千万锭，银二千万锭，帛一千万匹，并声称："和议已定，但所需满数，则奉天子还阙。"如果金银布帛数一日不齐，便一日不放还钦宗。钦宗已被金人吓破了胆，一意屈辱退让，下令大括金银。开封府派官吏直接闯入居民家中搜括，横行无忌。百姓5家为保，互相监督，如有隐匿，即可告发。就连福田院的贫民、僧道、工伎、倡优等各种人，也在搜刮之列。到正月下旬，开封府才搜集到金16万两、银200万两、衣缎100万匹，距离金人索要的数目还相差甚远。当时风雪不止，汴京百姓无以为食，将城中树叶、猫犬吃尽后，就割饿殍为食，再加上疫病流行，饿死、病死者不计其数。境况之惨，非笔墨所能形容。

梅执礼等四位大臣负责筹措金银，四人哀民力已困，互相商量道："金人欲壑难填，即使破铜烂铁也不能再给了，何不以军法结罪，来堵住他们的欲求。"可是，有与他们有宿怨的宦官，向金兵统帅告密："都城城中有七百万户，所取还不到百分之一，只要允许老百姓拿金银换粟麦，应当还有可搜括的金银。"金人一查，果然如此，金兵统帅大怒，叫来四人责骂。梅执礼与同僚假意周旋，拒不缴纳。金师胁迫从命，梅执礼等答道："天子蒙尘，臣民皆愿致死，虽肝脑不计，于金缯何有哉？百姓空虚，无从征集，故难从命！"即遭砍杀。

李世民有诗云："疾风知劲草，板荡识诚臣。勇夫安知义，智者必怀仁"。意指在狂风中才能看出草的坚韧，在乱世里方能显出忠臣的赤诚之心。性情勇猛的人，又如何懂得道义，而有智慧的人，必定心中怀有仁爱。一个官员的民族大义、爱国情怀与道德操守、精神境界，在面对困难特别是国家面临生死存亡之际，最能够体现出来。金华先贤梅执礼做到了，他是八婺大地的骄傲，值得我们铭记、赞颂与学习！

56. 范浚忧国爱民

范浚，字茂名，一作茂明，兰溪香溪镇人，南宋初年理学家，世称“香溪先生”。其祖范锷，皇佑五年进士，历官主开封府尹，特进光禄大夫，上柱国，太府少卿，封长社郡公。父范筠，元祐三年进士，历官浙江提举，累升金紫光禄大夫，上柱国，开府仪同三司，少保，资政殿大学士，封长社郡开国男，进封荣国公，谥文涛。筠生十子，范浚排行第八，除二兄范深为举人外，其余均为进士，故有“一门双柱国，十子九登科”之佳话。

范浚出身宦门，天资高迈，自幼嗜学，笃志求道，隐居不仕，于宝惠寺讲学授徒，屋室简陋而怡然自乐。他精于理学，讲究存心养性，主要理学思想，一是阐发仁性之学。宣传“天人一道”，提倡“忠信”“俭德”，“君子存诚，克念克敬”；二是倡导修身，养气，笃学，致用。主张“养正为贵”，“先正其心”，“戒自欺，倡慎独”。范浚的理学思想对金华乃至浙江理学的影响久远，被称为“婺学之开宗，浙学之托始”。朱熹、吕祖谦对范浚都十分敬重，朱熹曾两次前往兰溪登门造访，均不得遇。范浚去世时，朱熹又亲临吊唁，后来还专门为其作《香溪范子小传》。

范浚淡泊明志，不喜荣利，但心怀天下，关心民瘼，忧叹国是，以史为鉴，宏济时艰。宋高宗绍兴年间，朝中公卿李纲、富直柔等人多次以贤良方正向朝廷举荐范浚，因秦桧当权，范浚耻于世道沉沦，朝纲混乱，坚辞不就，但他始终怀抱“忠义”两字，时刻关注国计民生。绍兴七年，宋高宗决定亲征北伐，范浚闻之兴奋异常，连书《进策》25 篇，详论富国强兵御善之道与经国要务，全面分析了南宋初期的政治、军事形势，为宋高宗应对内忧外患提供了一系列治国方略。忧国爱民是范浚毕生追求和实践的重要思想，其中的“用世”成为他的理学思想的有机组成部分。

范浚一生撰述甚富，但多散佚，今存诗赋、议论杂著二十二卷，名《香溪文集》，收入《四库全书》。

范仲淹有句名言：“先天下之忧而忧，后天下之乐而乐。”范浚虽耻于为官，乐于隐居，但他与历史上的不问国计民生、只知自己逍遥的隐士们不同，他虽身不居庙堂，却胸怀忠义，心系天下，关心民瘼，忧叹国是，以史为鉴，宏济时艰，并作为自己毕生追求和实践的理想目标。从范浚身上，我们看到了金华先贤崇高气节和大义精神。

57. 郑淮夫妇毁家救难民

郑义门祖先郑淮入赘浦江宣家之后，与宣嘉相亲相爱，情深意笃，先后生下煦、熙、照三儿子。几年后，宣毅夫妇相继去世，郑淮与宣嘉继承了宣家庞大的家业，日子过得平静而舒坦。

郑淮入赘宣家第26年，即宋代靖康年间，金兵大举入侵，掳走徽、钦二帝，北方沦陷。康王赵构身为天下兵马大元帅，畏敌如虎，不敢抵抗，却心怀叵测，觊觎帝位，一路败退到南京，竟置父兄安危于不顾，在南京登基称帝，是为南宋高宗。同年十月，金兵分东、西两路，大举南侵。高宗早被金兵吓破了胆，一听说金兵南犯，就立即弃城南逃，数百万中原百姓也随之背井离乡，逃奔江南。一路上，哭声震天，哀鸿遍野，饿殍满地。

高宗建都杭州，在西湖之畔醉生梦死。涌入江南的数百万难民却流离失所，四处逃难乞讨，小小的弹丸之地浦江也涌进了数以万计的难民，郑淮家的房前屋后到处挤满难民。郑淮为人正直慷慨，仗义疏财，不忍心难民忍饥挨饿，便命家人架起大锅，每天煮粥两顿，施予难民。难民听到郑淮慷慨好义，纷纷赶来就食。郑淮慷慨施粥的消息，在难民中一传十，十传百，越来越多的难民蜂拥而至，于是郑淮命家人多煮粥以分食难民。没多长时间，郑淮家中储存的千余担粮食很快被难民吃完。眼看着难民就要乏粮挨饿，郑淮无计可施，心急如焚。

这天晚上，郑淮在书房里一筹莫展，唉声叹气，妻子宣嘉推门进来，柔声安慰一番，坐下来与郑淮细细商量。宣嘉对丈夫说："眼下之际，只有卖掉家里的田产，购进粮食接济难民，别无他法。"然而，田产是宣家祖祖辈辈流传下来的，并非自己所创，郑淮对此犹豫不决。宣嘉看出了丈夫的心思，淡然一笑，劝慰丈夫："夫君不必顾虑，你做的是积德行善之事，我理应全力支持，就算我们家一无所有了，我们以后靠自己的双手，也能养活自己。再说，我们总不能眼睁睁看着这么多的难民饿死在这里吧？”宣嘉的一席话，说得郑怀心里亮堂，顾虑全消。他想不到夫人如此深明大义，心怀悲悯，于是决定卖掉田产，赈济难民。

一千多亩良田、二千多亩山林全都卖掉换回粮食，救活了数以千万计的难民，但郑淮家从此家道衰落，以至于一家人到了忍饥挨饿、朝不保夕的地步。原先，郑淮的两位兄长郑渥、郑涚也随郑淮迁到宣家，现在郑淮家一贫如洗，大哥郑渥只有迁到浦江高峰山下开荒种地，二哥郑涚则迁回老家遂安川南。为了维持生计，郑淮让三个儿子停了学业，派长子郑煦和次子郑熙出去开垦荒山，只把小儿子郑照留在身边苦度岁月。从此，一连几代，郑家都过着清苦艰难的日子，但郑淮夫妇毁家赈济难民，救活了上万难民，功德无量，人们因感戴郑家的义举，把其居所在地更名为感德乡仁义里。

《淮南子》云：“为义者，布施而得。”郑淮有美妻骄子，身居豪宅，家有良田千亩，山林无数，富甲一方，本可以过着富足舒坦的日子，但金兵入侵，中原沦陷，大批难民涌入浦江，郑淮悲天悯人，急难民之所急，架锅施粥，卖尽家产赈济难民，自己却从此过上了清苦艰难的日子。郑淮毁家救难民，他自己变得一贫如洗，而且累及子女，但他布施而德的义举不仅为郑义门，而且为浦江、为金华留下了一笔宝贵的财富。

58. 郑绮撞环救父

郑绮是郑淮第三个儿子郑照的小儿子，面黑如铁，目光炯炯，视烈日而目不眩，性格沉稳，仁慈友爱，事亲至孝，却不苟言笑，从小喜好读书，勤奋刻苦，一有闲暇，便手不释卷。因家贫辍学后，他仍不忘读书，出门耕田种地时，也要把书包挂在牛角上，经常在田间地头捧书而读，孜孜不倦，精通《春秋》之学。

一日，郑绮赴遂安（今淳安）祭拜祖先。邻村有一个姓陈的豪强看中了郑家仅有的几亩良田，意欲霸占，晚上派人上门想用极低廉的价格把田买走。郑照不屈，与之理论，引起争执。谁知，那人回去时在街上喝醉了酒，路上不慎失足落入水塘淹死了。姓陈的豪强正愁郑氏的良田不能得手，见有机可乘，便诬陷那人是被郑氏打死后扔入水塘的，马上告到官府，并出钱打点。昏庸糊涂的浦江县令得了好处，不问情由，立即将郑照拘拿收监。郑照不服，竭力申辩，县令严刑逼供，直把郑照打得皮开肉绽，体无完肤，然后打入死牢，意欲问成死罪。

郑绮从遂安回到家中，听说父亲被豪强诬陷，急忙赶到县衙，在大门击鼓鸣冤，求见父亲，却被衙役拒之门外，不许入内申冤。郑琦欲见不能，欲救不得，在县衙门口放声痛哭一场，只得连夜赶往婺州。等他跋山涉水、日夜兼程赶到婺州府衙，已是第二天傍晚，府衙已关门。郑绮悲愤交加，在府衙前击鼓痛哭，哀恸喊冤仍无人理睬，就用头在大门的铁环上猛撞，顿时头破血流，晕倒在地。郑绮昏厥复苏，见继续喊冤仍无人问津，就咬破手指写下血书，请求以身代父。

婺州郡守钱端礼清正廉明，体恤下民。这天他回到后院，正准备用餐，忽听得有人击鼓喊冤，哭号不止，大门被撞得碰碰乱响，连忙放下饭碗，亲自出门查看，却见郑绮血流满面，举着诉状跪在府衙门前，兀自失声痛哭不止。钱郡守见了甚是怜惜，当场接了郑绮的诉状，命左右把他扶进衙门里，包扎一番，施药治伤，并款待茶饭。钱端礼看了郑琦血写的诉状，心头震动，忙叫来郑绮细细盘问了一番后，知郑绮之状所言不虚，其父郑照实属诬陷，冤情昭然，便让衙役安排郑绮住下。

第二天一早，钱端礼带着郑绮和一帮差役亲赴浦江，即命知县从牢中提出郑照升堂审理。浦江知县见是上司亲自前来提审此案，不敢怠慢，慌忙遵命而行，并派人将陈姓豪强拘来县衙审问。郑照和陈姓豪强对簿公堂，但陈姓豪强骄横异常，一口咬定是被郑照所害。钱端礼见陈姓豪强在公堂之上肆意诬陷，血口喷人，公然放刁，心虽恼怒，却不动声色，悄悄带着知县和差役到仁义里明察暗访。经过一番勘查，左邻右舍一致做证，郑照当晚只在家中，并未出门。陈姓豪强差那个人前来说项，意欲侵占郑氏田产之时，恰好有人在场。于是，真相大白，郑照无罪释放，陈姓豪强却受到了当堂责打四十大板的处罚，那个昏庸贪赃的县官也受到了贬职的处置，罚他去牢房门口扫地去了。

郑绮撞门环救父，辩白沉冤，其孝义之举，不仅感动了郡守钱端礼，也感动了让邻里乡。八百多年过去了，这个感人的故事至今还在浦江流传。

《增广贤文》："千万经典，孝义为先。"郑绮遂安祭祖回家得知父亲蒙冤下狱，急忙赶往县衙申冤，不得；又日夜兼程赶赴府衙，以头撞环申冤喊屈，惊动府守，父亲沉冤终于得以昭雪，豪强贪官得以惩治。郑绮的孝义之举，感动着当时的人们，更影响着郑氏后人，后来郑义门礼仪传家名满天下，其先祖的奠基之功不可没。

59. 宗泽义勇抗金

宗泽，字汝霖，义乌人，北宋末、南宋初抗金名臣。

宗泽家境贫寒，十几岁时，耳闻目睹宋王朝吏治腐败和外敌入侵，萌发了救国救民的思想抱负。不到 20 岁的宗泽毅然辞家外出游学，历时十余年，就学之地多达数十处。他不仅悉心求学，研读"古人典要"，而且学以致用，考察社会，了解民情，孜孜不倦地追求治国之道，逐步看清了整顿吏治是解决政治腐败的关键所在。同时眼看辽国、西夏屡屡入侵，也产生了靖边安境、为国效力的思想。于是，他认真研读兵书，苦练武艺。这样，宗泽迅速成长为一个博学广识、文武兼备、富有理想和抱负的青年。

元祐六年，宋廷举行省试、殿试。年已 33 岁的宗泽在殿试时，不顾字数限制的规定，洋洋洒洒写了万余言，力陈时弊，充分反映出他革除弊政的强烈要求以及与邪恶势力做斗争的勇气和决心。主考官"以其言直，恐忤旨"，将宗泽置于"末科"，给以"赐同进士出身"。宗泽虽未能名登榜首，但毕竟通过了科举考试，从此开始步入仕途。

宗泽从政 20 多年，能为官一任，造福一方，政绩卓著，"所至称治"，赢得了各地群众对他的信赖和爱戴。然而，由于宋王朝政治极端腐败，权奸当道，使得宗泽长期得不到提拔和重用。

靖康元年，在御史大夫陈过庭的推荐下，宗泽被借以宗正少卿身份，充任和议使。宗泽说："此行不打算活着回来了。"有人问他原因，宗泽说："敌人能够悔过撤兵当然好，否则怎么能向金人屈节以辱君命呢。”

钦宗把宗泽派往战争前沿的磁州任知府。当时太原失守，出任两河地区的官员都借故不到任。宗泽说：“受朝廷俸禄却逃避困难，是不行的。”宗泽受命，当日就骑马上路，随从的只有十几名老弱士卒。磁州经过金兵蹂躏之后，百姓逃亡，仓库空虚。宗泽到达后，修缮城墙，疏浚隍池，整治器械，招募义勇，固守磁州。同年十月，北方门户真定陷落后，金兵分路南下，分遣数千骑兵进攻磁州。宗泽披甲操戈登城指挥战斗，命士兵以神臂弩射之，粉碎金兵的攻势后，打开城门，乘势纵兵追击，斩敌数百，缴获大量战利品。这是宋军首次击败金兵，极大地鼓舞了河朔各地宋军的斗志。同年闰十一月，金兵分东西两路包围了宋都东京（今开封），宗泽独自领兵攻黄河渡口李固渡（今河北魏县西），以轻兵夜袭，破金营 30 余座，大败金兵。

靖康二年，宗泽领兵到达卫南，前后都是金兵营垒。宗泽下令说：“现在进退都是一死，我们不能不从死中求生。”士兵知道总是一死，无不以一当百，斩杀金兵数千人，金兵大败，退却几十里。宗泽估计金兵人数比自己多十倍，今日一战而退却，其势必定会再来，如果金兵全部出动夜袭我军，则危险了，于是趁黑夜将军队转移。金人果然于当晚到达，却发现只剩下一座空营，非常惊恐，从此他们害怕宗泽，不敢再派兵出战了。当时金人提及宗泽，都以敬畏的心情称他为“宗爷爷”。

建炎元年，宗泽升任东京留守兼开封府尹。他募兵积粮，整顿城防，任用岳飞等一批将领，联合、招纳河东与河北义军等武装，使东京成为坚强的抗金堡垒。次年元宵节前，金军一部进逼东京近郊，宗泽明令张灯，使金军疑不敢入。宗泽又暗地里派遣精兵伏其归路，前后夹击，打退了金军。

宗泽在任东京留守期间，先后上了二十多道奏章，力主赵构还都东京，并制定了收复中原的方略，均未被采纳。宗泽忧愤成疾，背上长毒疮。建炎二年七月十二日，刮风下雨，天色阴暗，宗泽在弥留之际，没一句话谈及家事，念念不忘北伐，最后面向北方连呼三声“渡河！渡河！渡河！”怀着悲愤的心情溘然与世长辞了，时年 69 岁。后由儿子宗颖和爱将岳飞一起扶柩至镇江，与夫人陈氏合葬于镇江京岘山上。都城之人闻知痛哭，朝廷追赠宗泽观文殿学士、通议大夫，谥他为忠简。

《礼记》有语："临难毋苟免。"意思是说在危难面前，不要苟且偷生而失去做人的气节。宗泽为了国家，为了民族，呕心沥血，鞠躬尽瘁，在国家、民族危难之际，挺身而出，力挽狂澜。即便在弥留之际，仍然念念不忘北伐，最后连呼"渡河！渡河！渡河！"在他身上表现出来的至死不忘为国效力的这种崇高的爱国主义精神和民族气节，感天动地，千古流芳。

60. 郑刚中忠义报国

郑刚中，字亨仲，一字汉章，金华曹宅人，南宋大臣。

郑刚中绍兴二年以第三名进士及第，是金华在科举时代唯一的探花，历任礼部侍郎、川陕宣谕使、四川宣抚副使等要职。

郑刚中为人刚正不阿，充满爱国正义之心。

当时金兵入侵，秦桧独揽朝政，恣意陷害忠良，卖国求荣，对金力主和议。郑刚中在针对金人南侵、是战是和的大是大非问题上，没有因为先前秦桧对他的赏识和提拔而附和，而是力陈和议之弊，力主抗金。绍兴十一年，王伦挟金使来议和。枢密院编修胡铨上书，反对与金人议和的秦桧，因请斩王伦、秦桧，皇帝发怒，胡铨罪将不测，祸在旦夕。众臣不敢为胡铨说话，郑刚中则凭着满腔正义，极力营救，由是触怒得罪秦桧，却更令高宗欣赏其胆识，升任他为宗正少卿，后又任秘书少卿。

绍兴十四年，郑刚中担任陕西分画地界使，奉命到陕西与金使划定疆界事。金使乌陵"赞谟入境，欲尽取阶、成、岷、凤、秦、商六州"，郑刚中力争不从；又欲取商、秦，于大散关之界，郑刚中又坚决不从，据理力争，面折金使。

绍兴和议后，郑刚中改任四川宣抚副使，他治理四川方略独备，经划调度，军政事务井井有条。行屯田，免杂征；严教训，重积聚；整军旅，强武备，金兵不敢犯。时有"宗泽猛虎在北，刚中伏熊在西"之称。蜀中富饶，秦桧令献金3万两并加派赋税，遭郑刚中拒绝。绍兴十七年九月，秦桧命御史汪勃、余尧弼等人吹毛求疵，对郑刚中猛加弹劾，列出所谓"妄用官钱""奢僭""贪婪""天资凶险""网罗死党"等等罪状。是年十二月，又使余尧弼继续弹劾他“为臣不忠”“贿赂溢于私帑”“暴敛困民”“密遣爪牙”“窥伺朝政”等等罪行，郑刚中由是被免职，提举江州太平兴国宫，桂阳监居住。后又被免职、下狱、贬移封州（今广东封开县）安置。秦桧再指使其党羽将他折磨致死。郑刚中卒于北宋高宗赵构绍兴二十四年五月二十三日，与其生日同月同日，时年 67 岁。秦桧死后，郑刚中案得以昭雪。

宋朝是个屡受外敌入侵的朝代，也是爱国义士辈出的时代，郑刚中是他们当中的代表人物。正如他自己的诗歌所说“凛然高义生，开怀出云上。”“我虽一介书生，但却不怕死”。为了国家、为了正义，他敢于抵制、不怕得罪当朝奸臣秦桧，甚至不惜付出官位乃至性命的代价，其爱国大义令人敬仰、让人赞叹！

61. 李诚之舍生取义

李诚之，字茂钦，东阳人，南宋抗金名将。李诚之受业于吕祖谦，勤于务学，能言善辩，乡举、太学舍选皆第一。

嘉定十年，金兵渡淮南侵，朝廷和战之争激烈，李诚之反对和议，改任蕲州（今湖北蕲春）知州。南宋时的蕲州，为淮河以南的防御州之一。李诚之刚到蕲州时，当地百姓由于没有遭受过战争之苦，所以没有任何意义上的防御措施，城池荒废，军备松弛。李诚之上任后，进行一系列防御准备，增高加厚城墙，浚壕堑，备楼橹，筑军马墙，训练兵民，囤积于城内惠民仓的粮食有 4 万余担，充实了地方粮仓贮备量。原先酒库月解 45 万钱献州守，李诚之分文不受，全部充公帑以助兵食。

嘉定十四年二月，金兵大举侵犯淮南。当时李诚之任期已满且年老，备船待发还乡，但继任者未至，本拟遣家属先回家，也因金兵南侵而止。在大敌当前的危难时刻，他挺身而出，与家属一起留在蕲州，担当起领导蕲州军民抗金的重任，上演了一幕气吞山河的悲壮剧幕，实践了自己“既任其责，不敢顾身”“职任所在，惟当尽死以守”的誓言。他对同僚说：“吾以书生再生，再任边垒，行年七十，亦又何求？独欠一死耳。寇至，当与同僚戮力以守，不济，则以死继之”。由于原有兵力被上司分散，李诚之不得不招募城内壮丁组织“敢死队”，率300人迎击金兵，挫敌先锋于城外。金兵攻城，不能克，城内官兵不时出击袭杀金兵。当时适逢池阳、合肥援兵溃败，援军将领拥兵不前，蕲州形势危急。

三月初，金兵攻城更激烈，并修书胁降，李诚之严词拒绝。不久，邻郡黄州失守，金兵组织10余万人攻蕲州。在得知自己孤立无援后，李诚之仍然“神色自若”，镇定从容地指挥蕲州军民奋勇杀敌。援将徐挥贪生怕死，投降金兵，十七日城门被金兵攻破，李诚之儿子士允、侄子士宏力战死。七旬老翁李诚之亲率城内兵民殊死展开巷战，自午夜至天明，兵尽，李诚之最后以身殉国。妻许氏，媳赵氏、王氏，孙女等10人均投水殉节，只有长子士昭因先期返故里，得以保全。李诚之舍生取义且满门忠烈，其人其事惊天地泣鬼神，永远彪炳史册。

李诚之死后，朝廷追封他为“正节侯”，并在蕲州建“褒忠庙”，东阳也在当地乘驷桥旁建庙祭祀，每年农历三月十七日（殉难日），县官必亲临致祭。理宗时，新任蕲州知州王霆（东阳人）在州学之内建四节祠，奉祀王彦明、李诚之、秦钜、王玠四人。自1222年到1949年，七百余年来，蕲春人民对李诚之等忠臣的奉祀，从未间断。

李诚之生前曾对友人说：“笃信、好学、守死、善道，此吾辈八字箴，特患立志非坚耳”。《诗经·小雅》有诗句说：“高山仰止，景行行止”，赞颂那些品行才学像高山一样，要让人仰视，而且让人不禁按照他的举止作为自己行为准则的仁人志士。孔子在《论语·宪问》中用“见利思义，见危授命”来作为“全人”的标准。李诚之以自己的言行表明，他就是一个具有这样品格和精神的人。

62. 王霆战死沙场

王霆，字定叟，号玉溪，磐安人，宋代著名爱国将领。

王霆出身于书香门第，身材高大，武艺超群。年轻的时候，他研习经史，尤擅骑射，被人称赞就连后羿都比不过他。

宋宁宗嘉定四年，王霆武举一举中第。主教官乔行简说："我为朝廷得到一名帅才了。"于是，王霆被派守护边境。

不久又调他守黄州。有叛贼兵叛，王霆前往招安。当时的宋室，偏安于江南，倚仗着长江天险，因此，沿江防务维系着朝廷的安危。王霆对于军事上的事知无不言，特别对江防提出不少真知灼见。他认为用兵之道不在兵的多少，但军队的整体素质如何、训练是否精良，将决定战争的胜负。因此，从招募兵员到部队训练，都得从严管理，如果军纪废弛，又不惩治那些窜逸生事的兵员，肯定会招致败绩。

理宗即位，特派他担任浙江副都监，驻扎湖州。当时潘甫等起兵造反，王霆前去平定招抚，手下官员不敢跟他去，王霆慨然说："此岂臣子辞难之日！"出城接战，王霆每战必身先士卒，大小十八战，每战皆捷，雄威踊跃，敌见之丧胆，势若山崩冰释，人们都称他为"小宗泽"。

扬州战后，理宗派王霆知应州，后又命他知濠州。恰逢元军侵犯，百姓流离奔逃，相属于道，朝中人士商议认为守光州非王霆莫属。于是改知光州，兼沿边都巡检使。王霆冒雪夜行，与逃难的老百姓背道而驰。到了光州，大战元兵于谢令桥，赶走了元兵，光州于是得以平安。督府写信来感谢，以缗钱十万慰劳其军。再迁淮西马步军副总管，兼淮西游击军副都统。时朝议出师，附和者甚众。独王霆以为须遣人探明敌情，分析利弊，再行定夺，不可贸然而行。各路军马出发完毕，王霆的高邮军最迟发兵，但境内却赖以安定。因王霆与草率出兵的时论相悖，针对他的谗言纷纷出现。不久秋防又紧，再知蕲州。当时元兵正往南下，王霆认为"两淮乃藩篱，大江为门户，三辅为堂奥；藩篱不固则门户危，门户危则堂奥难保"，于是上书丞相，请审察形势，添设蕲春、矶安、滁阳三新城，但没有被批复。淳祐二年七月，元兵大至，王霆奋然舞刃亲征，不幸阵亡，时年六十六岁。夫人陈氏为女中丈夫，秉性刚烈，冲入敌阵，夺夫尸而归。

陈寿《三国志》有语："人谁不死？死国，忠义之大者。"在国家屡屡遭受强敌入侵的情况下，王霆秉持忠义之心，智勇双全，竭尽全力卫国安民，最后牺牲自己的生命，体现了一个爱国者的崇高精神境界，可称得上是大忠大义的伟丈夫！而他那冲入敌阵、夺夫尸而归的夫人陈氏，实为女中丈夫。夫妇二人堪称绝配！

63. 郑德珪代弟赴死

郑义门因四世孙郑政善于经营和积蓄，家道渐渐殷实。郑政生了两个儿子，一个叫郑德珪，一个叫郑德璋。郑德珪，字子润，人生得短小精悍，美髯过胸，年少时即有辩才，长大后慷慨豁达，恪守信用，素有德望，以才授龙游县丞。郑德璋，字子振，自幼聪颖敏慧，不好文墨，却喜习武，及长，勇武过人，好打抱不平，被朝廷授为青田县尉。但兄弟两人都无意仕途，郑德珪不满官场倾轧，父亲郑政去世后，立即辞官回家主持家政。郑德璋见盗贼蜂起，“度时事不可为”，也辞官回家协助哥哥治家理财。

邻村有个富豪，名叫卢勿理，由于他有个堂妹在皇宫里做过一年的妃子，但很快就一命呜呼了，而卢勿理却自称国舅，狗仗人势，欺男霸女，作威作福，无恶不作，百姓们恨之入骨。郑德璋更看不惯卢勿理横行霸道，祸害乡里，总想着找个机会教训教训他。有一天，卢勿理做五十大寿，发来请柬，要请郑德珪前去喝寿酒。郑德珪因与卢家素无来往，不愿赴约。郑德璋对卢勿理心怀不满，存心要找晦气，对郑德珪说：“人家请我们喝酒，我们为什么不去？好像我们怕这个恶霸似的，哥哥你不去我去！”

卢勿理五十寿诞的那一天，郑德璋真的提着礼品，大摇大摆地去了。喝完寿酒，他只说声“有劳了”，就抹抹嘴巴扬长而去。郑德璋走了之后，卢勿理连忙打开郑德璋的礼盒，想看看郑义门这样的大户人家到底给自己送来了什么贺礼。谁知，礼盒一打开，却见几只螃蟹张牙舞爪地爬了出来，卢勿理看得目瞪口呆。他知道郑德璋是有意讥讽他像螃蟹一样横行霸道，直气得火冒三丈，恨得咬牙切齿。为出这口气，卢勿理绞尽脑汁想了三天三夜，终于想出置郑德璋于死地的恶计。

当时，元朝已经占领江南大部，南宋灭亡。卢勿理欲置郑德璋于死地，派人到扬州兵备道秘密告了一状，说浦江郑义门的郑德璋招兵买马，准备抗击元兵，宜速派兵缉拿。扬州兵备道信以为真，立即派人赶到浦江，命县衙到郑义门抓走了郑德璋。

这天，郑德珪有事出门了。等他回到家中，郑德璋已被抓走。他大惊失色，急忙赶到县里，而郑德璋已被押解扬州了。郑德珪大哭着一路追赶，到了诸暨地面，方才追上。郑德珪拦下郑德璋，非要代替弟弟去扬州受罪，而郑德璋坚持不肯，兄弟俩争持不下。

傍晚，一行人投宿于驿道旁的一家客栈里。当晚，郑德珪想办法买通解差，让他代替弟弟去扬州，并马上起程。解差得了钱，又为郑德珪义气所感动，就答应郑德珪的要求，趁郑德璋睡熟之机，悄悄押着郑德珪赶赴扬州。

次日早晨，郑德璋醒来，不见了兄长和解差，情知不妙，急忙追赶。但等他赶到扬州，郑德珪已被害死，时年只有四十一岁。郑德璋大哭一场，只得凄凄惨惨地扶柩而回。

郑德璋回来后，安葬了兄长，在墓侧结庐守墓两年，日夜哭泣不止。两年后，郑德璋痛定思痛，一改好打不平的脾气，一边像对待母亲一样侍奉嫂嫂，像对待亲生儿子一样对待郑德珪之子郑文嗣，一边悉心治家理财，创办东明精舍，培养子弟人才，重振家业，郑义门从此家声大振，逐渐走向鼎盛。

孔子云："孝悌也者，其为仁之本与！"孝敬父母，兄弟友爱，是仁义的根本。弟弟郑德璋戏弄邻村恶霸，反遭诬陷被抓，兄长郑德珪知弟弟押到扬州后凶多吉少，半路追上代弟前往，弟弟坚决不答应，兄弟争死各不相让。郑德珪觉得自己是兄长，代弟赴难，义不容辞，于是设法买通解差，捷足先登，以自己的死换回了弟弟的生，为郑义门谱写了成仁取义的壮丽篇章。

64. 张瑞斫桌明志

郑义门六世孙郑文嗣，自幼聪明好学，很有悟性，又通情达理。十四五岁时，郑文嗣已把《四书五经》熟背如流，十六岁时顺利通过家族的"加冠礼"仪式。加冠后经媒人牵线，与浦江城东一个有名望的张姓人家的小女儿订下婚约。张家女儿姓张名瑞，性情温和，贤淑勤恳，又知书达礼，从小跟着母亲学得一手好针线活，刺绣、衲鞋等女工件件娴熟，家务活样样拿得起，而且品行端正，孝敬父母，为人处事更为邻里所啧啧称道。年方十四岁，长得清丽秀气，亭亭玉立，父母视若掌上明珠。双方结亲后，真可谓郎才女貌，门当户对，犹如天造地设一般。张瑞得知自己与郑义门的郑文嗣结了亲，看着父母那喜滋滋、乐呵呵的高兴劲儿，情知自己得配佳婿，料想终身有托，不由得芳心窃喜。

谁知，天有不测风云。订婚后的第二年，郑文嗣突然得了一场大病。经全力救治，性命是保住了，却留下佝偻之病，手脚不能屈伸，终日瘫卧在床，饮食起居都要靠人侍候料理，俨然成了一个废人。

约定的婚期渐渐迫近了，而郑文嗣的病情却无丝毫好转的迹象，一家人急得团团乱转，家长郑德璋长吁短叹，忧心忡忡，却一筹莫展。郑文嗣本人更是饱受煎熬，感到痛苦不堪，度日如年，整天睡不着吃不香，精神不振，身体也一天天枯萎下去，渐渐地变得瘦骨伶仃，全无人形。他不禁暗暗思忖，自己变成了这副模样，已是生不如死，怎么可以去和人家成亲呢？就是人家的姑娘愿意嫁过来，自己也不能贻误姑娘的终身啊。他越想心越不安，越想包袱越重。于是，他毅然决定退掉张家的婚事，让姑娘另配他人。其母蒋氏和家长郑德璋一合计，也觉得除此之外，已没有更好的办法了，只得点头同意。

郑家只得托媒人将郑文嗣因病休婚之事转告张家。张家原先对这门亲事十分满意，当听说郑文嗣得了佝偻病，瘫卧在床，不禁生了悔意，现在郑家主动提出休婚，正中他们下怀，便一口应允。但张瑞却毫不知情，依然沉浸在新婚的喜悦和对未来幸福的热切向往之中，忙忙碌碌地准备着成亲用的嫁妆。当张瑞的父母把郑家休婚之事告诉她时，突如其来的打击犹如晴天霹雳，顿时把她击得差点昏厥过去。按照传统习俗，女人一旦订了婚，生或死都是夫家的人，张瑞从小接受“三从四德”的教育，传统观念根深蒂固，得知自己被男方休婚，羞辱难当，痛不欲生，终日哭哭啼啼，以泪洗面。她的父母苦苦相劝，她哭着对父母说：“我既已与郑家订婚，就是郑家的媳妇，我决不能在他患病之时与其休婚，做一个不守妇德的不仁不义之人！”张家父母见女儿就是不听劝说，顿时恼了，板起脸孔训斥道：“婚姻大事，由父母做主，你得听我们父母的安排！”而张瑞主意已定，哪里听得进父母的劝告，见父母一心要她退婚改嫁，伤心欲绝，痛哭着从厨房拿来一把菜刀，猛然往桌子上一砍，决绝地说：“爹、娘，儿闻烈女不事二夫，丈夫有病，是儿之命，我既已和他订婚，当从一而终。你们若定要逼我改嫁，我的头犹若这桌子一样！”说完，放声大哭。

张家父母见其志不可夺，不敢再逼，只得依了张瑞。于是，婚礼如期举行，张瑞吹吹打打地嫁到了郑家，隆重的结婚典礼在一片喧闹声中结束了，等宾客散去，张瑞被送入洞房。喜气盈盈的新房里，郑文嗣骨瘦如柴、神情呆滞地躺在床上，张瑞看了泪水禁不住夺眶而出。她缓缓走到床前，在床沿坐下，深情地凝注了一会，柔声安慰道：“文嗣，你别难过，以后由我来服侍你，你的身体一定会好起来的……”说罢，夫妻俩相拥而哭。从此，张瑞开始承担起照料郑文嗣的所有事务。

一年下来，郑文嗣在张瑞无微不至地关怀和护理下，病情竟然奇迹般地有了好转，手脚也慢慢灵活了起来，还能下地让人搀扶着走路了。又过了一年，郑文嗣病情痊愈，恢复如常，能和正常人一样参加学习和劳动了。郑文嗣因为有了一个好妻子作为贤内助，不仅治好了重病，恢复了身体健康，而且因其很有才华，品德高尚，后来被人荐为家长，主持家政达二十余年，堪称郑氏的守成之祖，他的事迹被载入《元史》。

郑文嗣和张瑞恩爱一生，子孙满堂，均寿终正寝。

墨子有言：“万事莫贵于义。”张瑞，作为封建社会的一名女子，深受三从四德思想的影响，不免有其局限性，但她得知未婚夫罹患重病卧床不起而与自己休婚时，便坚决不同意，并毅然决然地嫁到夫家，挑起照顾生病丈夫的重任，体现了她的重情重义和道义担当。

65. 吴崇福兴办义学

吴崇福，东阳郭宅人，南宋高塘书院创办人。

吴崇福出身名门，她博识强记，知礼仪，识大体，工笔札，善书画，长大后嫁给郭宅人、担任长兴知县的郭湜为妻。成婚时，婆婆叶氏已经去世，吴崇福担当起摄理家政的重任。经营耕织，莳花艺蔬，轻重缓急，安排得井井有条；祭祀奉养，客来礼往，承上抚下，处理得停停当当。她的公公十分满意，高兴地说，我再不担心这个家了，并告诫家里的儿女媳妇，要像她这样做事、待人。

乾道初年，儒学在金华、东阳一带盛行，郭家作为东阳望族“最先应和”，郭伯中、郭钦止、郭溥、郭良臣等先后在郭宅办了书院，形成兴学良风。如郭钦止，轻财好施，南宋绍兴十八年(1148)独力创办石洞书院，创东阳民间兴学之新风。他捐出自己家良田数百亩和石洞之山为书院产业，以家中藏书充实书院，延聘叶适主师席，朱熹、吕祖谦、魏了翁、陈亮、陈傅良、陆游等相继来此讲学交游。叶适《石洞书院记》称“以学易游，而不以物乐厚其身，以众合独，而不以地胜私其家”。东阳县学创建藏书阁，钦止捐财赠书助其成。陈亮称其父子 3 人为“东方学者”，是“学之初兴”的有力创导者。

在这种义务兴学良好风尚的影响下，绍兴年间，吴崇福主张将早年为婆婆叶氏建造的高塘庵改建为高塘书院，礼聘一代文宗钱文子主师席。书院有名师执掌，甚得众望，各方儒生和游学者接踵而至，每年登录入册者达五百人，都免费供给吃住。家中有时经济拮据，不能及时供给书院所需，吴崇福就变卖妆奁珠宝，以资费用，毫不吝啬，礼尊师生，呕心沥血，始终如一，令时称“儒林巨擘”“一代宗师”、永嘉学派创立者之一的钱文子深为感动，到他出宰长沙，还为学生授业，恋恋不舍离去，后来，他推荐了学者叶味道接任主师。

嘉泰末年，丈夫郭湜中年早逝，儿子均未成家，女儿尚未出嫁。在家庭极难支撑的情况下，吴崇福仍是起早贪黑，不懈为书院操劳。同时，鼓励儿子们专心治学，千万不要为衣食和杂事分心。在重重压力之中，还造起书楼“东阁”，在楼中储书万册，参知政事楼钥为之题匾名“东阁”，书楼通宵达旦开放让人阅读。后来，儿子们多有出息，却天不假年，打击重重，但吴崇福“不乱其志”，直至八十四岁病逝，以一名寡妇对办学的执着，留下芳名。

南宋著名的政治家、思想家和文学家、永嘉学派代表人物叶适说“学以知意为始，以尽力为终”。现看吴崇福，一孤寡妇，为“知意”而全心为奉，兴教办学，大化天下。泱泱八婺，如若人人都能如此担当起自己应尽的职责，并为之全身心投入，那么，走在前列的目标，“两美”“两富”新金华的愿景，何愁不发，何虑不达！

66. 蒋门五世办义塾

蒋沐，号泽甫，东阳洗马塘人，横城义塾创办人。

宋景定二年(1261)，蒋沐创横城义塾，在其住宅西投资巨额兴建房屋40间，有大厅一座、左右校舍12幢，还开辟了花圃、园林，成义塾校园。又每年拨出田租一万充当义塾经费。学生的伙食及塾内的灯油、雇工月钱杂支，全由蒋沐供给。他创办义塾的出发点，是为追寻夏商周三代层层进学的遗风，为地方培养人才，为社会倡导良俗。

横城义塾首请宋朝礼部尚书、淳安状元方逢辰主师席。方逢辰主持办学，采用白鹿洞书院的办学模式，他亲订《义塾纲纪》，坚持“先德行而后文艺”的立教原则，不以科举应试为重，而以修身习道为主。其中规定十天当中，用九天让学生读书接受圣贤理义，使学生坚持“以君子之心为心，而又勇于义”，重在培养人的品格，同时也用一天时间，为学生安排科举应试的内容。

横城义塾招收学生，不分区域内外、路途远近和资历高低，凡入学者一视同仁：先做“陪读”，待过一段时间，考察其为学态度和进学成绩，再转为正籍，享受正式学员的待遇。义塾管理严格，日程、月程、礼节、课试及至吃饭、休息、请假、犯规、嘉奖的方式都规定得十分周详具体。月试、季考，砻石题名，20名以前赠给币帛书籍，其余按等分赠。凡学生毕业，则采用题名制度，即凡在此就学有成的都要集体签名，且刻于石牌、立于堂上，以促学生以平生所为“尊显”义塾而“鼓前行”。由于义塾对外开放广纳，在内严而和谐，于是成就卓著，名声大震，以致金华各县及天台、嵊县、新昌、诸暨、淳安、丽水、永嘉、海宁等县都有人前来入学，创办十余年，在“砻石”上刻下名字的就有七百多人。

大约在南宋度宗咸淳六年(1270)，权臣贾似道客座的东阳“里人”，忌恨蒋沐的口碑名声，就设言陷害中伤。蒋沐被迫离开家乡，迁徙到江西庐陵落脚。正在兴旺之中的横城义塾，随之夭折而停办。

义塾虽夭折而停办，但尊师重教始终是蒋家后人的追求。

元世祖至元二十一年（1284），蒋沐的儿子蒋声父将横城义塾留下的老房子拆迁到溪东，改名为“城南精舍”，欲重振横城义塾雄风，为家乡俊秀提供条件，无奈蒋声父政务繁冗，无法顾及，不久“精舍”也就停办废弃。

元至正元年（1341），急公好义的蒋声父儿子蒋元，憾于“不睹家塾之全盛”，觉得义学“美意不可不续”，于是复振先人事业“重起其废”，在“城南精舍”以南造了三间房子，请元朝著名学者许谦的学生“三衢方先生”主师席，约于 1347 年，随着蒋元和“三衢方先生”去世，横城义塾再度衰落。

元朝末年，“居室、园池、土地富雄一邑”的蒋元长子蒋伯康，“慕范文正（仲淹）之为人”，重建横城义塾，“以教乡里子弟几百人，供给衣粮，庖湢者，余四十年”，为几经颠沛流离、几遭厄难的蒋家重新树起了义塾的丰碑。明朝国师刘基为义塾题匾额：“两朝义学”。

孔子说：“夫达也者，质直而好义。”真正的通达者，品质端正，崇尚礼义。蒋门百年五世急公好义，相继创办义学，为东阳培育人才，功在千秋。东阳如今作为闻名全国的“教育之乡”，能有“兴学重教、勤耕苦读”的优良传统，能有“百名博士汇一市、千位教授同故乡”的美誉，正是因为有蒋氏这样秉持仁心义举，代代接力办学影响的结果。他留给世人的不仅仅是所培养的人才，更有那尊师重教的大义，正如著名学者黄溍所评：“蒋氏一门百年五世，君子之泽，犹有余润”。

67. 杨镇龙举义抗元

杨镇龙，又名震龙，字子翔，出生于南宋理宗年间，宁海县人，抗元名将。

宋朝灭亡后，元朝统治者赤裸裸地推行民族歧视与民族压迫政策，他们把人分为四等：第一等是蒙古人，包括蒙古各部的人；第四等是南人，指原南宋统治下的汉人和西南各族人民。元朝统治者对江南人民的压迫与剥削惨不忍睹，人们生活在水深火热之中，过着人间地狱的非人生活。

公元 1288 年，衢州、处州等地人民纷纷揭竿而起，反抗元朝。杨镇龙认为时机成熟，就举起了反元大旗，拥众一万余人，一举攻下宁海、象山两个县城。义军势如破竹，挥兵西进，攻克天台。初战告捷，军心民心大振，各地民众纷纷响应，队伍迅速壮大数倍。义军作战勇猛，指挥有方，器甲精良，官军望之失色。

公元 1289 年正月二十四日，杨镇龙率部从天台出发，横扫磐安进入东阳县。义军纪律严明，群众焚香跪拜迎接，队伍不断壮大。杨镇龙与众谋士商议，选择了玉山乡作为起义根据地。玉山在东阳县东八十里处，地势高峻险要，向东可出新昌、嵊县，向北直捣金华、义乌，挺进浙西。这里历来是兵家必争之地，古往今来据此起义者为数不少。杨镇龙广交天下英雄，又结反元豪杰，不仅有台州六县义士，还有许多婺州豪杰。

义军迅猛发展达十二万人，聚集在东阳玉山一带。1289 年 2 月 1 日，杨镇龙杀马祭天，举行隆重仪式，宣布授天命立国，定国号为“大兴”，年号为“安定”，杨镇龙被拥为“大兴国皇帝”，所部称“大兴国军”。随后议事决定兵分二路，一路攻克了东阳、义乌、永康诸县，另一路由杨镇龙亲自统帅大军七万，席卷新昌、嵊县、余姚、上虞等县，遍及浙东重镇绍兴府。起义军连战连捷，势如风卷残云，元军闻风丧胆，草木皆兵。在此形势下，婺州路亲王翁吉带兵镇压，反被义军击败。

元王朝闻此惊恐万状，寝食不安。忽必烈三次召集大臣议讨镇压义军，调集数十万之众，聚集金华府，与义军在东阳大战。面对数倍于我之敌，杨镇龙沉着指挥，他的两个儿子杨靖、杨竦亦骁勇抗敌。但由于敌众我寡力量悬殊，义军退至新昌县，凭借着崇山峻岭的复杂地形与元军展开英勇战斗。元王朝又启用名将史弼为元帅，抽调各路精兵，渡过钱塘江直扑杨镇龙西路大军。东阳地主武装王道恩部，助纣为虐，为虎作伥，趁机夹击西路军。义军处于腹背受敌之势，战斗十分惨烈。连日鏖战，起义军终因寡不敌众，节节败退，各县城相继失守。杨镇龙为保存义军剩余实力，旋即率领队伍退回家乡二十七都，准备依靠家乡一带之有利地形，又得到老百姓的支持，隐于深山丛林之中，神出鬼没打击元军。

狠毒的史弼竟采用了“纵火焚杀”的残忍手段，四面点火焚烧，元军趁机四围攻打，致使义军最后失败。在此情况下，大批无法藏身的军士惨遭杀害，义军首领多遭全家诛杀，无辜乡民惨遭屠杀者不计其数，血流成河，房舍被烧，所有财物洗劫一空。

义军失利后，杨镇龙之子杨靖、杨竦和部分大兴国军凭借着崇山峻岭和茂密的森林，仍然坚持与元军斗争。

孔子说：“见义不为，无勇也。”意思是说遇到应该挺身而出的事情却不敢出面，就是懦弱。孔子认为见义勇为才是人生最高尚的精神品质之一。面对元朝统治者惨无人道的残酷统治，杨镇龙挺身而出，高举义旗，创建大兴国，抗击暴行，给元朝统治者以当头一棒，充分显示了中原人民不可侮辱的精神品格和不屈不挠的斗志决心，杨镇龙义勇抗元的事迹至今仍在东阳各地广为流传，其不畏强暴、敢于反抗民族压迫的大无畏精神和崇高品格，是留给后世的无价之宝。

68. 曹天骏义勇抗元

曹天骏，磐安冷水乡白岩人，抗元义士。

曹天骏生性刚毅，读书只求懂得立身的大道理，不寻章摘句。长大后文武才略，曾对弟弟说：“我们的先辈虽然是由读书而入仕做官的，但现在异族入侵，形势如此危险，我们应该学习行军打仗的本领，这样也许才能抵御敌人入侵从而报效国家。”于是他更加潜心学习武艺。

咸淳末年，元兵侵逼江南。沿江防守的营堡，天天传来投降的消息，曹天骏于是散家资招募义勇，以此来保卫乡里。曹天骏父亲曹琼原先与缙云人、代理户部尚书的潜说友关系不错，到了这敌人大兵压境的时候，就叫曹天骏去找他，希望他能够一起抵抗，并且告诉天骏说：“做人臣的困难并不是在战场上为国牺牲，而是难在怎么保卫社稷江山”。曹天骏向潜尚书转述了父亲的想法，陈述了组织抗元的意思，言辞恳切，但潜说友闻言而色变。曹天骏于是归来告诉父亲说：“我看潜公的思想，就像是那些讳疾忌医的人，我看联合抵抗的事情不行了。我家世世代代蒙受国恩,应当努力谋划勤王之举。现在敌人迫进,可是权奸掌握国家政权,抗元的时机屡屡失去,忠义难以两立,怎么办呢?”曹琼愤怒地说:“我们世世代代蒙受国恩,难道可以忘记,不去为国尽忠吗?”

当时宋广王由海路抵达台州,曹天骏派弟天骥率领义兵先行,在婺州、台州的交通要道构建营垒,曹天骏又招募了四万士兵,进驻临海白水洋。元军被阻击,宋广王得以进入福建。曹天骏对天骥说:“台州、温州是护卫福建、两广的屏障,不可丢失,应当尽力守住以等待各路勤王之师的到来,并力图恢复中原。”景炎元年(1276)十一月,元将张弘范率大队人马杀到,被天骏兄弟挫其前锋。曹天骏依靠险要的地势坚守,相持月余,互有胜负,但元军的援兵一天天增多,而义军则援绝粮尽,形势严峻。元兵包围义军营寨急攻,曹天骏兄弟出战数十回合,天骥阵亡,元军气焰更加嚣张。曹天骏收拾整顿残余的士兵,并在多处布置疑兵,他对义兵说:“敌胜必骄,当乘机再战,敌必败。”又出兵大战,元军果然后退。曹天骏又对义兵说:“这样的战法不能够有第二次,我们应该借机撤退。”于是从芦苇丛中间撤退而归。

曹天骏回乡后,再与乡里人立寨栅自守。元军攻向温州,不久缙云、永康各县都失守。元朝左丞史弼仰慕曹天骏忠义爱国,派遣使者来招降曹天骏,并且说:“你们对宋朝已经竭尽自己的忠心了,宋朝的心事大家都已清楚了,现在天命已经归元,你们还要干什么呢,最好早早归顺。”曹天骏毅然拒绝。不久,史弼在处州召见天骏,授予天骏总管的职务,曹天骏不接受,再授永康县尹,曹天骏坚决拒绝:“我弟弟死了、父亲老了,我身体不好,官位绝不是我想要的。”词语恳切,史弼听了很感动,于是成全了他的志向。

荀子说:“义之所在,不倾于权,不顾其利。”对于道义,不能因为权势而动摇,不能因为私利而有所顾忌。曹天骏在元军大兵压境、形势岌岌可危的情况下,高举抗元义旗,奋勇杀敌,保护家乡,捍卫社稷江山,可谓义勇双全。即便牺牲了、战斗失利了、敌人用官位来诱惑,也仍然坚定信念、不改初衷,以一种与占领者拒不合作的姿态,以另外的方式来孝敬父亲、保护乡民,称得上大忠大义!

69. 郑义门百犬同槽

元朝末年，朱元璋定鼎金陵后，有志削平群雄，一统天下，欲将浙东数郡先入版图，遂率军亲征，攻下婺州，作为根据。

一日，朱元璋问大将胡大海道："婺之浦江，有一个大户人家叫郑义门，你可曾听说过？"胡大海不知朱元璋所问何意，忙答道："我曾经听说过，这是一个孝义之家，累世同居，曾受朝廷多次旌表。"朱元璋点头道："对，这郑义门九世同居，孝义名满天下，已载入史册。但耳听是虚，眼见为实，郑义门离此处不远，我想顺便去考察一下。"胡大海见朱元璋说得郑重，极为赞成。于是，两人乔装打扮一番，骑马翻越太阳岭，一路跋山涉水，直奔浦江而来。

朱元璋和胡大海到了浦江，找到郑义门。家长郑铉忙请入中堂，端上茶点款待。朱元璋一路行来，见郑义门男耕女织，安居乐业，街市昌繁，一派富裕兴旺景象，且一门上下，长幼有序，内外有别，雍雍熙熙，早已暗暗叹服。喝茶闲聊之际，又听郑铉、宋濂等谈起郑氏同居之事和孝义故事，又不免信疑参半，意欲试探一番，见桌上的盘子里摆着桃李等果品，不由得计上心来，便从行囊中拿出两个梨子，摆在桌子上，对郑铉道："郑先生，我听说你们家族九世同居，一门尚义，一家人和睦如初，十分感佩，特赐给你们梨子两个，务必请你们一家人人都能吃到这个梨子，我要亲眼看看。"

两个小小梨子竟要全家二千余人都能吃到，这可是一个大难题。郑铉情知这是朱元璋有意试探，略一思索，含笑把梨子交给一个家人，低声交代了一番。家人点头答应，捧着朱元璋赐的梨子出厅而去。

郑铉和宋濂继续陪着朱元璋、胡大海在厅上说了一会话，已是夕阳西下，暮色降临，忽听得钟声当当敲响。郑铉站起身来，笑着请朱元璋和胡大海出门看家众尝梨。朱元璋和胡大海惊疑不定地跟着郑铉出了厅堂，沿白麟溪来到同心堂，远远就望见郑氏一门男女老少每个人手里端着碗在门口正喝得津津有味。朱元璋大为疑诧，和胡大海走过去一看，不由得瞠目结舌，半晌说不出话来。原来，郑铉吩咐家人把朱元璋赐给的梨子捣碎了，放进水里用大锅煮成梨汤，然后在会膳时敲响大钟，召集全族男女老少一齐分尝梨汤。朱元璋看了不禁大为感动，也深服郑铉聪明绝顶，才智过人，由衷地赞叹了几句。

朱元璋辞别郑铉和宋濂正准备离开，却见门口三五成群地围着许多狗，一个中年妇人挑着一担狗食走了过来，忙问：“大嫂，这里怎么有这么多狗呀？”妇人放下担子，答道：“我们家有犬百只，共食一槽。”说着，妇人把食料倒进一个大槽中，然后呼叫了一声。那些狗听到呼声，纷纷跑到狗槽边，却只嗅了嗅，一齐在槽边蹲下。朱元璋不解其意，惊愕地问道：“大嫂，狗的秉性，见食就争就抢，你们家的狗为什么光嗅不吃呢？难道是你挑来的狗食它们不要吃？”妇人笑道：“客官有所不知，它们是在等一只跛脚的老母狗呢。非得等它到了才一起吃，餐餐如此，它不到这些狗谁也不肯先吃。”朱元璋和胡大海惊得面面相觑，脸上一副不可思议之色。正在惊疑，忽听得妇人说声“喏，那只狗来了！”，两人连忙抬眼望去，果见一只跛脚老母狗一瘸一瘸，蹒蹒跚跚跑来。只见老母狗跑到槽边，环顾了一下其他狗，轻轻地吠了一声，低头吃起食来，其他的狗才一跃而起，涌向槽边，一齐吃起来。朱元璋感叹道：“郑义门人敦孝义，连狗也受其家风影响，深懂孝义之道，实在难得啊！”

郑义门孝义传家，人敦孝义，连狗也受其家风影响：主人喂食，一只跛脚老母狗没到，其他九十九只狗就义不先食。这虽然是一个美丽而神奇的传说故事，但它和《颜乌孝义感天》的乌鸦衔土葬人的故事一样，体现了八婺大地崇信尚义之风无所不在，无所不及，这是古代金华百姓对义行、义举的期许和礼赞。

70. 王袆忠义报国

王袆，字子充，义乌人，明朝名臣。

王袆从小便十分聪慧，拜本地著名的柳贯、黄溍为师，以善于文章而闻名。他目睹元朝政治衰敝，上书七八千言给宰相，却没有结果，便隐居青岩山，著书立说，声名日盛。朱元璋率部攻取婺州，王袆应召，朱元璋高兴地说：“江南有二儒，卿与宋濂耳。学问之博，卿不如濂。才思之雄，濂不如卿。”

洪武五年正月，王袆奉诏书往云南诏谕梁王归顺明朝。王袆到云南后诏谕梁王，尽快奉上户籍册和地图给朝廷方面掌管，不然天子很快就将讨伐过来。梁王不听从，并把他安置在偏室内居住。几天后，王祎又诏谕说：“朝廷考虑到云南百万生灵，不忍荼毒于锋刃。如果你凭借艰险路远，抵抗大明皇帝的命令，天朝骁勇的将领率领装备精良的士兵，和你在昆明会战，到时你后悔都来不及。”梁王被吓服了，随即将他改为正馆居住。当时正逢元朝派遣脱脱征军饷。脱脱威胁梁王，一定要杀掉王祎。梁王迫不得已交出王祎，脱脱想让王祎屈服于他，王祎怒叱道：“上天不久要完结你元朝的命，我朝实际上是来取代你元朝的。你小小的火把余烬，竟敢和日月争夺光辉！何况你我都是使臣，我怎么能屈服于你！”有人劝脱脱说：“王先生久负盛名，不能杀。”脱脱手一摆说道：“今天就是孔圣人，也没有情面可讲。”王祎回头说道：“你杀了我，朝廷大军就将到来，你的祸患不久就要接踵到来。”王祎被杀害了，遇害那天是十二月二十四日。梁王派人去祭奠，收集他所有的衣物入殓。建文年间，朝廷追赠王祎翰林学士，谥文节。正统年间又改谥忠文。成化年间，下令建立祠堂祭祀他。

《左传》云：“君子动则思礼，行则思义，不为利回，不为义疚。”真正的君子，一行动就想到道义，绝不会去做不符合道义而感到负疚的事。金华先贤王祎为了明朝的江山社稷，不辞辛苦，不怕危险，千里跋涉到边陲云南招谕元朝旧部。为统一大明，对边陲势力，恩威并施。对元朝敌人，他大义凛然，舍身献义，可谓忠义两全。

71. 陆震刚直取义

陆震，字汝亨，号鹤山，兰溪后陆村人，明朝官员。

正德三年进士，任泰和知县。当时太监刘瑾专权，气焰熏天。他手下的党羽诬陷泰和老百姓欠盐税，借机横征暴敛。陆震不避风险，在上司面前极力为老百姓争辩，使苛捐杂税得以免除。他又新建学舍，重视教育。建立粮仓，储存稻谷，以备灾荒。朝廷发兵镇压永丰、新淦民众暴动，官兵沿途骚扰百姓，陆震向总督请求，准许由县府供应粮秣，不许官兵私自勒索，老百姓十分感恩戴德。陆震离任后，为他立生祠。陆震调到京城任兵部主事，主管诸司章奏，意见与朝中宦官多有不合，改任巡检紫荆诸关。

陆震任京官时，明武宗朱厚照荒淫无道，对一切政务都没有兴趣，却十分喜欢射箭、骑狩与曲乐。他对一些年少英俊的官吏非常宠幸，一次就在宫中封了 120 个青年作为他的“义子”，并赐姓朱。武宗还爱和宫廷中的小太监在一起玩，流连忘返。他最宠幸的男子有江彬、钱宁等。武宗常常以太监钱宁的身体为枕，朝臣如果见不到皇帝，就以钱宁的行踪来判断皇帝的行踪。武宗先是在宫中模仿街市的样子建了许多店铺，让太监扮作老板、百姓，武宗则扮作富商，在其中取乐。后来又觉得不过瘾，于是又模仿妓院，让许多宫女扮作粉头，武宗挨家进去听曲、淫乐，后宫被搞得乌烟瘴气。武宗的宠臣江彬逐渐垄断了朝政大权，江彬经常诱导武宗郊游，爱好游玩的武宗自然乐此不疲。陆震就上疏劝谏，被严厉谴责，幸亏得到大臣营救才获免处罚，但陆震不改刚直的性格，

正德十四年正月，在外游玩了一年的武宗返回北京。由于此行数千里，随行的各路官员大多累病倒了，可武宗毫无倦意，游玩的兴致依旧不减。刚休息了没几天，武宗便在江彬的劝诱下，又想南巡。而当时，明中央政府的税赋主要就靠东南这几个省区，武宗“南巡”无疑会劳民伤财。朝廷内外议论纷纷，朝臣们发动了一场反对武宗南巡的运动。陆震说：“事急矣，既不能去，又不能言，何以官为?”于是与同官兵部侍郎黄巩先后上疏力谏停止南巡，请杀了江彬以谢天下，言辞激烈。武宗称病不上朝，士大夫们又到宫前跪下请求武宗收回成命。武宗和“南巡”的总策划江彬大怒：这些人真是无法无天了！下令将陆震、黄巩等六人逮捕入狱，翰林修撰舒芬等 107 人被罚跪在午门外 5 日，并各杖三十，降级调外用，陆震等各杖五十，贬为庶民。一时间棍棒齐下，血肉横飞，有十一人被杖致死。陆震被刑杖，伤势十分严重。临终前写书信给他的孩子们说：“吾虽死，汝等当勉为忠孝。吾笔乱，神不乱也。”对于家事无一言，遂死。

荀子说：“禽兽有知而无义，人有气、有生、有知，亦且有义，故最为天下贵也。”陆震在东厂、西厂和锦衣卫特务横行的明朝，在皇帝昏聩、佞臣当道的黑暗政治之中，在尔虞我诈、结党营私的虚伪官场，敢于直言力辩为民争

利，冒死力谏皇上节制游乐勤于政事，甚至在羞辱与虐杀面前，仍然秉持刚直正义的节操，用他的生命书写了大写的“人”字！

72. 王鈇“海天一柱”

王鈇，字德威，号苍野，东阳画水画溪村人，明嘉靖庚戌进士，常熟知县，后战死沙场。

王鈇生活在明朝中后期，当时国势衰微、边备废弛，日本倭寇勾结中国内地的不法商人，不断侵扰中国的东南沿海地区，烧杀抢掠，无所不为，给中国百姓带来深重的灾难，严重威胁着中国社会的安定。

满怀安邦定国大志的王鈇，从小就渴望成为一个能够驰骋疆场的英武之才。他在深研四书五经的同时，还学习军事技能，“兼畅武备”，并充分利用自己生活在京城的有利条件，交游四方豪杰志士，为以后经世济时大展宏图奠定良好的社会、军事基础。

1552 年，由科举入仕的王鈇，来到了屡受倭寇侵袭的江苏常熟，担当起地方抗倭的重职。在了解地方民情后，为了有效对付倭寇的骚扰，王鈇采取了一系列切实可行的措施：赦免一些作奸犯科的地方豪强，让他们充当民间抗倭组织的首领之职，并告诫他们并不是罪不当刑，而是希望他们能在抗击倭寇的斗争中有所表现，以功赎罪，争取、发动更多的抗倭力量。王鈇组织地方抗倭力量耆民兵，挑选部分英勇善战之人担任耆长，日夜训练，自己亲自教授兵法，购买倭寇弩刀，仿制生产，熔化寺庙里的金属器，打造兵器军械，增加耆民兵的作战能力。在 1553 年倭寇攻打常熟的战斗中，用自制的奇弩射杀倭寇，击退倭寇的进攻。常熟原来无城防，王鈇积极筹措资金，率士卒用三个月的时间，构筑常熟城墙，并在城墙没有完全构筑成的情况下，亲自戴着笠帽，穿着蓑衣，操戈骑马，率领地方军民打退倭寇的进犯。在 1554 年的福山战役中，击退倭寇，并亲自带兵追击，取得了斩首倭寇五千多人、擒获俘虏七人、溺死倭寇无数的重大胜利，王鈇也被誉为“海天一柱”，成为地方抗倭的代表性人物。

1555年，已经任职期满的王鈇，因为其抗倭的杰出业绩，被继续留任。5月，倭寇在进攻苏州、掠夺了大量金银财富后，试图从常熟附近入海回其老巢。得知这一情报后，王鈇勃然大怒，拔剑而起，称倭寇“乃敢犯吾地耶，吾不能坐令扬扬去”，急忙召集耆长等人，商量抗倭事宜。尽管当时谍报人员告诉王鈇，这股倭寇的势焰十分嚣张，应该适当回避一下其锋芒，但杀贼心切的王鈇“发指怒叱曰：‘蠢夷不轨，可无一矢加遗哉’。”王鈇认为倭寇不擅长水战，自己可以发挥水战的优势，乘倭寇疲惫之机，一举歼灭之。当时在家乡休养、擅长射箭的江西参政钱泮，痛恨倭寇烧了其父的灵柩，也十分赞同王鈇追击倭寇的主张，所以王鈇与钱泮两人作为先锋，先乘坐十几只小船，率军追击倭寇。倭寇得知王鈇追击的消息后，弃船登陆，在河汊狭窄处埋伏，夹击王鈇，由于只有耆长数人跟从，最终都力战死。王鈇深陷芦苇荡的淤泥中，瞋目大呼，腹中刃死。临死前，王鈇嘱咐部下，将自己军队使用的武器沉到湖底，不要让它成为资助倭寇的侵略工具。钱泮也中了数枪，杀死三个倭寇而阵亡。皇帝下诏立祠死所，岁时奉祀。当地居民挽留其弟和长子落户常熟。

墨子有言：“义，志以天下为芬。”义，就是立志把天下之事作为自己分内的事。王鈇以安邦定国为己任，面对倭寇入侵，为了祖国领土统一和百姓的安宁，他一身正义，不俱生死，主动请缨抗倭，依靠民众的力量，屡创敌寇，战果辉煌，最后血洒沙场，浩气贯天，真不愧是顶天立地的伟丈夫。

73. 戚家军义勇卫国

戚家军是明朝一支著名的军队，因抗倭名将戚继光而得名，嘉靖三十八年成军于浙江义乌，总兵力四千人，主力是义乌、东阳的农民和矿工。戚家军赖以成名的是严明的军纪，职业化的训练水平，东亚最先进的装备，百战百胜的战绩和十余万的斩级记录，被誉为“16—17世纪东亚最强军队”。

戚家军自成军起，大小数百战未尝败绩。

1561年台州之役，倭寇大举进攻桃渚、圻头等地，戚家军扼守桃渚，于龙山大破倭寇，并一路追杀至雁门岭。后倭寇乘虚袭击台州，戚继光一马当先手刃倭寇首领，余党走投无路，全部坠江淹死。而圻头倭寇竟又来侵犯台州，戚家军于仙居将其全歼。

1562年，倭寇进犯福建，并联合福宁、连江等地的倭寇，先后攻陷寿宁、政和、宁德等地。倭寇声势浩大，当地官军不敢进攻，胡宗宪传令让戚家军剿贼。戚家军先进攻横屿，横屿四面水路险隘不易通行，横屿之战是一场精彩的步炮协同作战，先以火炮击沉倭寇战船并轰击倭寇大营，再以突击队强行登陆，将士们每人手持一束稻草，填壕而进，突破倭寇本阵，斩杀倭寇头领，大破横屿倭寇，斩首两千二百余级。而后，戚家军乘胜追击，端了倭寇巢穴。经过几番战斗，闽广一带的倭寇几乎被戚家军杀光。

1563年，倭寇占据平海卫。四月，戚家军为先锋，一举攻破平海卫，斩首两千余级，戚继光等率兵追击，倭寇道路不通，又被斩杀三千多人。1564年二月，倭寇余党纠合一万多人围攻仙游。戚家军前往解围，斩首百余级，倭寇败走，占据漳浦蔡丕岭。戚继光分五哨将士攀岩而上，与倭寇短兵相接，连俘带杀一百多人。剩下的倭寇劫掠渔船逃到海上，而后侵扰福宁，戚继光率领李超等前往将其击败，又乘胜追至永宁，杀死三百多人。

同年，潮州倭寇聚众二万，与海盗吴平互为犄角之势劫掠潮州。戚家军前往围剿，吴平得知后放弃之前据守的梅岭，集合大船一百多艘，逃入南澳，并修筑大寨防御。

1565年，俞大猷率领水军，戚继光率领步兵，二人合力围剿吴平，吴平破败，孤身逃往海上。

1567年，戚继光及戚家军三千人调往京师，督阵蓟辽，戚家军火枪队改步兵为骑兵，成为中国第一支火枪骑兵队。隆庆二年，朵颜部酋长董狐狸率蒙古铁骑三万入侵，戚继光令以车营抵挡，自己率八千铳骑突袭董狐狸牙帐，大破朵颜三万铁骑，俘董狐狸侄子长昂，董狐狸仅以身免，逼董狐狸扣关请罪。万历三年，戚继光又率火枪骑兵队出塞，一口气打垮五万蒙古骑兵。

自嘉靖三十八年戚家军成军，到万历十一年戚继光去职，戚家军击败的敌军总数超过十五万余。戚家军在东南沿海抗击倭寇十余年，扫平了多年为虐沿海的倭患，确保了沿海人民的生命财产安全。后又在北方抗击蒙古部族内犯十余年，保卫了北部疆域的安全，促进了蒙汉民族的和平发展，一直被后世所称颂。

戚继光及其率领的戚家军，以对国家之忠、对民族之义，南平倭寇，北击鞑虏，戍边卫国，靖士安民，“戚家军”令敌人闻风丧胆，立下了赫赫战功，至今，长城脚下仍埋有他们的忠骨。诚如《明神宗实录》所称颂的“血战歼倭，勋垂闽浙，壮猷御虏，望著幽燕。”戚继光与戚家军的英名与英雄事迹，永垂青史！

74. 陶德义举义抗暴

陶德义，亦称得义、得二，武义县陶村人，矿工出身。

明正统年间，丽水县宣慈乡砻坑（今武义县西联乡）银矿产量下降，上缴课税却一加再加，工人们不堪官府的压迫与盘剥，推陈鉴湖为首，陶德义为辅，响应由福建进军江西、浙江的叶宗留、邓茂七两支农民起义军，发动矿工起义。陈鉴湖、陶德义建立政权，国号“太平”，年号“泰定”。队伍扩展到数万人，先后攻占金华、丽水、温州各州县城十多处，威震闽、浙，惊动朝廷，明廷先后多次派兵镇压，斗争持续五年之久。

正统十三年十月，陶德义、杨希八率义军夜袭武义县城获胜，继攻遂昌县城。正统十四年正月二十五，陶德义率义军数千突击破桥峡（今属丽水市），斩分守参议耿定、兵备佥事王晟，明军败退。义军攻打处州府城，御史李俊、知府张佑急向朝廷请兵，朝廷命都指挥徐公恭为总兵，发兵数千守城。义军攻城不下，损耗很大，浙江巡抚张骥乘机派人入义军招抚，陈鉴湖被诱降，解京被杀，陶德义拒降，杀使者，引义军入山，继续抗击明军。

是年六月二十九日，陶德义结集部将徐浩八、富隆鸠、王孟友义军二万余人，再次围攻处州府城，分屯六门，造吕公车，高三丈、宽丈余，其形为柜，内装云梯，匿义军若干，推至城下，攀梯登城攻打城门。李俊急命取城内所有盛油笼，充以柴薪掷烧吕公车。义军攻城不克退至校场，明军出动八千兵马分三路夹攻，义军死伤惨重。都指挥脱纲统领骑兵追杀义军至破桥峡，陶德义设伏兵奇击，脱纲被杀，骑兵大败。

陶德义再次率军攻占遂昌县城，杀指挥弓礼、县丞张智，焚官署，纵狱囚。数万农民纷纷投从义军，军威大震。时叶宗留、邓茂七先后战死，闽、赣起义失败。朝廷命都御史张楷移军浙江，水陆并进，会合兰溪、金华官兵，驻军桐山寺。景泰元年(1450年)二月，陶德义率义军万余出山索战，攻其中军，张楷令骑兵以强弓射之。义军持枪猛击，明军以竹笆为盾，枪入笆，急不得出，义军被俘被杀七百余人。陶德义引军退回宣慈，被楷军重重围困。义军为保存实力，名义出降，实图再起。

是年五月张楷回京，陶德义乘机重整旗鼓，出庆元、攻青田，五月十七日攻陷武义县城，击毙佥事陶成，继而攻打永康，失利退回破桥峡，坚栅自守。时兵部侍郎孙原贞督军浙江，调集大军，分三路围攻破桥峡。破桥峡失守，义军死伤惨重，唯陶德义、祝岳二两人突围，往东渠山中与据守东岩的义军陈先才等部会合。明军攻打东岩十八天，义军英勇死战，终于寨破人亡。陶德义夜往南湖欲见杨芳伯，遇兵被捕，解京英勇就义。

后人为纪念陶德义，在陶村大殿为他塑像祭祀。

陆贾有言："君子笃于义而薄于利。"陶德义一介矿工，面对官府的压迫与盘剥，面对矿工兄弟的不堪重负，揭竿而起，率领工友起义，建立政权，定国号"太平"，显示了一种别样的道义担当。他攻城略地，杀贪官，除豪强，拒绝官府利诱，带领工人、农民坚持与封建官府斗争达五年之久，最后虽然起义失败，英勇就义，但陶德义的起义抗争，迫使明王朝从此减轻了宣慈砻坑银矿课税，陶德义虽死犹荣！

75. 吴则、郑义礼义救乡亲

吴则，字宗法，号雪轩，明代宣慈乡吴上圩村(今属武义县柳城畲族镇)人。

明景泰元年，吴则任鲍村(今柳城镇)巡检，当时兵部侍郎孙原贞带兵镇压陶德义领导的宣慈矿工起义，吴则因聪颖有谋略，被孙原贞招致幕下，为其出谋划策。陶德义兵败遇难，起义队伍与避难民众万余人避难到榅梓山、三岩两地，孙原贞率兵进剿，准备把他们全部杀掉。得到消息后，吴则竭力请求道："现在陶德义已除，他的部下也已经归服朝廷，大人又怎么忍心杀了他们，何况还要滥及无辜百姓？"经吴则再三请求，孙原贞放弃了围剿，数以万计的乡民才得以免遭杀头之祸。

后来，吴则转任华亭县主簿。任职期间以明察善断著称。他督查粮道，为百姓陈述情状，减运粮食达万石。调任上海县知县，清理欠租 18000 石，设法赈济饥民 8000 余户。时值水溢成灾，复上陈灾情，免除租谷 6000 余石。晚年退居家乡，教子读书，他的儿子吴仕伟是宣平建县后的第一个进士，赠封为征仕郎、礼部都给事。

郑义礼，明代鲍村曹门人，贡生。宣慈矿工暴动爆发后，郑义礼也投于孙原贞幕下，参与商议军机。《宣平县志》说他"与议军事，务求活人。"景泰三年(1452 年)，矿工暴动被镇压后，孙原贞计划在宣慈乡置军守御，以防暴动再起。郑义礼根据家乡的风俗民情的特点，认为应当立县治理才行，于是劝谏孙原贞："如果照你讲的做，又要生一寇了。不如立县治之。"孙原贞听从郑义礼的劝谏，上奏朝廷以宣慈等乡远离丽水县治为由，析丽水的宣慈、应和两乡及懿德乡北部置宣平县，以鲍村为县治。

陆九渊曾说："君子义以为质，得义则重，失义则轻。"意思是说君子的本质在于道义，遵从道义会受到别人的尊重，丧失道义则被人看轻。吴则与郑义礼虽官职卑微，但两人都能见义而为，吴则在上司面前再三请求，屠刀下救出上万父老乡亲，郑义礼"与议军事，务求活人"，并打消了上司在鲍村"置军守御"的初衷，大胆建议设立县治，给家乡父老以安宁。他们两人遵循道义，受到了当地百姓的永世景仰。

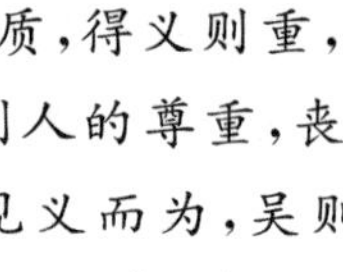

76. 金华人感动徐霞客

379 年前，明朝著名旅行家、地理学家、文学家徐霞客，以一位普通游客的身份千里跋涉来到金华，所到之处得到了当地人的热心相助。金华人的信义和热情，在徐霞客心中留下了深刻而美好的印象。

1636年农历十月初八的夜晚，徐霞客从兰溪乘船到达金华码头。他上岸的第一件事，就想马上找一家旅店住下来，以解旅途的疲劳。可是，他找遍码头附近的旅店，不是客满，就是因夜深而关门谢客。正当徐霞客为找不到旅店而发愁的时候，凑巧遇上了准备乘月色赶回乡下的高桥埠人王敬川。王敬川得知徐霞客“无投宿处”的情况后，就热心帮他寻找旅店。后来，好不容易在兰溪门外找到一家旅店，王敬川也干脆陪同客人一起住了下来。

为尽地主之谊，第二天早上，王敬川便早早起床，带领徐霞客从兰溪门进城，陪他考察了县前街、苏坊岭的城市风情，然后在苏坊岭选了一家徽州商人开的面馆，与徐霞客共进早餐。王敬川陪徐霞客品尝了金华特色面条，游览了金华闹市街区，就原路返回兰溪门外，与准备上北山的徐霞客道别。徐霞客在游记中写道，“王犹依依，久之乃别”。这个重情、重义的王敬川让徐霞客感动不已。

徐霞客告别王敬川后，向金华山行进。当他路过清景庵时，庵僧道修便主动向徐霞客打招呼，还搬来凳子请他休息喝茶。此时正是中午，当庵僧道修得知客人还没有吃中饭，就请徐霞客在庵中吃了便饭，之后就引导他“由北坞登杨家山”。

徐霞客上了杨家山，过鹿田寺，再过“山桥”，到达了北山著名景点之一的斗鸡岩。在这里，他遇见了家住斗鸡岩上的赵樵。赵樵向徐霞客介绍了北山的风土人情和历史典故，同时还推荐他到“石棋盘”去游览。

午后，徐霞客从斗鸡岩“攀缘而上”。他走了一程后，只听到后面有人在叫喊。回头一看，正是那位赵樵在拼命向他打招呼。原来，徐霞客在一个岔口走错了路，本来应该往东走的他，却往西去了。赵樵发现后，连忙边追边喊，示意他赶快返回岔口，改走往东的小路。还好赵樵及时关注和提醒，不然徐霞客还要走许多冤枉路。

徐霞客游览“石棋盘”后，继续“溯流再跻”，在“夕阳已坠”时，登上了“万山之巅”的北山顶。这时展现在徐霞客眼帘的是“万籁尽收，一碧如洗”的北山美景，于是他触景生情发出“回念下界碌碌，谁复知此清光……虽山精怪兽群而狎我，也不足畏惧……与太虚同游也耶”的感叹。当他观赏完美景原路返回斗鸡岩时，已经很晚了。赵樵听到徐霞客下山的声音，马上“启户而出”，将他引导到回鹿田寺的路上后，才放心地返回到自己的屋内。

与此同时，鹿田寺里的瑞峰和从闻两个僧人，因夜幕中迟迟看不到徐霞客回寺的踪影，还以为他发生了意外，十分着急，他们便分头在各个岔路口拼命呼喊寻找。徐霞客在日记里特别写道：“僧瑞峰、从闻以余辈久不至，分路遥呼，声震山谷。”这让徐霞客很是感动。

徐霞客的金华山之行，鹿田寺的僧人瑞峰还真没有少操心。

那天，鸡刚打鸣，瑞峰就赶紧起床，为即将去考察北山“三洞”的徐霞客准备了足够的火把。吃完早饭后，他就领着徐霞客迎着曙光上路了。瑞峰带徐霞客上游朝真洞，中游冰壶洞，下游双龙洞，每到一处他总是高举火把在前，从闻紧跟徐霞客在后，时刻为徐霞客保驾护航。

为让徐霞客能进入双龙洞内游览，瑞峰专门向家住洞口的潘姥借了一个浴盆。潘姥也是一个乐于助人的爽快人，她得知瑞峰的来意后，不仅满口答应，而且还热情地倒水泡茶，并拿出果品等款待远道而来的徐霞客。

徐霞客借用潘姥家的浴盆，顺利地进入了双龙洞内，徐霞客终于与千古神奇的双龙洞有了亲密接触的机会。当他考察完双龙洞已是中午时分，这时他看到潘姥早已等候在洞口。原来，潘姥已经专门为徐霞客准备好了午饭，徐霞客被潘姥的热情而深深地感动。告别潘姥时，他特意拿出一把精致的“杭伞”送给潘姥，以表感谢之情。

如果说，徐霞客在金华观赏到了北山神奇的自然风景，那么，在金华人身上他更领略到了淳朴的讲信重义的人文风情。在如今看来，这种讲信重义的人文风情既是金华美好人文生态在乡间的自然传承，也是金华人文精神在民间的自然展现，这种人文之美完全可以与金华自然风光相媲美，因为，它映射出了千古金华的信义光芒。

77. 张鸣鹏施米救灾民

张鸣鹏，别号心泉，米行商人，明末金华义士。

张鸣鹏祖籍东阳，先祖张观光娶金华城区潘氏为妻，于是迁居婺城。张鸣鹏继承父业，在婺江边的通远门外小码头地段开办隆兴米行，公平交易，信誉和口碑属古城商业界翘楚，生意兴隆。

明崇祯十三年，金华、衢州等地大旱，作物颗粒无收，乡民多食观音土为生。张鸣鹏和父亲一起，不辞辛劳从杭嘉湖等产粮区购得几船大米运回金华，除大部分留在隆兴米行内销售之外，剩下的500石大米准备从水路运往灾区衢州销售。

八月初一清晨，张鸣鹏听从父亲吩咐，将500石大米分装两船，从婺江小码头起运，进入衢江后径直运送至衢州码头。张鸣鹏的运米船还没有到达衢州埠头，就远远地看到衢州埠头岸上灾民横七竖八地倒在地上，惨状目不忍睹。

张鸣鹏的米船靠岸后，灾民们盯着船中一袋袋大米，如同久旱逢甘霖，但想到自己口袋中空空时，又满脸苦楚地低下了头。

张鸣鹏被眼前的一幕深深地触动了。他想人情若此，拥米居奇抛售又有何益？何不将船中500石大米分施给他们以活命，也是善事一桩。想到这里，他毅然决然地大声地对岸上的饥民说：“我不忍心看着大家无米下锅而饿死街头、岸边。请大家安静，依次到我船上来取米，我分文不收！”张鸣鹏话音刚落地，岸边的饥民立时躁动起来，争先恐后地排起长长的队伍，依次上船领取大米。领到大米的饥民喜笑颜开，夸奖张鸣鹏是大善人。

不到两个时辰，两条船中500石白花花的大米分送一空。当张鸣鹏他们掉转船头准备返回金华时，衢州埠头岸上数千饥民焚香跪拜，个个泪如雨注，泣不成声。张鸣鹏见此景，也情不自禁地流下两行热泪，对灾民们深情地说：“大家赶快回去吧，天无绝人之路，等旱情过去了，大家的日子会好起来的。”

张鸣鹏回家后，将500石大米布施于饥民的事如实告诉父亲张枢。张枢听了张鸣鹏述诉后，直夸自己的儿子做得对，做得好，说家风可传，孺子可教也。

八月初二上午，张鸣鹏的隆兴米行外人声鼎沸，鼓乐齐鸣。原来是衢州知府、云南保山人张文达代表衢州灾民向张鸣鹏致谢来了。

仅一街之隔的金华县知县、进士出身的王仕鏻也闻风赶来了，为自己的辖区内有张鸣鹏这样的义士而高兴，夸奖张鸣鹏善举之心可与日月同辉。

金华知府、福建晋江人吴逢翔也马不停蹄地赶到米行，直夸张鸣鹏的信义之举天地可鉴。一时间小码头人山人海，挤得个水泄不通，都说张鸣鹏的义举可表可褒。

衢州知府张文达回到衢州后，即在衢州埠头勒石纪念，石铭曰："金华义士张鸣鹏，衢州施米救灾民。"金华知县王仕鏶和金华知府吴逢翔也分别送上匾额，悬挂在隆兴米行店堂内，上书"孝义传家""儒风遗韵"。自此，隆兴米行生意更加兴隆，张鸣鹏也声名远播。

荀子说："先义而后利者荣。"先义后利，义利相随，这是儒家的利义观。张鸣鹏是一名普普通通的商人，公平交易出货获利可谓天经地义，但他看到饥民嗷嗷待哺的情景，不像大多数商人那样趁机拥米居奇抛售而获暴利，而是毫不犹豫地做出了不收分文义送大米的选择！他施米给灾民的善举之心、信义之举，真正配得上"义士"的称号。

78. 张国维以身殉明

张国维，字玉笥，东阳人，曾任明末江南十府巡抚，后任兵部尚书。清兵入关后，宁死不降，以身殉国。

张国维任广东番禺知县时，正碰上了粤东大饥荒。邻省福建米贩子纷至，并控制了粮价，使粮价飞涨。广东巡抚陈保泰是福建人，包庇不禁。数万粤人聚集请愿，险些激起民变。张国维上任后，当众宣布《筹荒十二策》，强制降下粮价，终于平息事态。不久，他了解到广州有数万亩沙田，是明初恢复和发展农业时由许多贫民开垦出来的，后被土豪劣绅巧取豪夺，使百姓无以为生。张国维派人翻检旧籍，寻出原始根据，不畏压力，将田全部收回并分还贫农耕种，当地百姓称张国维为"神明父母"。

明崇祯七年，大明朝在风雨中飘摇，李自成与张献忠的农民起义军纵横天下，东北的清朝军队虎视眈眈，对明王朝构成极大的威胁。为稳定以南京为中心的大后方，保证漕运畅通与军需物资供应，崇祯帝任命张国维为右佥都御史兼十府巡抚。这十府是南京、徽州、宁国、池州、太平、安庆、苏州、松江、常州、镇江与广德，是明朝最为富庶的地区，是明王朝的龙兴之地，也是明朝军用物资与兵员的主要供应地。张国维临危受命，驻节苏州。

张国维到苏州，了解到"惟吴泽国，民以田为命，田以水为命，水不利则为害"。他"单舸巡汛"，巡视河道；"单骑驰驱"，巡视农田，抓水利建设。张国维任职六年里，农业丰收，江南百姓生活较为安定。当时山东遭受大旱灾，民不聊生，大米涨到 8 两白银一担，而苏州连年丰收，大米仅 3.5 两白银一担。张国维急国家之所急，以解救饥民为己任，将苏州大米经京杭大运河源源不断地运往山东济宁，加上运费每担只售 4 两白银。在山东，他广开粥厂，救活百姓达百万人之巨。张国维还是一个水利专家，他将治水经验写成并刊刻了一部 70 万字的《吴中水利全书》，为我国古代篇幅最大的水利学巨著。苏州百姓对张国维极为崇敬，为他建了生祠，年年祭拜。至今苏州沧浪亭中仍有他的画像，题词为："抚绥十郡，大度渊涵，疏通水利，泽被东南"。

不久，张国维被擢升为兵部尚书，因在北京带兵作战失利，又遭毁谤，被免职归里，过数月，崇祯帝又下令逮解回京。途经苏州，成千上万群众自发聚集，拦道朝拜，杀牛宰羊，痛哭生祭。后来，苏州士绅还推派代表赴京请愿，山东士民闻讯，也派代表赴京申救。崇祯帝念其治河有功，释放了他，授右佥都御史等职，赶赴江南督练兵、输饷等事。出北京十日，北京被李自成攻破，崇祯皇帝投缳自尽，接着清兵占领北京，大明王朝变成了大清王朝。

在国破家亡之际，张国维没有投降，对清军节节抵抗。1645 年，南京陷落，张国维请朱元璋十四世孙朱以海在绍兴监国，他亲自督兵驻守钱塘江南岸，前后达一年之久。

1646 年 5 月，张国维退守东阳，在东阳的陷坑岭作最后的抵抗。六月廿五，清兵破义乌，清军前锋到达东阳陷坑岭下。张国维知道大势已去，救国无望，决心以死殉国。张国维召来二子问生死态度。长子世凤当即表示决不偷生，次子世鹏应答稍缓，国维即怒以石砚掷击，不中。世鹏哭着回答"从容尽节，慷慨捐躯，儿等甘之如饴，唯祖母年迈八旬……"他召来东阳吴县令，对他说："国维身为明朝大臣，今日以死报国，无奈天气炎热，如尸体腐烂不可辨识，将谓我带兵潜逃他乡，必然贻祸于东阳，因此，特请你来看着我死。"吴县令听后掩面痛哭，不忍心目睹张国维殉难。张国维对仆人说："我是死于王事，这就是礼。还有不少兵马因我而共赴国难，我死后，无以为报，可将我的遗体抬到大门口，写上这样一句话：‘今生无以相报也。’”

廿六午夜，张国维从容布置后事，向母诀别，取来白绢一幅，在白绢上从容写下三首绝命诗，《负国》《念母》《诫儿》，然后在绢尾落款：“大明遗臣张国维绝笔”；又写遗书“忠孝不能两全，身为大臣，谊在必死。汝二人或尽忠，或尽孝，各行其志，毋贻大母忧，使吾抱恨泉下！”题毕，掷笔于地，付遗书于次子，穿戴明朝官服，投园池死，时年 52 岁。

清军骑兵到达，见张国维遗体端坐大厅中堂太师椅上，面色如生，有的叩头拜谢，有的痛哭不已。原来清军中的骑兵多为山东济宁人，当年曾得到张国维在济宁的施粥而得以活命，见到救命恩人后，良心发现，下跪礼拜。他们感恩张国维，东阳没有像扬州、嘉定、金华等地那样惨遭屠城之灾。

清乾隆四十一年（1772 年），乾隆敬重张国维的气节，赠给他的谥号为“忠敏”。

鞠躬尽瘁、至死不渝谓之“忠”，见义勇为、杀身成仁谓之“敏”，能够让敌酋乾隆赠谥号“忠敏”，固然有乾隆皇帝要平定天下、收买百姓特别是汉族人士人心的考虑，但张国维在抗清斗争中所表现的鞠躬尽瘁、至死不渝的“忠”和见义勇为、杀身成仁的“敏”，这样的民族大忠、大义的气节，才是真正让人敬重的根本，哪怕他是死对头。

79. 朱大典满门忠烈

朱大典，字延之，号未孩，金华长山人，明末抗清将领。

朱大典年少时好学，但苦于家境贫寒，无钱入学读书。在伏龙庙附近有一所私塾，是长山徐姓人家所办，朱大典在割草拣柴之余，便常常到私塾边“倚窗听课”，后被塾师及东家发现，他们都被朱大典的好学精神所感动，于是破例收他入学伴读。朱大典得到读书的机会，更加发愤读书，终于考中进士，踏上了仕途。

1646 年 3 月，清兵攻克浙东，兵临浙西，围攻金华。阮大铖驰书招降，奉命镇守金华的朱大典撕碎劝降书并杀招抚使。大典散尽家财，招募乡兵，率军坚守婺城，使清兵攻城近三个月而未得。最后，金华城数门先后被破，朱大典内无粮草，外无援军，退于城中八咏楼，新修的一段城墙因为阮大铖告密而被清兵集中的炮火轰破。在清兵大举杀入子城、将士大部分战死的情况下，朱大典从容召集部将、子孙、宾从及所有存活家眷 32 人，环坐在军事指挥部——金华八咏楼的火药库旁，朱大典亲自点燃导火索，在惊天动地的炮声中以身殉国，谱写了一曲忠于国家、尽于职守的壮丽篇章。城陷后，满兵屠城三日，死者不可胜数。

和朱大典一起殉难的有他的五个儿子和一个孙子。在此之前，他的大孙子朱钰在突围求援途中被杀害，长媳章氏在金华城被攻破前一天，拜别家人首先自缢殉难，妻妾何氏等和次媳陈氏、三媳姜氏、四媳来氏、五媳汪氏在金华城被攻破时，手牵着儿孙投井自尽，连早已出嫁的女儿，在看到金华城滚滚浓烟，听到父亲殉国的消息后，也自缢而死。朱大典全家 22 人，祖孙三代在金华保卫战中全部殉难，满门忠烈，无一生存，可悲、可叹、可感！明代著名学者张岱亲眼看见朱大典“婴城守婺，破家从忠，继之以死”，生发无限感慨。有明史评论：“盖浙东死事之烈，未有如大典者。”

朱大典殉难后，长山村人曾悄悄在他当年栖身过的伏龙庙里为他塑像纪念，并四时香火供奉，以表达村民对朱大典的敬慕和怀念。

康熙年间，朱大典及共同为保卫婺城殉难的严万龄、朱万化、朱万仍、朱钰等被入祀乡贤祠和忠烈祠。乾隆四十二年，清廷赐谥朱大典为“烈愍公”，并在金华通济桥北的双溪驿前，建造了一座高 10 米、四柱的青石牌坊，横额上勒刻“表海崇勋”四个大字。

李百药《北齐书》有言：“大丈夫宁可玉碎，不为瓦全。”在大明王朝土崩瓦解的危难时刻，朱大典为守卫金华城，与清军展开殊死的战斗，直到弹尽粮绝。在生与死的抉择面前，他宁死不降，毅然点燃炸药库与他幸存的官兵和一门家人尽忠殉国，在金华历史上书写下了可歌可泣的壮丽篇章！金华这座城市是多灾多难的城市，曾历经多次屠城，然而，这座古老的城市始终没有倒下，后人们又岂可忘却那些誓死守卫金华城的义士们呢！

80. 郑义门礼义传家

郑义门地处浦江县郑宅镇。郑氏以孝义治家，自南宋至明代中叶 360 余年间，十五世同居共食，时称义门郑氏。历史上，一个家族累世同居被朝廷旌表，可称“义门”，历朝表彰的“义门”中，一般五世、七世就属难能可贵。而郑义门，其合众生活的热闹场景，却足足延续了十五世。“郑义门”屡受朝廷旌表，明洪武十八年太祖朱元璋亲赐封“江南第一家”。

郑氏义门创始人叫郑绮。郑绮生活在一千多年前的北宋年间，一生布衣，终生未仕。郑绮老人自感不久于人世，临终召子孙来到郑家祠堂，告诫子孙并立下遗嘱：“吾子孙有不孝、不悌、不共财聚食者，天实殛罚之”。就是这一声临终前的嘱托，开启了郑氏家族十五世同堂的故事。

郑绮的后人遵循祖宗遗言，以朱熹家礼为蓝本，聘请宋濂制订长达 168 条的传世家训《郑氏规范》。《郑氏规范》对祖宗祭祀、婚姻嫁娶礼仪、家庭管理、家长职权、人员分工、财产分配、妇规、社交和睦邻关系，都做了详细规定，被誉为中国传统家训的重要里程碑。其事载入《宋史》《元史》《明史》。他们黎明即起，钟鸣四下，盥洗八下，全体到祠堂聆听祖训，然后分男女集体进膳。饭后各就所业，种桑织麻，耕读传家，秩序井然，自宋经元、明一直到清，绵延十五代达三百余年，鼎盛时有成员 3300 多人，在人类发展史上绝无仅有。

郑义门一直因道德风貌出色而著称。明洪武十四年，胡惟庸案震动朝野，有人检举郑家与胡有涉。刑部差人来当地拘捕，郑氏兄弟 6 人，竞相入京承罪。最小的弟弟郑湜，力排众议，毅然只身辞亲赴京。长兄郑濂得知后，死活不同意，“我居长，当任罪”，与弟弟抢着要锒铛入狱。事情传到朱元璋耳里，大为感动：“有人如此，岂肯从人为逆？”非但没罪及郑氏，圣旨一到，竟提举郑湜为福建布政司参事。

大概有感于此，朱元璋在闻听当时郑义门已九世同堂，特赐匾“江南第一家”。不久，又送来一块御匾：“孝义家”，至今挂在有序堂正中。下款还有一行小字：“江南风土薄，惟愿子孙贤。”

《郑氏规范》168 条家规，其中第 86、87、88 三条，就是专门针对出仕当官的人规定的。“子孙倘有出仕者，当早夜切切以报国为务，抚恤下民，实如慈母之保赤子，有申理者，哀矜肯恻，务得其情，毋行苟虚。又不可一毫妄取于民，违者天实临之。”殷殷教诲，动之以情，晓之以理。“子孙出仕，有以赃墨闻者，生则削谱除族籍，死则牌位不许入祠堂”。开除族籍，死后牌位不准放入宗祠，在以血缘为纽带的宗法制度家庭中，是极为严厉的处罚，这意味着被整个家族抛弃。正因为此，凭借好学的风尚和孝义的名声，从宋、元到明、清三百多年来，郑氏家族先后走出了一百七十三位官吏，高至礼部尚书，小至税令，无一贪赃枉法。郑铢官小不忘廉，郑机律己防微杜渐，郑祖琛严惩贪官……一个个动人的故事，至今被人传颂。

郑义门代代出清官，朝朝皆良民，只有佳话连篇而从无丑行记录，被后来世人称为“东方奇迹”。

老子曰：“治大国如烹小鲜”。历史经验告诉我们，“隆古之治在乡族，固国之本在巨室”，“平天下必从齐家始”。家虽小，却是国之根本，礼义忠孝本为一体，治国安邦，应从治家开始，如果每个公民都能切实地做到以礼义忠孝治家，形成良好家风，那么，必然能够做到家庭和睦，事业兴旺，而治国也能水到渠成。《郑氏规范》不仅为传统家规家训之经典，而且在大力弘扬中华优秀传统文化的今天，仍不失重要的当代意义，《郑氏规范》上了中纪委网站头条，与诸葛八卦村的家风家规一道列入中国十大家训。

81. 吴凯宁死不降

吴凯，字允伯，诸暨人，明末抗清重要将领。

崇祯十七年清兵入关，明王朝迁都南京。5月，南京、杭州相继失陷。6月，张国维请鲁王在绍兴监国，并接连收复诸暨、富阳、於潜等县。闰6月，吴凯杀北使大起，征兵措饷，计划北伐。继而张国维组织江干战役，水陆二路总攻杭州。9月，吴凯自临海来，参加江干战役。顺治四年，吴凯任浙西监军，不久又奉旨留守台州、温州。江干兵败后，陈盟入阁，组织水陆两路西征，但战机不利，吴凯又奉命增援浙西，自温州来，还没有赶达浙西，清军已自富阳渡过钱江，吴凯于是退守诸暨，接着又退至东阳吴良，继而又退驻今磐安玉山元里。

权臣马士英江干战役时就想劫持鲁王投降清军，后来入金钟寺剃发冒充僧人，清军一到，立即出寺向清军投降。清军把他手下的兵卒都杀尽，又命令他去招降明朝总兵方国安，方国安也在黄岩向清军投降。马士英听说吴凯防守玉山，又作书信招降吴凯，吴凯回信说："我一向蒙受皇帝的大恩，还没有来得及报答，期许自己以他日为国捐躯，来报答皇帝对我的国士之知遇也不为晚。我吴凯，只是暨阳一匹夫，我禄享千钟，不为不厚；爵忝通侯，不为不高。近来遭国家多难，正是做臣子的报效国家的时候，想不到恩相你手握朝纲，身总机务，活送天子而不惜，面受人唾而无惭，律身不忠，教人不义。我吴凯未习诗书，但是一向明白道义，食君之禄者死其事，我自幼便谋划成熟，哪里要等别人劝勉而后才能为国而死？只是恨自己不能效法申包胥哭秦廷，那么也差不多可以效仿鲁仲连身蹈东海，我想我是一个轩昂伟岸的男子汉，一腔热血，哪里肯和那些含羞忍耻，偷生苟活的贼人在一起相提并论呢。行且一战，一战不胜再战；再战不胜三战；三战不胜，披发远游外国，以图后局，这本来就是我所想要的。否则，惟有一死而已，其他的不必多说。"

马士英看信后羞恼成怒，立即派清军骑兵偷袭追杀吴凯。吴凯措手不及，看见清军骑兵突然杀到，命令家人将银币撒向田中来延缓对方进攻，得以奔出村外。又被清军骑兵包围于十相寺，吴凯不愿投降，于是自刎。跟随他的妇女8人又在惊慌中奔逃了一里左右，最后在山间一片松林里一起自尽。吴凯部下自刎的有一百二十余人，其中有吴凯的妻子陆氏、哥哥尧宰等，被清军杀死的有千人。后人将吴凯撒银币的田块命名为"撒银丘"，八个妇女自尽的山命名为"八婆拢"。

曹植有诗云："捐躯赴国难，视死忽如归。"明明知道自己坚持抗清的结局，也知道如果和职务比自己高的权臣一样，投降清军，会给自己带来什么好处。但是吴凯以他坚决而毫不犹豫的言行，告诉敌人告诉奸臣也告诉后人，什么是"律身不忠、教人不义"；什么是"明白道义、食君之禄者死其事。"吴凯虽非金华土生土长，但却是金华人的骄傲，他在金华留下的抗清义举同样值得金华人推崇学习。

82. 吴绛雪取义保民

吴绛雪，女，名宗爱，字绛雪，明末清初永康后塘弄人。父士骐，曾任仙居、嘉善、嵊县教谕。吴绛雪自幼秉承家学，聪颖好学，9岁通晓音律，闻琵琶曲，即能随声唱和。10岁开始写诗，11岁作七绝《题晴湖春泛图》，情景交融，见者赞赏：

画桡缥缈欲凌空，两岸桃花映水红。

三十里湖晴一色，春来都在晓莺中。

12岁以诗入画，设色精绝，书法不同凡响，名噪一时。吴绛雪绘画擅长花卉、人物，兼善写生，传世画作有《梅鹊图》《落英》等。吴绛雪不但诗书画三绝，而且姿容秀丽，有国色之誉。

康熙十三年，耿精忠受吴三桂蛊惑，在福建叛乱，部将徐尚朝进犯浙东，攻陷处州后，不久兵至永康。徐尚朝早就羡慕吴绛雪的才华姿色，得知吴绛雪守寡住在娘家，便扬言只有献出吴绛雪，才可免除永康全城屠戮，百姓为之惶惶不安。

24岁的吴绛雪原本是深明大义的女子，得知此事，为了永康老百姓的安危，慨然允诺说：“未亡人终一死耳”。徐尚朝下令部属过永康不许杀掠，同时指派两个老妇和数名士兵，去迎接吴绛雪。当骑马到桃花岭清风崖，吴绛雪趁护送者不备，纵马驰向山崖，一代才女，为保全本县万千百姓而香消玉殒。叛军有感于其刚烈义气，而未对永康进行屠城。

孟子说：“羞恶之心，义之端也。”才貌双全的年轻寡妇吴绛雪，为了避免家乡被屠城，父老乡亲免遭杀戮，出于对叛将徐尚朝的叛乱行径和无耻要求的义愤，毅然选择牺牲自己生命这样一种悲壮的人生结局，抒写了凄美而壮丽的人生诗篇。然而，也正是这份大义，她的生命更显美丽，她的灵魂更显高尚！

83. 张恭任侠好义

张恭,一名临,字伯谦,金华城区人,金华辛亥革命先驱。

张恭的父亲是城区有名的塾师,对儿子严加管教和课度。张恭从小有“神童”之名,12岁时考取头名秀才,进入丽泽书院深造,后又在乡试中考中举人。长大后能文,又有“才子”之称。中举人后不图做官,却以祖国的独立和中华民族的昌盛为终生之志。

张恭在丽泽书院读书时,结识大他29岁的蒋乐山,蒋乐山经常向张恭介绍会党反清斗争的情况,使张恭心仪不已。光绪二十八年前后,张恭参加了反清会党终南会,不久终南会会主病卒,副会主离开浙江,张恭被推举为副会主,将终南会改成“龙华会”。

张恭吸取历次反清革命的经验教训,十分注重舆论传播,始终把发动群众放在重要位置。他敏锐地注意到,金华传统的地方戏——婺剧在城乡都拥有大量观众,是当时汇聚人群、传播思想最广阔的平台之一。中国戏剧历来有教化育人功能,剧目中本就有许多浓厚的忠孝节义内容,号召抵御外族侵略、反抗残暴统治,与当时反清共和的斗争目标不谋而合,加上戏班流动性大,清政府监视困难,正适合作为革命党人的秘密联络点。

光绪二十九年张恭组织了“张恭大班”,又称李庆福班。两年后又创办张恭小班,班址设在金华府城隍庙,由正吹汪海水为班主,所以又叫汪永庆班。学员都是10岁左右的孩子,不到三个月就“出红台”。班中头领骨干如大班头领李宝剑、武旦徐顺达等都是龙华会骨干,戏班除了演戏,还开展联络会员、发展组织、传递情报、掩护同志和散发进步书刊等活动,是龙华会的一支骨干力量,也使婺剧在文化的光环之外,更平添了一种革命的、侠义的辉煌光焰。

在张恭等人的努力下,龙华会迅速发展壮大,当时“党徒号称五万人,实则二万数千人”,在浙江省内分布相当广泛,势力几乎渗透到了各个角落,金华成为“浙江全省革命思想传播最为普遍、民众组织最为充分的地区之一”。

光绪三十二年,张恭率龙华会骨干到绍兴大通学堂学习,并参加光复会,迅速把龙华会纳入资产阶级民主革命轨道,由单纯的反清开始走向反帝反封建的双重革命道路。

光绪三十三年三月间，秋瑾与张恭等人在大通学堂共同制定“光复军制”，组建“光复军”，推徐锡麟为统领，秋瑾为协领，竺绍康、张恭等人为分统，开始积极筹划皖浙起义。由于泄密，起义失败，徐锡麟、秋瑾被杀，清政府悬赏一千两缉拿张恭，张恭先后躲避宣平、上海等地，不久又被密探侦知，于是他自己用滚烫菜油敷面，毁容成麻脸，避居日本，改名万平，取万物平等之意，又号同伯，故人称同伯先生。加入同盟会，以卷重、卷施（意思是卷土重来）等笔名写文章鼓吹革命。

光绪三十四年，张恭与陶成章携炸弹回沪，因叛徒刘光汉告密被捕。宣统元年元月，张恭在狱中写成《剧史》一书，又翻译了日本界利彦僧和近远平所著《社会主义纲要》。黄花岗起义失败，张恭绝食吐血数天，身心受极大摧残。宣统三年 10 月，武昌起义成功。12 月南京光复，张恭出狱，回金华，随孙中山北伐。北伐成功后，被调杭州任都督府参议等职。1912 年 8 月回金华参加追悼革命先烈大会，当场吐血，于 10 月 5 日英年早逝，年仅 36 岁！孙中山先生致电转达各府县一律下半旗致哀一日，后安葬于杭州栖霞岭麓岳坟后。翌年礼葬时，孙中山亲临杭州，参加安葬仪式。

韩愈有言：“士穷乃见节义。”张恭一生，虽如石火电光，只活了 36 个年头，但在那清朝腐败没落、西方列强坚船利炮侵略中国的危难时刻，为了拯救中华民族，他高举反清反帝的大旗，百折不挠，历尽艰难困苦，甚至不惜毁容，他不断追求真理，至死不渝的革命精神，至今闪耀着不灭的光芒。

84. 黄乃耐兴办义学

黄乃耐，小名奶奶，金华人，是国画大师黄宾虹胞妹。

黄乃耐出生十余天，即作童养媳。长大后，以勤劳著称乡里。婚后生两子皆夭折，丈夫另娶，她被遗弃。她晨磨豆腐，日间耕地，晚上纺纱，艰苦度日。她尝够了不识字的苦，很羡慕读书人，看着村里的孩子没有书读，和自己一样“目不识丁”，便想拿出自己的钱，请一位教书先生，盖一幢房子，兴办学校，教孩子们读书，让山里娃通过学习来改变命运，进而改变里郑村的命运。

黄宾虹十分赞同她的想法，并捐出了助学办校的经费，四哥黄元秀也竭力赞助。黄乃耐天天夜里点着半明的松明灯纺纱，常年吃青菜汤饭，攒下的钱都用来办学行善。1921 年，她捐资兴办的私立乃耐小学落成，学校占地面积 300 平方米，建筑面积 200 平方米，呈目字形、共二进，二进之间有小天井，第一间为教室，第二间为小礼堂。校舍为砖木结构单屋建筑，有天花板，整体布局精致合理，当时被称为“洋学堂”。开学时，孩子们高高兴兴地挤在一间学堂里，等校长上台讲话。黄乃耐涨红着脸说“请老师们辛苦点教好学生，孩子们认真点学习好”，说完便像逃跑般一溜烟回家喂猪去了。

黄乃耐除了热心无私之外，最难能可贵的一点就是懂得坚持。

“很多孩子上课上到一半就会被抓回家干活，家长常常是一边拎着孩子的耳朵，一边骂老师和黄乃耐，说是孩子读书把心读野了。”每当遇到这种状况，黄乃耐就会宽慰老师，顶着家长的骂声讲道理。时间久了，家长理解了她的苦衷，学生人数就渐渐稳定了。

三年后，学校正式更名为私立东源小学。1937 年，抗战全面爆发，浙江省立贫儿院从杭州迁到里郑。黄乃耐热心帮助，将贫儿院与东源小学合并，一、二年级学生在东源小学读书，三、四、五、六年级学生安排到里郑祠堂学习。1939 年，当时的国民政府规定，私立小学一律以创办人命名。黄乃耐原来只有小名，即“奶奶”“囡囡”之意，没有大名，四哥黄元秀考虑她耐劳、耐苦、耐怨，便替她取名叫“乃耐”，学校于是正式更名为“私立乃耐初级小学”。

抗战期间，乃耐小学的教学工作一直未曾停顿，而且附近村庄的孩子也来上学，学校由一个教学班扩展到两个，教员也由一名增加到两名。

从 1921 年到 1949 年，乃耐小学共培养了初小毕业生近 300 人。里郑村全村学龄儿童免费入学，邻村的一些儿童也在这里接受了免费教育，造就了一大批可用人才。从乃耐小学走出去的学生，有的当了校长，有的成了科学家，里郑人郑珊珊，就是我国著名微生物学家。

乃耐兴办义学的善举也受到社会各界赞誉，金华县政府为她颁发“乐育英才”“热心公益”匾额两方，当时的《东南日报》以半版篇幅发表了《胼手胝脚、克勤克俭、含辛茹苦，廿年如一日——一位目不识丁的兴学老太太》的长篇通讯，并配发短评，赞誉她为“建国老太太”。

1942年底，黄乃耐因积劳成疾去世。临终前，再三嘱咐：倾其所有兴办公益事业。哥哥黄元秀依嘱将她的遗产田9石6斗、旱地4片、山林2处全部充作校产。

孔子说："君子之于天下也，无适也，无莫也，义之与比"，意思是说，君子对于天下人，无专主之亲，无特定之疏，唯以道义是从。黄乃耐无儿无女，被无情的丈夫抛弃，自己全靠日夜纺纱积攒点钱，过着清茶淡饭的苦日子，却不忍心看到山区的孩子读不起书，慷慨倾囊兴办义学，聘请老师教育孩子，赢得了后人与社会的一致赞誉，也因此，普普通通的她才被后人永久纪念。

85. 蒋倬章侠肝义行

蒋倬章，又名鹿珊，字六山、乐山，兰溪水阁乡水阁塘村人，辛亥革命的仁人志士。他13岁中秀才，有"神童"之誉。长大后，鄙视功名利禄，以卖文取得川资，遍游中原、华北各省，考察民情及求师访友，以求匡国扶民，曾任金华一中的前身丽正书院主持。

不久，与康有为等结识，得改良主义思想启迪，出资在金华创建梅溪试馆，又在杭州倡立金、衢、严、处四府同乡会。后与蔡元培、章太炎等往来，受资产阶级民主主义思想影响，积极参与救国活动。曾襄助蔡元培在上海办中国公学，帮助章太炎在杭办《经世报》。章、蔡成立中国教育会，蒋倬章在杭筹组浙江教育会，后回兰溪成立劝学所。

清政府兴建苏杭甬铁路，向英国借款，接受苛刻条件，蒋倬章振臂奋呼，竭力反对，组成拒款会，奔走于金华、衢州、严州、处州各县，筹股自办，并征得本家族成员同意，将家族所有数百亩山林砍掉充当铁路枕木。

1904年，蒋倬章参加蔡元培在沪成立的光复会。章太炎主持浙江光复会，蒋倬章负责联络组成上江一带会党，与陶成章活动于上江各地。秋瑾自日本归来主持浙江同盟会，因蒋倬章疏财仗义，有群众基础，深为倚重，曾赋诗相赠。民国成立，致力实业救国，先后创办金华北山林牧公司、兰溪缪源煤矿公司、梅溪排运公司。可惜得不到政府扶持，未有成效，1925年怀抱没能实现的愿望而去世。

蒋倬章性格豪爽，雄辩健谈，气度恢宏，又行侠仗义，不置家产。袁世凯奖予五等嘉禾章，一笑弃之。生前自作挽联云：“死不愿与贪鬼啬鬼刻薄鬼为邻，独行独止独往独来，还我叨利天，笑红尘戏溷多年，蜕壳返清虚，魔女仙童，拍手欢迎醉罗汉；生来甘以才人诗人著作人自居，是怪是精是儒是侠，任地流俗口，痛黄神灭亡无日，肉身归地府，木雕泥塑，狠心要打老阎王。”

孟子说：“仁，人之安宅也；义，人之正路也。”意思是说，仁是人们最安全的住所，义是人们最正确的道路。蒋倬章饱读圣贤书，满腹经纶，却鄙视功名利禄。他不置家产，仗义疏财，屡屡出资襄助进步人士兴办公学、刊物及其开展活动，积极投身革命推翻封建王朝，并致力于实业救国。侠肝与义举，蒋倬章兼而得之。

86. 邵飘萍铁肩担道义

邵飘萍，原名新成，后改名振青，字飘萍，祖籍东阳，金华市区人，民国时期著名报人，革命志士。

邵飘萍酷爱新闻事业，有“新闻救国”之志。1912年任《汉民日报》主编，他对时局有着惊人的洞察力，早在辛亥时就对袁世凯有入木三分的认识，抨击袁的阴谋“盗民国之名，行专制之实”。1913年8月，浙江当局以“扰害治安罪”及“二次革命”嫌疑罪，查封《汉民日报》馆，逮捕邵飘萍。他后来自述“忽忽三载，日与浙江贪官污吏处于反对之地位，被捕三次，下狱九月”。还曾遭到过暗杀，出狱后只得到日本暂避。1915年初，日本和袁世凯提出灭亡中国的二十一条，飘萍立即驰报国内，成为讨袁斗争的第一人。1915年12月袁世凯称帝，邵飘萍匆忙返回祖国，参加反袁护国斗争，为《申报》《时事新报》《时报》执笔。

1916年袁世凯死后，上海《申报》社聘请邵飘萍为驻京特派记者。《申报》是当时上海第一大报，他成为中国新闻史上第一个享有特派员称号的记者。他以一个真正的新闻记者的面目出现在民众之中，深入实际采访，把真实的情况告诉读者，甚至不惜冒生命危险。两年间，他为《申报》写了来自第一线的200篇22万字的《北京特别通讯》。他的文章真实、生动、深刻、犀利，分析在理，一针见血，因此脍炙人口，风靡大江南北。

1918年10月，他辞去《申报》之职，创办了著名的《京报》。他在创刊词《本报因何而出世乎》中明确地提出了他的办报宗旨，“必从政治教育入手。树不拔之基，乃万年之计，治本之策。必使政府听命于正当民意之前，是即本报之所作为也！”《京报》一开始只有两个人，无党无派，不以特殊的权力集团为后盾，主张言论自由，自我定位是民众发表意见的媒介，很快就得到广大读者的喜爱。

邵飘萍从此走上一条自资独立办报的艰辛道路，其言论既不受外国通讯社的左右，又不受军阀操纵，排除各种干扰，开创了20世纪中国独立的新闻事业。他大书“铁肩辣手”四个大字悬于报社墙上，勉励同人。他主张新闻记者是“布衣之宰相，无冕之王”，是“社会之公人，是居于统治者和被统治者之外的第三者”，报纸应该监督政府，还应该教育民众、唤醒民众。

邵飘萍被人称为“新闻全才”。北京大官讨厌见记者，邵飘萍却能使之不得不见，见且不得不谈，旁敲侧击，数语已得要领。如他夜探总理府，虚访美使馆，独家新闻总是被他抢到。邵飘萍风流倜傥，慷慨豪爽，善于言辞，广泛交游，上至总统、总理，下至仆役百姓，他都靠得拢，谈得来。他重交情，讲排场，经常在酒楼饭馆宴请宾客，以期从客人的谈话中捕捉信息。

1918年10月，邵飘萍促成“北京大学新闻学研究会”并举办讲习会，蔡元培聘他为导师，这是中国新闻教育的开端。第一期学习的有不少人是中共最早的领袖级人物，如毛泽东、高君宇、谭平山、陈公博、罗章龙等等。

1919年5月3日晚上，在北大的“五三晚会”上，邵飘萍发表了慷慨激昂的演说，他大声疾呼“北大是最高学府，应当挺身而出，把各校同学发动起来救亡图存，奋起抗争。”他的报纸更是热情地支持“五四”运动。8月，因《京报》屡屡发表揭露、批评政府腐败的文章，被段祺瑞政府查封，邵飘萍遭到全国通缉，被迫第二次亡命日本。

1920年，邵飘萍回国，《京报》复刊，并办了好多种形式多样、内容丰富多彩的副刊。在《京报》的周围既有鲁迅、钱玄同、孙伏园、黎锦熙等大学者，也有张季鸾、焦菊隐等当时还没有名气的青年人，可谓人才济济。

他致力于新闻教育事业并赞颂十月革命，介绍马克思主义思想。1925年，在李大钊和罗章龙介绍下，他秘密地加入了中国共产党，对共产主义运动作了大量的报道。

1925年底，邵飘萍利用《京报》的一个特刊，历数了张作霖的恶迹，张作霖随即拿出30万元贿赂邵飘萍，希望《京报》能够替他说话。没想到邵飘萍立即将款退回，并一如既往地揭露“大帅”。张作霖对他恨之入骨，他发誓，打进北京城要活捉枪毙邵飘萍！1926年4月，张作霖悬赏、捕杀邵飘萍，吴佩孚也密令到京缉捕邵飘萍。被军阀收买的邵飘萍旧交张翰举，将邵飘萍从使馆骗出予以逮捕。

4月26日凌晨1时许，警厅把邵飘萍“提至督战执法处，严刑讯问，胫骨为断”，以“勾结赤俄，宣传赤化”的罪名秘密判处他死刑，4时30分，邵飘萍被押赴天桥东刑场。临刑前，他还向监刑官拱手说：“诸位免送！”然后面向尚未露出曙光的天空，哈哈大笑，从容就义，年仅40岁。

毛泽东曾说：“特别是邵飘萍，对我帮助很大，他是新闻学会的讲师，是一个自由主义者，一个具有热烈理想和优秀品质的人。”1949年4月毛泽东亲自批文追认其为革命烈士。

中国新闻界赞誉记者专业精神的名言：“铁肩担道义，妙手著文章”，说的就是邵飘萍。他是我国民主革命时期杰出的文化战士、著名新闻工作者和新闻教育开拓者。他以笔为武器，宣传真理，抨击邪恶，为新闻事业贡献了毕生精力。后人誉之为“乱世飘萍”“一代报人”“铁肩辣手，快笔如刀”等，更有“飘萍一支笔，抵过千万军”的高度评价，邵飘萍已成为中国百年新闻史上最光彩夺目的名字。

87. 金佛庄血洒雨花台

金佛庄，学名灿，字辉卿，东阳横店良渡村人，革命烈士。

金佛庄从小家境很清寒，聪敏好学，1915年，考进东阳县立中学，和后来成为著名科学家的严济慈是同班同学，两人均学习成绩优异，每次考试都要互相争夺第一名。同年，袁世凯签订"二十一条"卖国条约，此事传到金佛庄耳里，使他大受震动，痛心疾首，决心舍去研究科学而从军报国。

1918年，金佛庄中学毕业，考进了保定陆军军官学校。学习了一段时间后，目睹北洋军阀祸国殃民和旧军队内部黑暗腐败，他对选择从军报国的道路产生了怀疑。1919年爆发的"五四"运动，更使他受到猛烈的冲击，思谋另找出路。金佛庄满腔热忱、如饥似渴地学习、研究、吸取新思想、新学说，探求人生的价值、意义和救国救民的真理，他开始信仰马克思主义，1922年，他加入了中国社会主义青年团，投身于中国早期的共产主义运动。

1922年7月，他从保定军校第八期步兵科毕业，在浙军第二师任排长。不久，金佛庄从中国社会主义青年团团员转为中共党员。这样，金佛庄就成为党在浙江省建立的第一个地方组织——中共杭州小组最初的三个党员之一，他更加自觉地从事革命工作，宣传革命运动。

因为金佛庄能文能武，不久就被提升为连副，接着又担任了营长。他的杰出才华，更受到党组织的重视，被推荐给时任党中央委员的毛泽东。1923年夏，金佛庄被指定为浙江的代表去广州出席了党的"三大"。8月5日，毛泽东代表党中央出席指导中共上海地方兼区执行委员会的第六次会议，根据毛泽东提议，决定密令金佛庄保存自己在军队中的实力，今后可为革命所用。

1924年春，第一次国共合作，党组织派金佛庄参加广州黄埔军校的创建工作。6月，金佛庄被任命为军校第一期第三(学生)队上尉队长。他充分发挥自己丰富的军事知识，全力训练革命的军事人才，尤其努力于政治工作及党务活动，深受黄埔军校首任党代表、国民党左派领袖廖仲恺先生的器重，在军校的师生中也颇有威信。7月，他被推选为黄埔军校国民党特别党部5名执行委员之一。他还积极支持和参加了以共产党员、青年团员为骨干的"中国青年军人联合会"，对军校的国民党右派及其所操纵的"孙文主义学会"进行了针锋相对的斗争。

从1924年12月至1926年3月，金佛庄历任黄埔军校教导团第2团第3营营长、国民革命军第1军第1师第2团党代表和团长等职。为了巩固广东革命根据地，他先后率部参加了平定广州"商团"和滇、桂军阀"刘、杨"的叛乱，以及讨伐广东军阀陈炯明部的两次东征。历次战役，他都身先士卒，冲锋陷阵，制订作战计划详细周密，充分体现了他智勇兼备的一面。第一次东征中，他所指挥的第 2 团第 3 营“勇敢善战，勋绩灿然”，为第 2 团获得“党军荣誉旗”。国民革命军第 1 军成立时，他升任第 1 师第 2 团党代表，后改任团长。廖仲恺先生被谋杀后，他率部参加了镇压反革命势力的斗争。

1926 年 3 月 20 日“中山舰事件”后，他被解除团长职务，调回黄埔军校，改任步兵第 1 团军事学主任教官，兼改组委员长及法规编审委员长，领导编审黄埔军校的法规和制度。蒋介石很赏识他的杰出才华，企图利用“浙江同乡”的关系拉拢他，暗示要他脱离共产党，予以重用，但他忠于党的事业，毫不为之所动。但蒋却不死心，1926 年 7 月建立国民革命军总司令部的时候，蒋介石任命金佛庄为总司令部参谋处副处长兼第三科科长，不久，又任命他为总司令部警卫团少将团长。

北伐战争前期，金佛庄率警卫团随总部指挥机关行动，转战广东、湖南、江西等地。1926 年秋，国民革命军进攻南昌不利，得而复失，金佛庄奉命增援，他率领部队加入前线，指挥冲锋，身先士卒，以猛虎下山、锐不可当之势直扑敌军，攻克南昌外围蛟桥，压迫敌之侧背，会同各友邻部队齐向南昌城进发，11 月 8 日，再次攻克南昌。

南昌攻克后，孙传芳部仍盘踞在苏、浙、皖诸省负隅顽抗。金佛庄从争取北伐战争早日胜利的大局着想，主动提出愿意回到浙江、上海等地，通过以前在浙军中服务时的旧交关系，秘密策动浙军部队迅速起义。12 月 9 日晚，金佛庄化装成上海的洋行买办离开南昌，从九江搭船顺流东下。不料上船后行踪即被泄露。11 日，船到南京，孙传芳部已在码头戒严，并上船搜查，当即将金佛庄逮捕。12 日晚，金佛庄被秘密杀害于雨花台。

金佛庄是第一位牺牲在南京的中共烈士，也是最早牺牲的中共党员身份的黄埔学生。1945 年 4 月由中共中央组织部编印的《死难烈士英名录》中，把他登载入册。新中国成立后，于 1963 年追认为革命烈士。在南京雨花台烈士名录上，金佛庄排在第一位。

金华不仅仅是文化之邦，而且也是许多志士仁人探寻真理、追求光明热土。作为八婺大地的儿子，金佛庄以他对党的忠诚，从军报国，最后，为了革命大义，血洒雨花台！中共中央军委聂荣臻副主席曾评价他短暂的一生说：

“金佛庄不但是在北伐战争中，为贯彻党的反帝反封建民主革命纲领而英勇献身的烈士，还是浙江建党初期的一位革命前驱者和优秀的共产主义战士！”

88. 徐英视死如归

徐英，原名胡连，又名紫衡，化名于凤鸣，武义县水碓后村人，浙江早期党组织的卓越领导人。

徐英 5 岁那年，父母双亡，他由姐姐抚养。为了供他读书，姐夫挑水卖苦力，姐姐操劳家务，全家省吃俭用。1920 年，姐姐再也无法供他读书。徐英 13 岁出外谋生，1925 年，只身辗转杭州、宁波等地。不久，上海爆发了“五卅”反帝爱国斗争，徐英正好在上海培训，深受影响，回厂后即发动工友建立工会，被选为主席。当年冬，徐英入党后，即在厂内发展组织，建立党支部，任党支部书记。在艰险的地下斗争中，徐英表现机智、沉着和勇敢。1926 年 7 月的一天，宁波党组织在启明女中召开会议，反动军警突然包围了学校，徐英立即提醒：“别慌，先把党的文件、名单等收藏井下。”军警多人拥入搜查，没有发现可疑之处，同志们安全脱险。

1927 年 4 月，国民党右派宣布全市戒严，进行“清党”，徐英因厂主告发被逮捕。在拘留所里，面对严刑拷打，他未露任何真情，由于工友出面救援，不久获释，转移杭州。同年 11 月受省委指派回武义活动，任县委书记。徐英深入山沟僻岭，宣传发动群众，建立了东、南、西、北 4 个区委和 63 个基层党支部，恢复了农民协会，开展减租减息斗争。1928 年 6 月，徐英召开县委扩大会议贯彻党的“八七”会议精神，筹划发动秋收起义。10 月，武永联合暴动失败后，徐英及时做好难友家属的善后救济工作，并派人镇压了抓人凶手林金良。年底，徐英奉命返回杭州，担任浙江省委常委，继而任省委书记。1929 年 4 月，党中央决定暂时撤销浙江省委，并决定徐英负责巡视浙东、浙南一带党的工作。8 月，成立中共宁波特支，徐英任书记。同时，徐英还以中央巡视员身份前往台州、温州等地活动，指导党的工作。年底，正当宁波特支领导党组织开展新的斗争时，国民党当局对我党加紧破坏与搜捕活动，有些执委对他说："在城里太危险，你也转移到乡下去吧。"徐英坦然地笑笑："不入虎穴，焉得虎子，在这里可以及时掌握敌人的动向，便于工作。"徐英和中共宁波特支的活动终于被敌人察觉了。1929 年 12 月 17 日凌晨，国民党军警包围了特支机关，徐英临危不惧，迅速烧掉党的机密文件。

1930 年 2 月 3 日，徐英被解到杭州浙江陆军监狱。难友大都是政治犯，徐英对他们说："法庭是战场，监狱是熔炉，陆军监狱是莫斯科大学。我们革命者不管在什么地方，都可以坚持与反动派战斗。"他领导狱中党组织编写《囚徒歌》，创办《火星》《洋铁碗》等刊物，宣传党的"八七"和"六大"会议精神。徐英还每天带领难友们锻炼身体，他对狱中战友说："我们关在狭小的笼子里，终日不见阳光，什么病都会出来。反动派的目的就是要把我们的身体搞垮，成为不能再干革命的残废人。所以我们要学习，要锻炼，准备出去再干！""革命总有一天要胜利，活着就要为党工作。"为了争取改善难友的生活条件，徐英组织难友进行三天绝食斗争，敌人将徐英拖去毒打，并拷上九斤重的铁镣。

8 月 27 日早晨，全副武装的军警布满监狱各笼子周围，徐英知道敌人要对自己下毒手了。临行前，徐英与难友们热烈地握别，并对难友说："我希望同志们完成我未竟的事业，努力奋斗，实现全人类崇高的理想！"

难友们一边流泪，一边高唱《国际歌》。

在庄严的《国际歌》歌声中，徐英向难友们挥手："同志们，永别了！你们不要为我悲伤，不要为我流泪，大家努力奋斗吧！"

他高呼："打倒国民党反动派！"

"打倒蒋介石！"

"中国共产党万岁！"

徐英英勇就义时，年仅 24 岁。

孟子说："生，我所欲也；义，亦我所欲也。二者不可得兼，舍生而取义者也。"24 岁的徐英，才华横溢，意气风发，正是为党为革命大展身手的年华，即便在敌人的监狱里，他还带领难友们坚持锻炼，"准备出去再干！"然而，为了追求真理，为了党的事业，为了中华民族的振兴和人民的解放，他大义凛然，视死如归，献出了自己宝贵的生命，体现了一个共产党人的无畏精神和崇高气节。

89. 李友邦义勇抗日

李友邦，原名李肇基，1906 年出生在台北县芦洲乡李氏望族之家，祖籍福建同安，“台湾义勇队”创办人。

1918 年，李友邦小学毕业后考入台北师范学校，在校期间加入蒋渭水等抗日先驱所领导的“台湾文化协会”，积极参加反日活动。

1924 年 3 月，李友邦与林木顺、林添进等人袭击台北警察派出所，遭到日本殖民当局通缉，他连夜逃离台湾来到祖国大陆，同年 4 月赴广州，9 月进入黄埔军校第二期就读。

1932 年，李友邦在杭州国立艺术专科学校担任日语教师期间，因宣传爱国救国，同情热血青年，受到国民党特务机关的注意，被捕关进杭州陆军监狱。同一年，李友邦的二弟李友先被日本特务枪杀。而李友邦的三弟李友烈，也在 1934 年死在日本特务的刑讯室里。

“七七事变”后中日战争正式爆发，坐了 5 年牢的李友邦被释放出狱。李友邦认识到“欲救台湾，必先救祖国。”他号召台胞为“保卫祖国、收复台湾”而奋斗。1938 年 10 月，在中共党员张毕来的协助下，李友邦带领 30 多位台胞在金华市区酒坊巷 18 号组建了“台湾义勇队”。基于台湾少年乃台湾革命之继承者，为国家民族之幼苗，亦是未来新台湾之建设者，他组织成立了“台湾少年团”，与台湾义勇队成为台胞青少年组织参加祖国抗日战争之先声。此后 7 年时间里，在他的领导下，台湾义勇队人数扩大到约 200 人，人数最多时候有 480 多人。他们以浙江为主要活动基地，活跃于东南各省，积极开展对敌政治工作。义勇队成员熟悉日语，他们翻译日军文件，审讯并教育俘虏，深入敌伪组织获取情报等。“台湾义勇队”逐渐发展成台胞参加祖国抗日斗争中人数最多、活动范围最广、影响力最大的抗日团体。同时，作为第一支由台湾同胞在大陆组成的武装抗日队伍，它以“保卫祖国、光复台湾”为号召，在民族团结共同御侮上具有神圣的意义。

1940 年 3 月国民政府正式委任李友邦担任“台湾义勇队”队长兼“台湾少年团”团长，并晋阶为陆军少将。

为协助祖国抗战，根据当时医务人才与医疗设施严重缺乏的实际情况，李友邦命该队具有医务专才的同志组成医疗小组，成立抗战时期第一家台湾医院，并展开全面医疗救治工作。医疗小组开始在金华设立诊疗所，为祖国同胞免费诊疗，继而又组织巡回医疗队，每日到各乡村及作战前线巡回医疗。后来因就诊人数增多，原有规模不足应付，于是在1938年正式扩充成立为台湾义勇总队附设台湾医院，对于荣誉军人、出征家属及贫苦民众一律免费诊疗。此后，先后在衢县增设第二台湾医院，在兰溪县设第三台湾医院，在福建建阳县成立第四台湾医院。

1942年，根据当时抗日战争的需要，台湾义勇队向福建龙岩转移。1945年8月15日，日本宣布无条件投降。9月3日，李友邦派他的助手、副总队长张克敏，乘坐美国太平洋舰队司令柯克将军的专机飞抵台北。1945年10、11月间，台湾义勇总队返回台湾。

“台湾少年团”团员都是义勇队队员的孩子，最多时人数达到40人左右，他们平均年龄只有十岁，最大的是儿童团团长，才14岁，最小的8岁。他们一边接受教育，一边进行抗日宣传。平时就到处演出，宣传抗战。无论去哪里，多远的地方，都是步行，小孩子也不喊累，能吃苦。

李友邦一生为抗日志士，忠党爱国。1951年，不幸以“涉嫌包庇掩护中共间谍罪”被台湾当局杀害，牺牲时年仅四十七岁。2005年纪念台湾光复60周年时，国民党中央才为李友邦平反。李友邦将军崇高的爱国主义精神和民族气节为两岸同胞所传诵。

2006年，金华市政府正式设立台湾义勇队纪念馆。2012年9月3日抗战胜利纪念日，国务院公布首批80处国家级抗战纪念设施、遗址名录，位于金华市酒坊巷84号的台湾义勇队纪念馆是其中唯一的涉台抗日遗迹。

义勇，是见义勇为的精神，为正义事业而勇敢斗争的精神。义勇队、义勇军是在民族危亡的严峻时刻，为“还我河山”而成立的爱国抗日团体，充分体现了中华民族敢于抵御外侮的大无畏爱国主义精神，这种精神凝聚成国歌被人传唱。她是中华民族生生不息、中华文化源远流长的重要保证！李友邦与义勇队既是台湾的光荣，也是金华的光荣！

90. 黄文玉生命写忠诚

黄文玉，又名黄郁，化名胡联(连)通。东阳大联前新屋人，革命烈士。

黄文玉出身于一个殷富的农民家里，原先在前新屋、下徐等地教书，1927年12月，在中国革命趋于低潮时参加了中国共产党，不久即辞去教员之职，以做油漆为掩护，专门从事地下革命活动。1928年，他以组织“兄弟会”为名，发展党员，在家乡前新屋村建立党的支部。同年8月，南马一带党组织遭受破坏，与上级一度失去联系，黄文玉冒着生命危险，设法与永康党组织接上关系，后回家乡恢复组织，建立南马区委，任宣传委员。他联络贫苦农民成立农会，开展减租、打倒土豪劣绅的斗争。

1930年6月，中共东阳县委遭破坏，他抱着对革命的坚定信念，躲过敌人的通缉和追捕，到永康清渭街、唐先一带，边做油漆，边寻找党的组织，后与以做篾匠为掩护的永康党组织负责人徐阿宝接上关系，组建东阳油漆工人党小组。1932年2月在中共中央政治交通员何霖的指导下，任中共东阳县工委书记。1933年秋，建立中共东阳中心县委，任中共东阳中心县委书记(辖东阳、永康、缙云、汤溪4个县工委)兼东阳县工委书记，全身心投入党的事业中，发展党员、壮大党的队伍，发动穷苦农民建立县农民协会，筹组红军浙西游击队，训练干部，建立交通联络网。在短短两年多时间，东阳党组织就发展到3个区委，53个支部，共650多名党员，还建立了武装红军，成为当时党在浙江的一面旗帜。黄文玉把党的事业摆在高于一切的位置，瞒着父母变卖十多亩田产，作为党的活动经费。父母骂他是“败家子”，他却笑着对他们说：“眼光要看得远一些，只要革命成功了，大家的日子都好过了。”

根据上海中央局“壮大党的队伍和武装”的指示，黄文玉决定以东阳南乡为基地发展党的组织，建立人民武装，开辟大盘山游击根据地。1934年秋，东阳中心县委从外地购买了一批手枪以武装游击队，因敌人封锁严密，寄放在诸暨某地一时运不回来。黄文玉派坚定勇敢的女共产党员、交通员李小英去运取。李小英装扮成蓬头垢面、衣衫破烂的乞丐，手挽讨饭篮，肩背讨饭袋，乘夜深人静出村。她白天走村串户，假装要饭，夜晚躲进凉亭破庙，机智地避开敌人的搜索。从诸暨到东阳南马有150多里，她来回五六天，历尽艰辛，将这批手枪安全地运回东阳中心县委所在地。

1935年8月，上海中央局组织部指令东阳中心县委配合粟裕、刘英领导的工农红军挺进师，准备攻打县城，建立苏维埃政权。8月26日，中心县委在五官塘村召开有40余人参加的党组织负责人紧急会议，传达中央精神。会议决定全体党员和武装人员，于9月10日借庙会迎胡公的机会组织武装暴动。

不幸消息泄露，国民党浙江省政府来东阳组织“肃反委员会”，在全县实行戒严，层层设卡检查，大肆搜捕共产党员，破坏共产党的组织。在这危急关头，为了保存革命力量，黄文玉等人向玉山方向转移，准备取道诸暨赴沪向上海中央局汇报。由于叛徒出卖，黄文玉于10月10日在马宅东庄村被捕入狱。敌人对他施以酷刑，他始终保持共产党员的崇高气节。敌人要他交出“同党”名单，他轻蔑地说：“我们共产党人的名单是供不完的，如果讲出来，说不定你们的县长也是我的手下。”

1935年10月25日，中国工农红军挺进师一纵队进入东阳活动。国民党东阳当局唯恐红军劫狱，抢先下了毒手。10月29日，黄文玉等共产党员在县城西岭头刑场英勇就义。

永康、兰溪、东阳三个中心县委是在中国共产党极端困难的条件下，在腥风血雨中建立起来的。当年在全省乃至全国许多地方，在敌人的疯狂镇压下，曾出现了党组织的断层与空白现象。在革命低潮中，金华地区党的组织不仅没有断层，而且在永康、兰溪、东阳三个中心县委的领导下坚持活动，并又有新的发展，这是黄文玉等共产党员用鲜血和生命写就忠诚的结果，抒写了金华地区党史上的辉煌一页。

91. 郑苹如一门抗日

郑苹如，兰溪人，父亲郑钺（英伯）早年留学日本法政大学，追随孙中山先生奔走革命，加入了同盟会，是国民党元老。母亲是郑英伯在东京时结识的日本名门闺秀木村花子。花子对中国革命颇为同情，两人结婚后花子就随丈夫回到中国，改名为郑华君。他们先后有二子三女，郑苹如是第二个女儿,从小聪明过人,善解人意,又跟着母亲学了一口流利的日语。

郑英伯回国后,曾任上海复旦大学教授,还担任过江苏高院第二分院的首席检察官。

抗战爆发后,郑苹如毅然参加抗日救亡运动。

上海沦陷后,郑苹如以自身良好的社会关系和卓越的日语能力等优越条件,从事抗日地下工作,她秘密加入了中统,这时她只有19岁。她花样年华,风姿绰约,是上海滩上有名的美女,当时全中国最为重要、最有影响力的画报——《良友》画报,在1937年7月的130期就以她为封面女郎。

年轻貌美的郑苹如很快融入了侵华日军驻沪机关的上层交际圈中。她以一口流利的日语和半个日本人的身份,周旋于日本军、政要员之间,日本军方甚至邀请她做翻译员、日军新闻电台的播音员。郑苹如还结识了日本首相近卫文磨家族、日本方面驻沪代表等高层人员,驻沪日军特务机关长片山大佐对郑苹如更是"关爱有加",时常带着郑苹如去参加会议。

日伪时期,汪精卫政权在当时上海极司菲尔路76号设立了特工总部,主任丁默邨是原军统第三处处长,在汉奸李士群撮合下投靠日伪,破坏抗战。为此,中统上海潜伏组织负责人决定抓住丁默邨好色的弱点,施"美人计"除掉他。

1939年,郑苹如奉命诱杀丁默邨。为了削减丁默邨的疑虑,郑苹如设计了"不期而遇"的场景。她盯上行踪神秘的丁默邨,在驶往外滩方向的电车上,两人有了"巧遇"。郑苹如在民光中学上学时,丁默邨任校长,两人有过"师生之谊"。郑苹如在电车上亲热地打招呼,两人相谈甚欢。分手时,丁默邨给郑苹如留下了电话号码。此后,两人频频约会。

中统见时机成熟,布置下手。第一次行动,由郑苹如请丁默邨到她家作客,在郑家附近安排了狙击人员,然而丁默邨诡计多端,他的轿车快到郑家时,他改变主意掉头离去,计划遂告失败。

此时中统上海区的负责人换了张瑞京,他重新策划第二次"刺丁"。岂料就在此时张瑞京被李士群逮捕,张和盘托出"刺丁"计划,而中统上海区见没有任何异状,于是原计划照常执行。12月21日,郑苹如对丁默邨说要到南京路去,于是两人同车而行,当汽车驶至西伯利亚皮货店时,郑苹如突然提出要去买件皮大衣,并让丁默邨同她一起下车,帮她挑选。当郑苹如正在挑选皮衣时,丁默邨突然发现,玻璃橱窗外有两个短打衣着、形迹可疑的人正向他打量。丁一看情形不对，便从大衣袋里摸出一沓钞票，向玻璃柜台上一掼，说："你自己挑吧，我先走了。"说完就急转身向外跑。

此时徘徊在店外人行道上的中统特务，没料到丁默邨会不等东西挑好就突然冲出店来，踌躇了一下，竟让他冲过马路。丁的司机见他狂奔而出，早已发动引擎，开好车门。等到枪声响时，他已钻进车内，拉上了车门，子弹打在防弹车门上，他毫发无伤，扬长而去，暗杀行动功败垂成。

郑苹如不甘心，又心存侥幸，决定深入虎穴，孤身杀敌。于是她继续与丁默邨虚与委蛇，但暗中身藏一支勃朗宁手枪，准备伺机下手，但哪知丁默邨早已布下罗网，等她上钩了。第三天，当郑苹如驱车到 76 号要见丁默邨时，就被扣住，她被关进 76 号的囚室。

汪伪政府以郑苹如为人质，要挟其父亲，希望他出任汪伪政权的司法部长，郑英伯以自己有病在身毅然拒绝。

1940 年 2 月，汪伪政权下达了对郑苹如秘密执行枪决的命令。在一个星月无光的晚上，郑苹如连中三枪，血溅荒郊，一位温婉贤淑的女子就此殒命，年仅 23 岁，遗体下落不明。

郑英伯因不愿以出任伪职而保释女儿，听闻女儿死讯后一恸成疾，于 1941 年初抱恨而终。

"七七事变"后，正在日本学习飞行的郑苹如弟弟郑海澄毅然回国，驾机与日寇搏击于长空。1944 年 1 月 19 日，他在保卫重庆的空战中壮烈牺牲。

郑苹如的未婚夫王汉勋，是郑海澄的空军战友。1939 年春，他曾两次写信约郑苹如去香港结婚，但国难当头，郑苹如一再推迟婚约，两人相约抗战胜利后再步入婚礼殿堂。出师未捷身先死，这对恋人为了抗战先后倒下。1944 年 8 月 7 日，王汉勋在衡山执行军事任务时牺牲，时为上校大队长。如今，郑海澄、王汉勋的名字都镌刻在南京航空烈士公墓的纪念碑上。一门忠烈当之无愧！

林则徐有诗云："苟利国家生死以，岂因祸福避趋之。"当日寇的铁蹄蹂躏中国领土的时候，为了中华民族的屹立不倒，无数热血中华儿女，不分党派、民族、性别、职业义无反顾地投入到了抗日洪流中，他们英勇杀敌，前仆后继，坚持与日寇浴血奋战八年，终于打得日本侵略者跪地求降，保卫了中华国土的完整。兰溪郑氏一门是其中的杰出代表，国人会永远记住他们。

92. 雷烨抗日殉国

雷烨(1914年—1943年),原名项金土,学名项俊文,军名雷烨,金华孝顺镇后项村人,革命烈士。

雷烨早年在金华中学读书,很早就参加了“抗日民族解放先锋队”。抗战爆发后,1938年春夏之交,父母已亡的俊文安置好弟妹,典卖家屋,作路费去延安。项俊文到延安后改名雷烨,参加抗日军政大学第四期学习,因擅长文学创作和摄影,兼任各报刊特约记者和通信员,并加入共产党。

毕业后,八路军总政治部为加强敌后新闻报道,特从“抗大”学员中选拔了一批政治素质和写作水平兼优的共产党员,组成八路军总政治部前线记者团。雷烨入选并被任命为记者团第一组(晋察冀组)组长,由八路军总政治部派往晋察冀边区任前线记者团记者。1939年5月前后,雷烨主动要求随军挺进冀东抗日最前线,深入到冀热边境长城内外,在极端困难和险恶的环境中,从事新闻采访报道工作。以《抗敌报》为阵地,采用文化斗争的形式对敌军展开斗争。组织成立文艺团体“路社”,创办了文艺刊物《路》《文艺轻骑队》《国防最前线》等,并亲自担任编辑工作。1941年后,历任冀东军分区政治部宣传科科长、组织科科长等职,并被选为晋察冀边区参议员。

1941至1942年间,他随部队转战在滦河沿岸和热南伪满边境,以照相机为武器,在枪林弹雨中拍摄下《行进在祖国的边城》《战斗在喜峰口》《塞外宿营》《日寇烧杀潘家峪》(组照)《驰骋滦河挺进热南》(组照)等上百幅极其珍贵的战地照片,反映了冀东军民驰骋滦河,挺进热南,突破“伪满国防线”转战古长城内外英勇抗击侵略者的英勇事迹,记录了日寇烧杀掳掠、无恶不作的累累罪行,被认为是抗战时期的摄影佳作。这些思想性、艺术性兼优的作品,成为深受群众喜爱的我国抗战时期摄影作品的一部分,至今仍为各类画刊和展览采用,卢沟桥抗日战争纪念馆等都采用了雷烨摄影作品。

1943年1月22日,边区参议会结束后,雷烨把他在冀东四年来的战地摄影资料送到驻平山县曹家庄的晋察冀画报社,让报社保存使用。社长沙飞看后如获至宝,大为赞赏,当即决定在《晋察冀画报》第三期出版专辑,作为向画报社成立周年的献礼。沙飞请雷烨留下协助选定照片,编写说明,并撰写一长篇纪实文章,对冀东抗日战争作全面报道,配合照片一同发表。

4月19日深夜，雷烨刚刚完成照片选定和说明编写，数百名日军自南而北朝曹家庄方向奔袭。沙飞首先通知雷烨带领两个警卫员率先转移，但雷烨并未立即转移，他首先去察看村民的转移情况，巡视中他发现有几百村民转移到一处容易遭敌轰击的地方，立即指挥村民转移到另一处相对安全的地方。果然不出雷烨所料，日寇疯狂地向原来村民的转移地点炮击，事后村民们既后怕又感激地说："多亏雷烨的关照，不然还不知要死多少人哩！"把村民安置好后，画报社同志已经转移。雷烨带领两个警卫员匆匆向北突围。至4月20日拂晓走到南段峪石堂村，与尾随敌人遭遇，击毙敌寇10余名。交战中雷烨不幸负伤，在敌人步步紧逼的生死关头，雷烨毫不犹豫地对警卫员说："我来掩护，你们赶快突围！"警卫员执意不肯："就是背也要把你背走，要死一起死！"雷烨斩钉截铁地说："要死死一个，不能都死，你们快撤！不要管我！这是命令！"两个警卫员突出重围。雷烨孤身奋力抵抗，终因寡不敌众，身负重伤，自知难免一死。于是，他从容不迫地将心爱的相机、自来水笔、望远镜等砸毁，用最后一粒子弹结束了自己年仅29岁的生命。

战斗结束后，画报社全体人员与当地群众召开追悼会，将雷烨遗体入殓特制的柏木棺，安葬在他牺牲处对面山脚下。人们将一棵杏树命名为"雷烨树"，以示纪念。这棵"雷烨树"至今仍在雷烨牺牲处挺拔耸立，枝繁叶茂，向人们昭示：雷烨精神不死。

为永远铭记抗日烈士的不朽功勋，大力弘扬爱国主义精神，凝聚实现中华民族伟大复兴的精神力量，浙江省公布第一批抗日烈士和英雄群体名录，共40名烈士和1个英雄群体。其中，有2名金华籍烈士，雷烨名列其中。

司马迁曾说："常思奋不顾身，而殉国家之急。"在决定人类命运、世界前途的伟大反法西斯战争中，为了拯救中华民族，为了人民的自由解放，雷烨以破釜沉舟的决心，从报仇雪耻之乡，奔赴慷慨悲歌的燕赵前线，以相机的"瞬间"记录了战士们永恒的"愤怒与欢乐"，以钢笔表达了人民的痛苦和希望，体现了一名战地记者不可缺少的品格——正义与勇气。他终于实现了自己的诺言："才不会于这世界上空跑一趟"！

93. 王选大义反细菌战

王选，祖籍义乌市崇山村。1987年留学日本，毕业后留在日本从事教学工作。

1995年，一个偶然机会，王选了解到父亲的家乡曾被日军731部队实施细菌战并引起鼠疫流行的情况，就决心要把日本帝国主义侵略者的法西斯罪行昭告于天下，为家乡受害父老讨回公道。

自1995年开始，王选放弃了自己在日本的执教生涯和优厚待遇，义无反顾地走上了对日诉讼索赔之路，为中国无数受害者鸣冤昭雪。为调查取证，她风尘仆仆，一年数趟从日本赶往义乌崇山村调查取证，从一个村开始，挨家挨户调查当年日本细菌战受害的农民，进而发展到整个义乌，然后是宁波，再是江西、湖南……在国内受害各地留下了她的无数足印，收集的那一幅幅图片，那一本本资料，那一盘盘调查录音带，堆集成侵华日军细菌战罪行的铁证如山。

在日本，为了取得更多有说服力的证词，王选费尽千辛万苦，冒着千难万险，找到当年731部队的官兵出庭做证。为了向世人揭露731部队的罪行，王选从中国到日本、到美国、到加拿大，举办展览，做演讲，开研讨会，努力赢得国际支持，贡献了她所有的时间精力，把整个生命投入到这个行动中。

1997年，她被推举为中国细菌战受害者诉讼原告团团长。王选更加频繁往返中日，悉心搜寻铁证，走遍大半个中国，一次次严词揭露侵华日军细菌战罪行。除了后来的少量华侨资助，全是自费。调查、诉讼成了生活核心，个人积蓄和工作收入几乎全搭了进去。没有钱，常常陷于孤独，还有家人最初的反对，都没有让她动摇：“我已经看到了，就不可能再背过身去，装作不知道！”

这场官司一直打了5年，在2002年8月27日的一审判决中，日本东京地方法院第一次判定日本政府在中国研制细菌武器及实施细菌战的事实。长期被卑鄙掩盖的肮脏真相，终于被认定为事实。这是王选们多年艰苦努力后换来的具有里程碑意义的重要成果。

尽管如此，在一审判决中，仍以不承认个人的损害赔偿权为由，驳回原告的诉讼请求。于是，有了上诉、二审的继续。

王选把诉讼过程看作让世界了解历史真相的一种方式。年过半百的王选，和细菌战较上了劲。她说："这场官司我会一直打下去，直至还历史真相！"

王选的义举，不仅受到国内多家媒体的关注和全国人民的支持，而且也引起了国际上的关注和点赞。2002 年，王选被评为感动中国十大年度人物。美国历史学家谢尔顿·H. 哈里斯曾评价说："只要有两个王选这样的中国女人，就可以让日本沉没。"

"感动中国"评委会给王选的颁奖词写道：她用柔弱的肩头担负起历史的使命，她用正义的利剑戳穿弥天的谎言，她用坚毅和执着还原历史的真相。她奔走在一条看不见尽头的诉讼之路上，和她相伴的是一群满身历史创伤的老人。她不仅仅是在为日本细菌战中的中国受害者讨还公道，更是为整个人类赖以生存的大规则寻求支撑的力量，告诉世界该如何面对伤害，面对耻辱，面对谎言，面对罪恶，为人类如何继承和延续历史提供了注解。

94. 孟祥斌舍己救人

孟祥斌，山东省齐河县人，驻金某部副连职机要参谋。

2007 年 11 月 30 日，一个寒冷的日子。孟祥斌刚刚完成训练任务回到部队，与临时来队探亲的妻子和 3 岁的女儿，利用休息时间前往金华市区购物。当途经通济桥时，忽然传来"救人啊，有人跳江了"的呼喊。原来，一位年轻女子因感情纠葛从 10 多米高的桥上跳到婺江轻生。孟祥斌循声望去，只见女子在江中上下沉浮，情景十分危急。孟祥斌说了声"来不及了"，便迅速脱掉上衣外套和鞋子，跃过桥栏，纵身跳入冰冷的江水中，奋力游向轻生女子。孟祥斌奋力一次又一次将落水女子托出水面。因江宽水冷，体力不支，他和女子渐渐下沉。这时，闻讯赶来的一艘快艇驶近，孟祥斌用尽最后的力气将女子托出水面。快艇工作人员将女子拉上快艇，可孟祥斌却沉入江中，献出了28岁的年轻生命。

孟祥斌舍身救人的壮举，震撼了金华百姓，感动了一座城市，也感动了全国人民。

英雄牺牲后，数以千万计的金华市民自发携起手来，为英雄献花圈、烛光守灵、捐钱塑像，千余只花圈摆满一百多米长的城南桥，3万名市民从四面八方赶到金华市殡仪馆为英雄送行。

金华市委宣传部、市委政法委、市公安局授予孟祥斌“金华市见义勇为勇士”荣誉称号。

中国人民解放军某部追认孟祥斌为革命烈士。

浙江14家新闻媒体和部分驻浙中央新闻媒体组成联合采访团，采访报道孟祥斌英雄事迹。

时任浙江省委书记赵洪祝做出重要批示，号召全省人民向孟祥斌学习。

孟祥斌先后被评为“浙江骄傲——2007年度最具影响力人物”“感动中国2007年度人物”。

“感动中国”评委会给孟祥斌的颁奖词写道：风萧萧江水寒，壮士一去不复返。同样是生命，同样有亲人，他用一次辉煌的陨落换回另外一个生命。别去问值还是不值，生命的价值从来不是用交换体现。他在冰冷的河水中睡去，给我们一个温暖的启示。他行义、献义的壮举，使得他作为一名真正的义士、伟大的战士，将永远铭记在人民的心中！

95. 吴连表见危致命

吴连表，温州苍南人，浙江省公安厅高速交警总队金华支队三大队民警，二级警司。

2012年6月21日凌晨5时许，吴连表接到高速交警金华支队指挥中心指令：S26诸永高速公路往温州方向车道61公里处，一辆运载砂石的安徽牌照大货车发生侧翻，造成事故现场后方道路出现拥堵，局部交通中断。吴连表接到指令后，立即带领辅警卢兵赶往现场处理。

7时58分，按正常工作时间表，吴连表应该已经下班。但事故现场交通还没有彻底畅通，吴连表没有交接班，仍在现场指挥交通。就在这时，一辆重型集装箱半挂车因为连续长下坡而刹车失灵。目睹失控车呼啸而来，而同事和施救人员去浑然不知，吴连表一边高喊着："危险，快跑！"，一边一个箭步冲上去，奋力把同事卢兵推出一米多远。吴连表把生的希望留给了别人，自己却被失控车撞下落差 9.5 米的立交桥。卢兵和在场的人员立即抱起吴连表，驱车送往东阳人民医院抢救，但因伤势过重抢救无效不幸牺牲。

英雄逝去，感动了浙江大地.

为英雄举行追悼会那天，大雨滂沱，但挡不住自发前来悼念的人们。甬金高速公路的电子显示屏上滚动着悼念吴连表的标语，成千上万的人从四面八方赶往东阳殡仪馆，东阳"阳光车队"100 多辆出租车免费搭载人们前往殡仪馆向英雄告别。

金华电视台文艺中心导演郭华创作的歌曲《心中的表哥》，在金华网络论坛上一发表，立即便被大家传唱："叫一声表哥，我们深情呼唤着你，你的生命永不曾陨落……"

时任浙江省委副书记、省长夏宝龙批示：吴连表同志在生死关头的紧要时刻，临危不惧、奋不顾身、舍身救人，事迹感人至深，这是继吴斌同志之后我省又一先进典型。我们要大力学习宣传倡导这种"舍己救人、无私奉献"的时代精神与风尚，不断提升全社会精神文明水平，为建设物质富裕、精神富有的社会主义现代化浙江提供强大精神动力。

省人民政府批准授予吴连表"革命烈士"称号，省公安厅为吴连表追记一等功。

国家公安部追授吴连表"全国公安系统二级英雄模范"荣誉称号。

孔子的弟子子张有言："士见危致命。"意思是说义士遇见危险时能够挺身而出不惜献出自己的生命。吴连表在高速公路上执勤时，面对失控车呼啸冲来的危急关头，奋不顾身冲上前推开同事，把生的希望让给别人，自己却献出了年轻而宝贵的生命。危急关头，舍身救人，不愧为新时期人民警察队伍中的伟丈夫、真义士！

96. 陈斌强孝义感动中国

陈斌强，磐安县人。

1983 年，陈斌强 9 岁时，父亲因车祸不幸身亡。祖母悲痛万分，茶饭不思，陈斌强拉着她安慰道：“奶奶，你放心，等我长大了，一定会养你！”

陈斌强长大工作后，每个周末都要骑着电动车，带着饭菜回农村看望老奶奶，陪奶奶说说话，帮奶奶做点事。

2007 年，陈斌强的母亲患上了老年痴呆症，大小便失禁，生活不能自理。陈斌强的姐姐嫁到湖州，妹妹嫁到东阳，母亲身边只有他一个儿子，妻子在县城幼儿园教书，身边有一个 2 岁的儿子和 90 岁的太婆需要照顾。按照当时的情况，把母亲安置在敬老院是最佳的选择，但陈斌强没有这样做，他决定要自己亲自照顾母亲，他对母亲说：“妈妈，儿子带着你教书去！儿子上哪儿，就把妈妈带到哪儿！”

当时，陈斌强在冷水镇中心学校教书，离县城有 30 公里的山路。每周周一，陈斌强用一根带子把母亲绑在自己背上，骑着电动车到学校上班，一边教书育人，一边悉心照顾母亲，做到教学工作和照顾病母两不误。到了周五，又将母亲“绑”在背上带回县城的家中照料。

从此，一根布带，一头系着儿子，一头连着母亲，传递着母子情深。

30 公里的崎岖山路，五年的四季轮回，母子互相依偎，风雨同行。

一根布带，一辆电动车，儿子有多少能量，就给母亲多少温暖。像大山一样厚重质朴的孝义真爱，纯洁无瑕，感动了中国。

磐安县教育局把陈斌强调回县城任教，解决了陈斌强路途上的辛劳。

时任金华市委书记陈一新专门批示：“陈斌强同志孝义真爱的事迹，令人感动，深受教育，陈斌强同志是八婺大地涌现出来的又一道德典范……希望大力弘扬和宣传这种中华民族传统美德，引领健康向上的道德风尚，进一步推进我市‘道德高地’建设，让我们的社会变得更加和谐美好”。

陈斌强先后获得“浙江骄傲”、央视“我的父亲母亲”形象大使、浙江省五一劳动奖章、“感动中国 2012 年度人物”、“全国师德楷模”、第四届全国道德模范——全国孝老爱亲模范等荣誉称号。

2013 年 5 月，陈斌强被授予中国青年五四奖章，在参加“实现中国梦，青年勇担当”五四主题团日活动时，习近平总书记亲切接见并勉励他：“照顾好母亲，教好书！”

“感动中国”评委给陈斌强的颁奖词：“孝更绝伦足可矜。小时候，这根布带就是母爱，妈妈用它背着你。长大了，这布带是儿子的深情，你用它背着妈妈。有一天，妈妈的记忆走远了，但爱不会，它在儿女的臂膀上一代代传承。”

97. 五里亭拾荒夫妇捡养弃婴

二十世纪七八十年代，从金华城兰溪门向西行走五里路，在金华到兰溪的古道旁，有一座凉亭，叫五里亭。凉亭里住着一对老人，男的叫张洪斌，女的叫楼小英，两人以拾荒为生，艰苦度日。

1971 年的一天，张洪斌正在金华火车站捡拾破烂，忽然听到票房处传来一声声沙哑凄厉的婴儿啼哭声，一些路人涌了过去，他们默默地看了一会儿，又默默地走开了。原来，这是一名被遗弃的女婴，张洪斌不忍心，走了过去，把孩子抱回到五里亭家里。这是他们夫妇捡回的第一个孩子，张洪斌把她取名为张美仙。张洪斌抱起“孤女”的那一刻，就是张美仙的生辰。

接着，晶晶来了，菊菊来了。晶晶来的那天下着大雪，金华百货公司的橱窗玻璃上凝结着一层厚厚的冰霜。百货公司门前冰冷的台阶上，北风一个劲地吹着，一个被遗弃的小生命已经哭得泣不成声了。时间一分一分地过去，雪越下越大。要是以往，张洪斌早就过去抱这个孩子了。可是，捡破烂的艰难和饥肠辘辘的肚子告诉他，自己再也没有能力抚养这个孩子了。有个乞丐走了过来，抱起了孩子，张洪斌感到欣慰了，正准备走开，却不料那乞丐在孩子粗布襁褓里翻到两元钱后，放下孩子拿了钱走得无影无踪。台阶上，孩子仍然有气无力地哭着，张洪斌再也忍不住了，扔下背篓，把那奄奄一息的孩子抱回了家。因为那天下大雪，张洪斌给孩子取名晶晶。

后来，方方来了，圆圆又来了……五里亭这对捡破烂的夫妇一共先后捡回 30 个弃婴。最后一个孩子张麒麟捡来时，楼小英已经 82 岁，丈夫张洪斌已经去世。

每天每天，张宏斌和楼小英凌晨3点钟起床，到火车站附近捡破布、废纸、骨头、麻片、碎玻璃、破铜烂铁，一直捡到下午3点钟，然后两人把这些破烂卖给收购站，换回三、四元钱。钱很少，但夫妻两人还有分工，张洪斌捡破烂换回的钱用来买米，楼小英的则用来买糖、买奶粉。

无论生活怎么艰难，张洪斌夫妇每天都起早摸黑，日复一日，年复一年，捡拾破烂，用自己的心血和汗水养活这些捡来的孩子。对此，他们无怨无悔，他们唯一担忧的是，这些捡来孩子一直还是没有落实户口的“黑户”。

二十世纪八十年代后期，时任《金华日报》副刊部主任的洪加祥以“天上有个太阳，水中有个月亮”为题，长篇报道了张洪斌夫妇靠捡破烂抚养弃婴的善举，立即引起社会各界的关注，并且惊动了北京。

朱德夫人、时任全国政协副主席的康克清专门做出批示：希望有关部门对“五里亭”问题做出“合情合理的安置”；时任浙江省委书记的薛驹也专门为此做过批示；国家民政部、省民政厅、金华市委、婺城公安局也不断地在努力。

1990年，五里亭一家六口人，终于落实了户口。

1994年，五里亭一家子告别相守了31年的破凉亭，搬进了市区东关新建的四间红砖瓦房。

张宏斌和楼小英两位老人先后救活的35个、抚养的18个弃婴，被许多好心人领养。他们自己抚养长大的美仙、菊菊、晶晶三个女儿也相继出嫁，拥有了自己幸福的家庭。

张洪斌于1995年去世，享年74岁；楼小英于2014年去世，享年91岁。

“老吾老，以及人之老；幼吾幼，以及人之幼。”这是孟子所描述他所理想的大同社会时所说的。张洪斌和楼小英两位拾荒者，自己辛辛苦苦奔波劳碌一天的所得，连自己也食不果腹，但他们先后捡回、救活了35名弃婴，用自己的心血和汗水养活他们。这样的善举，感天动地，前所未有，也恐无来者！两位捡破烂的老人，为信义金华增添了一笔浓墨重彩！

98. 陆月林仁心义行

陆月林，绍兴人，曾任金华福音高级护士职业学校校长、金华卫校护理部主任、教务处处长。

1975年，陆月林退休，但她退而不休，40多年来一直坚持上班，把生命燃烧在护理教学和陪伴病人的每一个白天与黑夜。目前，97高龄的她还担任着金华市护理协会顾问、金华市第一福利院顾问、金华职业技术学院医学院专职督导。

作为金华职业技术学院医学院专职督导，她每天早晨6时30分坐公交车赶往学校，在学校听老师上课，推进教风、学风、校风建设，指导教师、特别是青年教师健康成长。到下午4时，她坐公交车回到城里，然后去一位患偏瘫的孤寡老人家里，为她擦身、换药、按摩，一直到傍晚6时多才回家。这通常是陆月林一天的工作时间表。

1990年春节期间，金华市中心医院收治一位脑溢血昏迷的病人。经过抢救、治疗，患者还是落下了“偏瘫”的后遗症。为了让她能重新站起来，早已退休的陆月林坚持上门为患者针灸、按摩。一年多的时间，每天来回步行10公里，不论严寒酷暑，她都风雨无阻，坚持给病人针灸、按摩1—2个小时，而且耐心细致地教会病人亲属学扎针灸、按摩治疗。日复一日的无私付出，对于一个老人来说并不容易，但是陆月林从没让病人在她的脸上看到过疲惫或是不快，也从没在病人家中吃一顿饭，喝过一口水。

为了让更多这样的病患再次站起来，陆月林组织了一个社区康复志愿服务组，利用空余时间为社区偏瘫病人开展义诊服务，帮助他们锻炼康复。几年中，在陆月林的带领下，服务组先后为60多名偏瘫患者实施康复治疗和训练，绝大多数患者的病情有了明显好转，40%的病人能够重新站了起来。

作为金华第一福利院的顾问，陆月林更是福利院的常客。每到双休日，陆月林总是带领学生拎着热水、带着扫把抹布去福利院为老人、孩子进行生活护理：洗脚、剪指甲、洗头、沐浴、洗衣、晒被子、搞卫生。有位90多岁的老奶奶，因为被裹缠的小脚又臭又难看，长期不愿洗脚，经过陆月林和学生的多次劝说，才勉强同意。学生们为她用热水一连洗了三次，然后把她的小脚抱在怀里细心地给她修剪了足茧和指甲，感动得老人老泪纵横。

每次看到陆月林和学生去福利院，老人们就开心地叫着：“陆老师来了！”“乖女孩来了！”孩子们也会“金华奶奶”甜甜地叫着，福利院顿时充满一种家庭般的温馨。每次她们要离开时，老人、孩子们都会依依不舍，于是大家就会手拉着手，一起唱起《常回家看看》。

退休后四十年来，陆月林的生活每天都是那么的充实。陆月林说：“工作着是幸福的。”

护理学的开创者南丁格尔被称为提灯女神，源于她在战乱年代，不畏辛劳手提明灯夜晚照看病人的形象。无数南丁格尔的追随者，用她们的青春热血去践行护理事业的伟大信念，把奉献与自己的生命紧密相连。陆月林就是这样一位可敬的护士，用她的仁心和义行，照亮了一个又一个病人的生活。2009 年，她因其仁心、义行，当之无愧地被评为“60 年 60 人”——金华媒体人眼中最具影响力人物。

99. 傅永茂照顾病妻 48 年

傅永茂，磐安县双溪乡傅宅村人，退休职工。

二十世纪 60 年代，当时在磐安县城安文镇粮食局工作的傅永茂与磐安县冷水镇姑娘陆玉琴结为夫妻。

1967 年的一天，在东阳县糕饼厂工作的陆玉琴，觉得手指痛得厉害，她给自己贴上止痛膏，心想过几天就会好了。可是过了几天，疼痛如初，有时候甚至痛得哭了。

“后来才知道，这是类风湿性关节炎。”由于一开始没有重视，陆玉琴的病情越来越严重，到后来连走路都困难了。傅永茂很着急，他自学医学知识，从书籍上寻找方法，从饮食、日常按摩等方面帮妻子减少痛苦。看到好的药方，就会按照书上写的去寻找草药。可妻子的病还是没什么起色，走路越来越困难，傅永茂带着妻子四处求医，哪里好就到哪里：义乌、南京、杭州、上海……

陆玉琴不太会走路，在外地求医，傅永茂就背着妻子到处奔走。晴天还好，傅永茂一手扶妻子，一手拎行李。碰上下雨天，傅永茂就得腾出一只手来撑雨伞，另一只手扶妻子，行李呢，就挂在他的脖子上。

“有的时候背得久了，我胸口硌得疼。”陆玉琴告诉丈夫。傅永茂想都没想就说：“那我抱着你。”他轻轻地将妻子横抱起来。陆玉琴说：“这样（抱着）我就不疼了。”傅永茂笑着对妻子说：“那我就这样一辈子抱着你。”

时光飞逝，转眼到了傅永茂 59 岁，他心想，再过一年，退休后，就可以一心一意地在家照顾妻子了。当年，有一次傅永茂到地里干活，陆玉琴心疼丈夫，起床想给丈夫烧点吃的，突然一头栽在床边，就再也动弹不了了。本来还勉强可以走，这之后，陆玉琴就彻底瘫痪，吃喝拉撒全都要傅永茂照顾。

1994 年，傅永茂退休。“每次出门前，他都会告诉我是掰玉米还是施肥或者打农药。”躺在轮椅上的陆玉琴从丈夫出门的那一刻起，就竖起耳朵听那熟悉的脚步声。

“他往往还没到家就先叫一声’玉琴’，听见我答应了，他心里才踏实。我也叫他一声，我的眼泪就满出来了。”傅永茂把锄头一丢，就抱妻子去上厕所。“我怕小便太多，就熬住不喝水。”

傅永茂坚持每天为妻子翻身 10 次以上，每天早晚按摩各一次，夏天每天至少擦身两次，并尽可能地让妻子多在床沿上坐坐，督促她尽可能地自己试着挪动身子，举举手。天气好时，他则会用车拉着妻子到外面走走，让妻子保持心情舒畅。

傅永茂说：“都以为我辛苦，其实我的辛苦和她的痛苦比起来不值一提。我出去回来，看到她在家里好好的，心里是最高兴的了。”

近半个世纪来，傅永茂不离不弃照顾妻子。80 多岁的傅永茂有时还会抱抱陆玉琴，并对她说：“我还抱得动你，我要这样抱着你一生一世。”

《诗经·邶风·击鼓》云：“死生契阔，与子成说。执子之手，与子偕老。”傅永茂照顾病妻近半个世纪，不离不弃，情深意笃，体现的不仅仅是一个丈夫对妻子深深的爱，而且还有一个男人的责任、道义和担当。傅永茂的坚持，为全天下的男儿树立了榜样！